U0465644

过去日子的碎片

万芊 著

中国书籍出版社
China Book Press

图书在版编目（CIP）数据

过去日子的碎片 / 万芊著. — 北京：中国书籍出版社，2019.1
ISBN 978-7-5068-7077-1

Ⅰ.①过… Ⅱ.①万… Ⅲ.①短篇小说—小说集—中国—当代 Ⅳ.①I247.7

中国版本图书馆 CIP 数据核字（2018）第 249121 号

过去日子的碎片

万 芊 著

图书策划	牛 超 崔付建
责任编辑	李国永
责任印制	孙马飞 马 芝
出版发行	中国书籍出版社
地 址	北京市丰台区三路居路 97 号（邮编：100073）
电 话	（010）52257143（总编室）（010）52257140（发行部）
电子邮箱	eo@chinabp.com.cn
经 销	全国新华书店
印 刷	三河市华东印刷有限公司
开 本	650 毫米 × 940 毫米 1/16
字 数	280 千字
印 张	18.25
版 次	2019 年 1 月第 1 版 2019 年 1 月第 1 次印刷
书 号	ISBN 978-7-5068-7077-1
定 价	58.00 元

版权所有 翻印必究

目录

最后的航班　/　001

游进城里的鱼　/　016

换一种活法　/　035

爱情游戏　/　053

猪场之恋　/　062

去苏州　/　071

一把钥匙一道门　/　079

老街劫　/　097

塔陵里的笑声　/　108

净　土　/　132

轻歌曼舞　/　147

半校之长　/　166

钻　戒　／ 177

蟹　道　／ 190

红肚兜　／ 215

心　锁　／ 225

哺乳期　／ 231

过去日子的碎片　／ 249

地王角逐　／ 267

过去日子的碎片

最后的航班

一

阿龙跑的是苏城至陈墩镇的航班。

头天早上晨色朦胧之际，客船从苏城起航，一路上不紧不慢地跑十来个码头，下午时分到陈墩镇，在陈墩镇过夜；第二天早上再从陈墩镇起航，下午时分回到苏城，然后就在苏城过夜。

阿龙家在苏城近郊，靠近寒山寺的一个唤作湾里的小镇，就这么每两个晚上能回一次家。其实，回不回家他也无所谓，家里只有小镇上拐弯抹角的小弄堂里一处黑咕隆咚的几间老屋和跑了一辈子航船的父亲。长年跑航船的父亲养成了沉默的脾性，而阿龙也秉承了父亲的这种沉默，两个沉默的男人相对，寡然无味。

至于另一个夜晚，阿龙就睡在航班上，航班靠在陈墩镇镇头的码头上，镇上有亲戚朋友的大多上岸走走，相约着喝点酒打打牌，有的干脆就睡在岸上待第二日早上起锚前再回船。故而，航班在起锚前总久久地鸣着长笛，一阵阵，划过陈墩镇慵懒的晨空，给镇子带来鲜亮亮的生机，其实，这是船队长为唤船员们尽快回船定的规矩。

阿龙在镇上举目无亲，无处可去，只能整晚待在船上，他不会喝酒也不会打牌，只是一个人有滋有味地抽着"飞马"牌香烟，望着镇上人家的阑珊灯火打发长长而无聊的夜。

阿龙待的其实就是后来的流行歌曲《涛声依旧》里唱的"不知那一张旧船票能否登上"的那种客船。客船是长长的一串，船过去时一路上把拖船一只只解开放下，回来时又一路带上，桐油常把船舱壁抹得亮亮的，那桐油的味挺厚重，厚重到让坐船的人感到一种古典式的享受，平稳、不紧不慢正是航班特有的性格，而阿龙正是客船上的卖票人。

卖票人阿龙，于是就在某种气质上有别于掌舵的老大，伺候机器的老鬼以及傲气地吹着哨子拴缆撑篙的水手。卖票人阿龙在船上雅气得像一个账房先生，阿龙写得一手好字，满船上"乘客须知""时刻表"都出自他的手笔，也挺稚气。挺稚气的阿龙，于是便成了漫漫航程中挺注目的人物，自然也有人巴结他，向他递纸烟，跟他套近乎，可阿龙是个认死理的主，从不会因为跟谁相熟，在船票上让人沾丁点的便宜。这一点，老乘航船的客人都说像他爹。

过去日子的碎片

其实阿龙的爹早先就是这苏城航班上的卖票人，儿子阿龙高中毕业了，没满退休年龄的阿龙爹，为让儿子有个固定的金饭碗，便早早地退休让儿子顶替上了航船。船队长阿炳叔见阿龙葱般细长的手指，不加思索地道："你卖票吧，阿龙。"于是，阿龙就卖上了票。

航班上，就那葱般细长的手指，常惹得老乘客们羡慕和感叹不已："那是一种天生的福分。"在人们眼里，阿龙毕竟是国营轮船公司揣金饭碗的卖票人。

于是就有想说媒的，几次，阿龙则脸一红，不吱声。再后来，大家都知道阿龙爹为他许了一门亲，因为有人听见船上的人嚷着在吃阿龙的喜糖，只是被吃了喜糖的阿龙，仍日复一日地随着客航在苏城与陈墩镇之间不紧不慢地奔忙。

二

那是一个有点寒意的秋晨，苏陈航班照例从苏城起航，巨大的长蛇般的跑过一个又一个码头，卖票人阿龙也照例在这只与那只船之间来回着卖票，还顺带着查查票。阿龙是个挺有记性的人，查过的票往往能烂熟心里。不管是谁，想越码头逃票，一点门也没有。

然就是这个航班，客船还没到陈墩镇，拴缆人阿根，就到船队长阿炳叔那儿告密：说是阿龙查住一个逃票的年轻女人，不仅不声张，还在那女人去船尾上厕所解手时，偷偷地塞她一张船票。

于是，船队长阿炳叔把那年轻女人找来，一问，果真是。于是，阿炳叔又把阿龙唤来，当场对了账，虽说账面上是平平的，可终究是说不清了，按船规当罚。于是，航班歇陈墩镇的那晚，船队破例开了个会，结果，阿龙被扣了当月的三块钱奖金。还换到了船头当上了吹哨拴缆撑篙的水手。

阿龙因此闷闷不乐。

知情的船员则私下里跟他惹乐，说是阿龙你也真行！这么细气年轻的女人，怜香惜玉，英雄救美么！此等好事，罚得再重些，也值！阿龙这才知道，那逃票的年轻女人叫秀兰，是镇上馄饨店的女工。至于那女的细气，确实，挺耐看的。江南女人大多是水样的，在陈墩镇，若讲这女人挺细气，大凡包括身段长得标致，脸蛋细模细样的好看，更还包括一些雅气。秀兰自然属于此等女人，且又年轻。只是这秀兰没福分，年纪轻轻的，男人却犯了大事判了无期关在西山劳改农场吃官司。男人常觉得自己很冤，在农场里老惹事。故秀兰只能常常带着女儿去探望吃官司的男人，苦口婆心地劝他不要再惹事。

说起男人犯事，秀兰自然也觉得很冤。

秀兰人长得细相，且又在镇中心馄饨店里上班，自然也挺显眼的。有时，乡下男人无聊了，说是上镇不说是吃馄饨，而说是去看秀兰。秀兰的男人叫吉布林，本是个妒性很重的人，讨了个挺细气的女人，心里不踏实，总酸溜溜地找人吃醋。

秀兰待的馄饨店的店长山毛，是个花心的男人，人称馋猫，自

过去日子的碎片

秀兰进店，一直没少打秀兰的主意，只是店堂小店里生意好，客人多，眼哨自然多，一直无从下手。也只能在暑天衣衫单薄时，用贼溜溜的眼睛，偷着饱饱眼福。

可那店长馋猫也不是省油的灯，若是在没开店门或晚关店门时推三阻四地与秀兰独处，也好趁机揩揩油。秀兰是个挺要脸面的女人，自然不依，也常常不给店长馋猫好脸色看。那店长馋猫一直不甘心，终有一天，他唤人在原本不大的店堂里隔了一道墙，辟了一处杂货间，存些杂物。秀兰就需一次次进杂货间取杂物，也就给了店长馋猫可乘之机。那些个暑天衣衫不多的秀兰才进杂货间，馋猫总在神不知鬼不觉之际突然出现在杂货间秀兰的背后，抱住秀兰肆无忌惮地在秀兰的衣衫里乱摸一气，而秀兰却碍着脸面，总不敢声张。

这些事，自然逃不脱鹰般盯着的布林。终有一日，被他逮住，揪住那店长馋猫往死里打。因为布林是有备而来，且操着家伙，又带着义愤，而店长馋猫则毫无防备，且又理亏，自然只能招架，只几个回合，那馋猫就瘫死在地，身上被戳了十几刀，血在每个洞里汩汩地朝外涌，拖到镇卫生院，抢救了十来天才捡了一条无多大用处的性命。布林也因此吃了官司。

在布林看来，事是秀兰惹的，自然对秀兰也没啥好脸色，在西山吃官司，常恣意把自己的什么弄得支离破碎地找事。秀兰自然明白男人布林心思，但她只能忍着，因为她无以向男人证实她的什么。

秀兰不多的工钱，就这么几处花销，终于到了没法买上回程船票的窘境，其实那天原本是算得好好的，只是临到了码头她才发现那藏得好好的一元钱，再也找不到了，她只能先花上仅有的三毛钱上得船再作打算，结果被阿龙查票时查到了。虽说阿龙没声张，虽说阿龙为她垫上了船票，然最终却害惨了卖票人阿龙，这使得秀兰十二万分的歉疚，她只能深深地叹上一口气。

三

跑船的日子平稳而又单调。

做了水手的阿龙，终日闷闷不乐。几个相好的船员说还是上岸去走走也好解解闷。在他们的教唆下，从来没喝过酒的阿龙第一回喝了酒，且喝得烂醉烂醉，烂醉的阿龙就趴在街边不住呕吐，呕得撕心裂肺。待第二日早上醒来，阿龙竟发现自己在一个陌生的去处，一看，正是那个馄饨店，秀兰正伴着自己，两眼充着血丝，看上去一宿未眠。阿龙回船后，怎么也想不起来酒醉后的一切，只觉得秀兰收留了他且伴他一宿，心存着感激。

男人布林吃着官司的秀兰，还是常常乘客船来回于苏城与陈墩镇之间，可每回买票，新来的卖票人总是给她一张票对她说你的船钱已有人付了。秀兰知是阿龙，常想找个机会谢他。

于是秀兰总想包上一些馄饨，带上船，让新来的卖票人交给阿龙，但碍于人多眼杂，秀兰可一次也没敢这般造次。

过去日子的碎片

秀兰的女儿是个挺乖巧的孩子,名叫吉吉。常常随秀兰在这航班上奔波,自然船上的人谁都熟她。有时她自个儿上船头玩,船员们也就由着她,只是多了一份小心。

吉吉是个很讨人喜欢的女孩,似乎跟阿龙也特别投缘,每每在航班跑动的时候,阿龙总坐在船头的靠球上发呆,而吉吉常跑去,缠着他讲故事,玩挑线绑绑。此时,船头上总传来吉吉天使般快乐的笑声。有了吉吉,秀兰和阿龙之间自然也有了一些招呼。

其实,阿龙是喜欢小孩的,尤其是乖巧的小女孩。

自阿龙成婚后,他也有一个孩子,是个男孩,且被他娘宠着。阿龙的成婚是他爹给做的主,许配给他的是爹面上的一个亲戚的女儿,叫司马婷婷,原先是沪上的,只是支援边疆到了很遥远的云南,那穷困的生活使她选择了出嫁。阿龙在国营轮船公司当售票员,有固定收入,又在天堂般的苏城,自然是很适合的人选,于是在一个逢阿龙回家的日子,他们睡在了一张床上,成了夫妻。结了婚的司马婷婷,自然也顺乎自然地将户口从边远的云南迁到了湾里镇边的乡下。只是成婚两年多,司马婷婷才生出了个愣头小子。阿龙最担心的是近亲结婚,生怕生了个痴呆儿,于是借了一些医学方面的书,没事的时候悄悄地取出来揣摩。孩子大了些,阿龙试了好多次,发现孩子倒也伶俐,只是那眼睛那鼻子那嘴唇愈看愈不像他,尤其是那手指,他阿龙的跟他爹一般,细细的长长的葱般的,而那孩子,却是又短又粗,根本不是一个模子里出来的。于是阿龙就常犯疑惑,再加平时又常不在家,与妻子司马婷婷自然少了不少沟通。常常觉得陌生人似的。然这一切阿龙只是闷在肚中,从不在人前说,也就无人知晓。

司马婷婷在湾里镇边上的乡办厂当着主办会计,人又八面玲珑,再加上原本沪上人特有的气质,故阿龙常觉得自惭形秽。有时逢上回苏城时,阿龙也常常迟疑着尽可能晚回家。

四

这日,上了岸的阿龙独自在苏城宁静的马路上迟疑着往家走去的时候。搀着吉吉的秀兰,拦住了他的去路。

晚些回家行不?秀兰问。

阿龙不知所以然地点点头。

秀兰说:我想,想请你吃碗馄饨。

阿龙知道秀兰是为了谢他。

找了一处僻静的小馄饨店,秀兰花了二毛钱叫了两碗小馄饨。一位操着吴侬苏沪的阿姨一边让他们稍候,一边跟他们打旁:瞧你们小夫妻俩,女儿甜甜的,多惬意!

吉吉一边看看秀兰,一边看看阿龙,眼睛流露着一种诡秘的异样的甜笑。

秀兰用手指轻轻捋了一下吉吉的小脸颊,吉吉这才止住那笑。

两碗馄饨上来,秀兰把自己的一碗分成两碗,与女儿吉吉分享。阿龙,秀兰,吉吉,就着滚烫而鲜美的汤水,一口口小心地吃着那馄饨。吉吉吃着，一会看看阿龙，一会看看秀兰，又诡秘兮兮地笑笑。秀兰假嗔：女孩家，没个吃相！

吃了馄饨，阿龙、秀兰、吉吉，开始漫无目的地在苏城静谧的夜幕中走着。不时有拎着高声放着邓丽君流行歌曲的多喇叭高级录音机的摩登青年从他们身边划然而去。

夜幕渐深，阿龙开始送秀兰和吉吉。秀兰告诉阿龙，为了节省，她每次来苏城，总是住在羊肉巷的春来旅社，挺便宜的。她说因常去，那里值夜的大姐挺同情她的，有时干脆把更衣间让出来让她娘俩住，也不收她们分文住宿费。

送到春来旅社门口，阿龙便开始打回。走着走着，阿龙被眼前突然出现的一幕惊呆了。一处商店门口的光亮处，一对年轻男女正亲昵地依偎着。那陌生男的怀里，抱着男孩，活灵灵的像他的儿子，而再细瞧他身边的则是他妻子司马婷婷。而这时的司马婷婷快活得像个少女。

阿龙，这时似乎突然明白了一切。他想，每次回家时，常常发现妻子总在吃着什么药，而眼前的儿子总觉得是那么的异样。阿龙在暮色中目送他们离去。他走进了一家小酒店，叫上一瓶绍兴黄酒。一个人沉着头喝了起来。一直喝到店门打烊。他被清出了酒店。这回他没醉。

他蹒跚着折回羊肉巷的春来旅社，叩开了秀兰的房间。在一阵江南特有的浓重的霉变气味包裹中，阿龙蓦地拥住睡梦中被惊醒带着疑惑的秀兰，禁不住地抽泣起来。

凭直觉，秀兰知道一定发生了什么天大的事，不然阿龙这样沉默的男人是沉得住气的。秀兰没问什么，只是用一种安静的温存抚慰着阿龙。

秀兰握住阿龙葱般的手指，把他的手捂在自己脸上，阿龙有了抚摩秀兰细瓷般光洁的脸庞和绢丝般长发的理由。

阿龙伤心着。

这一长夜，秀兰伴阿龙坐着，一直到了天亮，马路上重又有了人声。

临上船时，秀兰问阿龙喜欢吃馄饨不？阿龙说：喜欢。秀兰说：等些日子，我亲手包给你吃，包你喜欢。

自那晚始，阿龙就不回家了。不管航班停在苏城还是陈墩镇，阿龙都住在船上。有船员损他，说，怎么，老婆跟人跑了？就这么一句玩笑，那船员挨了一拳，鼻梁也打歪了。为此阿龙又被扣了半年奖金。

而秀兰说的馄饨，阿龙终也没吃上，为避人眼，阿龙和秀兰终也陌生人似的。只有那新卖票的，知道阿龙在暗地里帮衬着一个男人吃官司的女人，只是那新卖票人口风很紧，其他船员也无从知晓。

五

就这么挨了几年，突然有一天，家里捎信来，说是阿龙他爹故世了。船队上给阿龙准了假，阿龙这才回了趟在湾里的家。

儿子已经长高了，司马婷婷跟他似乎更多了一些陌生，也没唤儿子叫爹。第一夜，阿龙在爹的灵柩边坐了一宿。一地"飞马"烟头。

第二天，把爹的后事办了，阿龙又回到了航班上。

在帮着办事的人中，阿龙见到了那个他见到过的陌生男人，说一口沪方言，似乎听人说是司马婷婷所在乡办厂的供销员，人很精明，只是胖乎乎，那手指奇短奇粗。

临走时，司马婷婷跟阿龙说，你一个人在外也挺难的，爹去了，家里也不急等着用钱，往后你也不用每月往家里捎钱了。

阿龙未置可否，摸了一下儿子的头走了。

不用每月贴补家用，阿龙自然也乐意。其实，这些年里，阿龙一直是很拮据的。垫付秀兰的船票虽说没多少钱，但次数多了，也不少；苏城羊肉巷春来旅社的那位大姐退休了，新来的大姐们仍一如既往地照顾着秀兰母女的住宿，其实是阿龙每个月帮她们结付了大部分的房费；吉吉一个年级一个年级在往上读，每学期费用都是阿龙用一个亲戚的名义悄悄地交给老师的。

秀兰当然明白好心人阿龙在帮衬着她，她常常说要亲手包最好吃的小馄饨让他吃，然阿龙除了那回喝醉酒后，再也没去过秀兰的馄饨店。

终于有一天，阿龙一个晚上没有回船。有船员说，客船傍岸时，好像看见阿龙背着一个小女孩进的镇，那小女孩定是吉吉。这一晚上，阿龙定是和那馄饨店里的秀兰那个了。

第二日一早，航班照例鸣笛催船员们归船时，阿龙喘喘地跑来，跟船队长请假。阿龙两眼布满血丝，看上去一宿没睡。看着阿龙心事重重的样子，船队长阿炳叔竟准了假。

那晚，是秀兰的女儿病了，发了整整一个晚上高烧，说了一晚上的胡话。医生说吉吉感冒没及时治，结果闹上了肺。医生说病情时，有了责怪大人的成分。早上烧退了些，吉吉却非让阿龙陪着不可。

阿龙自然想陪着。

吉吉是几天后阿龙背着回家的，穿过半个镇，秀兰远远地尾随着。老远就听人在骂骚货，骂自己男人为她吃了官司，自己还不安分，还要勾引野男人。

秀兰知道镇上人在骂她。她只能低着头从镇上人毒辣的眼锋中回到自己的老屋。

那晚，秀兰精心包了一小匾小馄饨，皮是秀兰当场擀的，馅也是秀兰精心剁的。秀兰包的小馄饨特滑溜，皮薄馅多汤又鲜，阿龙就着那飘着蛋花丝的汤，吃得满嘴都是滑溜与鲜爽。

这是阿龙有生以来吃过的最鲜美的馄饨。

那晚，阿龙很晚回的船。这是阿龙自上船做工后最晚的一次。对于阿龙，这似乎也是他唯一的一次。

第二日，没人跟阿龙说什么，之后船上人也一直没有说啥。

过去日子的碎片

六

日子一天天地过去，苏陈航班日复一日地在苏城与陈墩镇之间不紧不慢地航行着。

转眼之间，秀兰的女儿吉吉初中毕业，考取了苏城的护校。

秀兰，无休无止地探望，终于让男人吉布林不无歉疚地说：你不要来了，这10多年我欠你欠女儿太多了。自那次后，秉性耿直的吉布林放出话来：你再来望我，我就撞墙自杀。弄得秀兰左也不是右也不是。

此时的陈墩镇也通上了公路，阿龙他们的航船乘的客人越来越少，船上也只有阿龙他们那些老船员在硬撑着，公司早入不敷出。阿龙已一年没领到奖金，据说下月的工资也要打折了。也正在这时，法庭发来传票，是司马婷婷要求离婚。开庭的那天，阿龙没有去。阿龙请定的律师过来说，司马婷婷早十几年前就有一个男的，是一起到云南支边的沪上同学，这些年他们一直处在一起，听说那儿子也是他们的。现在他们有了自己的公司、自己的别墅，还有自己的小车。

阿龙说：这些我知道。其实，他们相好在与我之前，只是玩了个"曲线求国"，也难为了他们。

律师说：她是婚姻的有错一方，你是足可以让他们拿出一笔赔偿金的。

阿龙说：这些年，她先提出不要我的贴补，我已很感激她了。

律师问：那你意思到底怎么办？

阿龙说：我只想把那老屋卖了。

没几天，法院的判决也就下来了，阿龙与司马婷婷和原本他名下的儿子终无了任何瓜葛。

律师受嘱把那老屋卖了，带回了一张阿龙老爹的遗像。阿龙把它收在自己的藤箱里。阿龙现在所有的一切，便是那只在航班住宿舱里父亲留给他的藤箱。

航班终于只能停航了，望着空荡荡的一串老船，船员们的心都挺沉重的。

那最后的航班上，稀稀啦啦只有几个拖着大包小筐的小贩。

秀兰送女儿上学，也登上了这最后的航班。吉吉显然有点不乐意。

停航了，阿龙就得下岗了。

在这最后的航班上，阿龙愈显得心事重重。

船靠苏城码头，秀兰跟女儿吉吉说了声你先上岸妈有事，就去候阿龙。

候上阿龙，秀兰说：我知道你心事重，不想跟你多说啥，只想还你一样东西。

那是一本手抄的《第二次握手》，这原本是阿龙在无聊时手抄的，后来秀兰悄悄拿去读，故一直在秀兰那里。

过去日子的碎片

阿龙疑惑地打开那本久违的手抄本,只见里面扉页上竟整整齐齐贴着一张又一张的旧船票,票上的日期依稀可见,只是有好些票面已经淡黄,斑斑点点的。

阿龙捧着那些旧船票,人竟不住地颤抖起来。

秀兰轻轻地说:这些是我这10多年欠你的,以后让我慢慢还你。秀兰还说:我知道,过了今天,你就要下岗了。我舅舅的儿子,最近承包了苏城到陈墩镇的客运大巴,我跟他说了,你如同意,你还卖票。

秀兰还想告诉他,法院终于同意她与吃官司的男人吉布林取消夫妻关系了,但她看看沉默的阿龙,最终没有说。

游进城里的鱼

一

阿鱼常常做梦,老是梦见那些鱼,在城市里的污泥浊水中吧嗒着嘴。他为此惊喜万分,为自己发现了那些鱼而惊喜。然而,每每醒来,重又回味那些梦中的鱼,他总会惊出一身冷汗,因为那些鱼,奇丑无比,怪模怪样的,让人不能不后怕。

其实,阿鱼做梦也没有想到自己会进城,当他穿上那身带有平顶帽象征某种权威的黄色保安制服的时候,他用一枚铁钉狠狠地在自己手背上戳了一下,铁钉戳手的感觉是痛的,这足以证明自己是在梦外。只是当梦外的阿鱼无意中瞥见那大坑的污水里吧嗒着的鱼

过去日子的碎片

嘴的时候,他不禁惊出一身冷汗。

那人坑是一个建筑大坑,开挖得很深很大,浇注了一半的混凝土立柱间裸露着一排又一排锈蚀的钢筋,坑里的积水已经被钢锈染成酱色,这坑中竟然会有鱼?!而且从吧嗒的鱼嘴和游弋的背鳍看,鱼的个头还不小。

竟然有鱼?!阿鱼恍惚中带些疑惑。

一连恍惚了好几天,阿鱼的心才悄悄平复,只是阿鱼一直避着那坑,尤其是晚上,城里阑珊的灯光里,他更惧怕那一坑覆盖着绿苔的酱色的光怪陆离的死水。

其实,这坑不只是令阿鱼心惧,在这座城市里惧怕它唯恐与自己有染而避之若蟊贼者大有人在,且都是些有头有脸的人。这坑是有背景的,这背景就是它曾害过一批人,大坑上面要建的大楼原本是这座城市的标志性建筑,然大楼地基开挖了整三年才挖了这么一个大坑而填了一千多万,投资反反复复追加,这大坑一直填不起来,说是遇上暗河,说是遇上流沙,结果大楼成了烂尾巴工程,举报来举报去,当事人中有几个被圈了进去,最长的判了无期,最短的也判了八年。这坑便成了这座城市里出了名的"腐败"大坑,城市晚报记者为此写了整整两个版面。

当然,这一切与阿鱼无关,这大坑已在这座城市里存在了十年,当年的晚报,阿鱼也没有看过,对于大坑,阿鱼只是一名保安。而阿鱼不只是看护大坑,他得看护远大于大坑几十倍的围墙中虽然杂草丛生但曾经是要作为城市标志性建筑的庞大基础,而给他带来这份荣耀的是他叫作姐的他爸妈的干女儿惠芳，她男人是局长。

他姐惠芳是当年插队在他们村上时认他爸妈为干爹干妈的。早年的惠芳文静、白嫩，再加上年轻，这么年轻白嫩文静的城市大姑娘，即使在远离城市民风淳朴的乡村，也免不了惹来既有色心又有色胆的好色之徒的骚扰，乡村色徒的骚扰有时也挺让人费心费神的。当年，阿鱼爸是生产队长，而生产队长，是可以在村里站直了骂娘而别人不敢吱声的男人，乖巧的惠芳自己赶在其他同样文静同样白嫩同样年轻的城市大姑娘之前认了阿鱼爸作干爹，阿鱼妈自然作了干妈。干爹干妈自然对惠芳多了好些庇护。而当时，阿鱼才五六岁，拖着鼻涕老是缠着他妈吃奶，是全村老幼皆知的奶痨子。

二

阿鱼看大坑，其实也没多大的事，说穿了就是整天守着部电话。

阿鱼是直接归局总务科罗科长管，罗科长有事没事就用电话找他。

在阿鱼眼里，罗科长是一个权力很大的官，远比他们村的书记权力大，他管着一个局的吃喝拉撒。他还管着传达室里头的老头儿，他能把老头儿训得一愣一愣的，而且中气挺足：你自己考虑考虑，局党委已经讨论了，你不好好干，立马给我走人。这让阿鱼挺服罗科长的，因为阿鱼天生就惧怕传达室里的老头，小时候每回跟

过去日子的碎片

他爹到城里,他总觉得一个个单位里传达室里的老头最威严,在他的感觉中城市和他们乡下最大的不同一个是要传达一个是不要传达的,这就好像大军官是要有个警卫员一样,警卫员常常配枪的,很神气很威严。

而罗科长似乎对阿鱼另眼看待,不训他,还有事没事把他拖在身边。给局长们家送水,罗科长拖着阿鱼,该怎么怎么,不该怎么怎么,把个阿鱼使得团团转。但阿鱼乐意,因为这事往往是背着熟人干的,阿鱼感到了一种少有的荣耀。最起码的,他能掐着指头说谁谁局长住啥啥路几号,谁谁处长家有什么什么宠物,明白人一听就能感到阿鱼是局长、处长们圈子里的人。

罗科长有两大爱好,就是喜欢跳舞和喝酒。而且,还喜欢带着阿鱼。为此,还专门给阿鱼配了辆三轮的电瓶车,电瓶车上有"公路局、禁区通行证、0010"字样,骑着这种电瓶车,能在交通警察面前大模大样地过去。

罗科长跳舞还喜欢跳那种花两块钱门票的早舞。每天一早,罗科长的电话就来了,阿鱼便穿齐整制服把罗科长从家附近接出来,穿半个城市送到省政府边康馨大舞场附近。罗科长不让电瓶车停在大舞场边显眼处,罗科长说要注意影响,这毕竟是公家的车呀。

大舞场里跳舞的大多是气色很好的半老头和半老太太们,罗科长更像鱼一样游弋在众多的老太太们中间,而半老太太们总"小罗""小罗"地唤他。

罗科长跟阿鱼说,你知道大舞场跳舞的都是何等角色,报出来准吓得你一愣一愣的。罗科长在阿鱼面前总是把那些跳舞的半老太太称作是马列太太,阿鱼看省电视新闻,有时能看见她们中的几个。

除了跳舞,罗科长则喜欢喝酒。罗科长喝酒,绝不像有些做官的,总搞得灯红酒绿的讲排场。罗科长喜欢在清静的小酒馆里喝,叫上不多的几个人,悠悠地喝,一边喝一边讲些官员升迁的内部信息或传闻逸事,且绝对隐私,圈外人是不知道的。罗科长喝完酒,常常唤一声,小姐埋单。而这时总有人站起来假嗔,抢着埋单,且说:要你罗大科长埋单,不是在抽我们哥们的耳光吗?!

于是,阿鱼知道,这些哥们大凡是供货的,文化用品、送水、送煤气的什么经理,罗科长跟他们是哥们,罗科长是不会轻易从不是哥们的货主手里进什么机关办公与生活用品的。

罗科长,除了跳舞、喝酒就是好骂人。罗科长骂人,大多在电话里骂,骂得人狗血喷头,没有回旋之地;再则就是喝酒时骂。喝酒时骂,总是带有某种权威,这事办砸了,我骂你。而挨骂的经理,总是笑脸相迎,一迭声:该骂、该骂,特贱!

罗科长喝酒是个破酒篓子,每酒必醉,每醉必胡话。阿鱼有时也听人家说,这罗科长要不是酒风不好,早升处长、副处长了。

罗科长喝醉酒,总由阿鱼开了三轮电瓶车送回家。有时罗科长半醉半醒又兴致好的时候又要洗个头敲个背捏个脚之类的,阿鱼便在外边不远处候着,完了送回家。

喝酒,阿鱼是参与的,这不用阿鱼掏钱;洗头敲背捏脚之类,阿鱼是不参与的,这得花钱,阿鱼自然受用不起。

阿鱼,其实也是个聪明人,而且绝对是那种给一点阳光就灿烂、给一点水就能折腾出浪花的人物。看多了,阿鱼居然也会跳舞了,能跳那种简单的二步三步四步之类的,有时跟着电视机搂着把椅子跳跳,感觉还是挺不错的。

有一回,阿鱼正陪罗科长,在场外候着。有个胖女人来邀他跳舞。胖女人裹着一团像农药一样的怪模怪样的香气。胖女人有一种让人心动的胖,几乎所有裸露的肌肤,丰满白嫩细腻如同婴儿一般。阿鱼居然跟她跳得很合拍。胖女人很高兴,"咯咯"地笑着。阿鱼也很高兴,居然不费什么就跟城市女人搂得这般紧,那种惬意与舒心,阿鱼几乎梦想了几十年。

三

其实,阿鱼也是一个敢骂人敢训人的人。可能是受他爸遗传因子的影响,因为我前面已经提到他爸曾经是在村子里站着骂娘没人敢回嘴的男人。只是岁月过去了,现在村里除了村书记、村主任,还有"李百万""汪百万",都要骂人,自然阿鱼只有做小人,免挨骂的份了。

只是到了城市,看了大坑,阿鱼觉得自己是一个敢于骂人,而且也应该骂人的男人了。

你说,阿鱼该骂不该骂,竟然有人在大坑边撒尿,竟然有人在大门口摆摊，竟然有人敢在围墙的角落里做些男女之苟合之事。

阿鱼是知道文明的，况且这个城市就是文明城市。

于是阿鱼就开骂，带有训斥。对撒尿的，他骂，不看看这是啥地方；对摆摊的，他骂，局党委讨论了，大门口严禁摆摊；对男女苟合的，他骂，110那帮哥们马上就来，看怎么治你们。于是挨骂的，溜的溜，求的求，阿鱼便有了一种神圣的不可侵犯的尊严。每每这时，他心里总骂上胖女人几句，当然是淫妇之类，乡下一些骂骚妇的词，他都用上了。

看大坑的阿鱼，除了骂人外，其实也很少有事可做，寂寞的时候除了看那架十年前留下的黑白破电视，就是守着架电话，当然这是他唯一跟这个城市紧密关联的纽带。而罗科长除了让阿鱼做些什么、拉些近乎，其实平时也不常来电话。阿鱼无聊了，便开始朝外边打电话，找些同在这座城市打工的同乡，告诉他们这里的电话号码。并且每回都要慎重地叮嘱，这是公路局的电话，没事不要随便打来。

于是就有同乡朝这边打电话，也有这边那边工地上打工的小子，歇工没事干就往这边赶，有前村的阿狗，村头的阿龙和河对过的阿三，他们都比阿鱼辈分小，自然唤阿鱼叔或哥的。他们来，也不空手来，总在路边的熟食摊上称些花生米来，剁些肥大肠肚条什么的。阿鱼则用三轮电瓶车赶西郊小商品批发市场花二十一块钱拉一大甏几十斤装的黄酒，用一根铁钎在封泥中钻个小孔，插上个挂盐水的皮管子，用嘴一吸，那醇醇的黄酒就汩汩地流出来，不喝时

过去日子的碎片

那皮管子一挽打个结,那甏里的黄酒自然就不会变味了。阿龙、阿狗、阿三们来了,阿鱼就把他们引入工棚东面那间房,支一张小桌子,然后开吃。那房门上,粘着"经理室"的铜牌,阿狗他们都说阿鱼,你挺有身份的。于是阿鱼就跟他们说去康馨大舞场跟城里女人跳舞的事,当然没说那女人奇胖,说这边那边喝酒洗头敲背捏脚的事,听得阿狗他们一愣一愣的。

每每这时,阿鱼就开始骂人,骂阿三猪脑子拎不清打电话总不是时候,骂阿狗土包子不文明大门口撒尿,骂阿龙老是迟到搭架子装臭样,阿三、阿狗、阿龙这时总是笑脸相迎,一迭声说该骂该骂,下次准改。

每每这时,阿鱼便会酩酊大醉,醉后便吐,吐了就昏睡,而昏睡时便开始做梦,总梦见那些鱼,那些异样的吧嗒着大嘴的鱼,那些男男女女的、大大小小的鱼,竟然一个个瞪着灯泡一般的眼珠在嘲弄他,引诱他,鄙视他,甚至在恫吓他,他甚至见到了人脸鱼身的阿狗因为撒尿挨骂,跟他较劲,使着钢钎在追杀他。一夜反反复复。梦醒,阿鱼总是一身虚汗。脑门间还总是晃动着那些怪模怪样让他吃惊的鱼。有回,晨雾中,他突然发现大坑中有几尾不怎么大的鱼儿吃了他的呕吐物竟然在水面上翻肚皮,他更是惊出一身冷汗,他以此证实,这大坑里确实有鱼,但他总弄不懂,这鱼怎么会游进大坑的?!

其实,阿鱼,他爸给他起这名,是挺吉利的,当年他妈怀他的时候,正是生产队大生产的时节。那年,做小队长的阿鱼他爸,带几个青壮年去打鱼，那河是两个大湖之间的通道，上湖是高秋湖、下湖是淀湖，正下着网，忽听得哗啦啦激水声，不远处，河水像煮沸了一般，河面上白浪滚滚，相拥而来，这时几乎所有在场的人都被眼前河间那白浪、那激水惊呆了，从齐刷刷的鱼鳍瞧，便觉有千军万马在冲锋陷阵一般，半晌，阿鱼爸急急唤，起网起网。那网是扳网，方的，有半个球场大，正置于河底，随阿鱼爸急唤，众人齐心转轱辘，那扳网升起，网纲才出水，网间便相拥无数白花，激水声更是雷动一般，不甘就擒的鱼们就像弓弩上发出的箭一般四处弹射，有的竟撞上岸，一弹一尺多高，还拼命蹦，直至生命殆尽。

这是几百年一遇的白鱼阵，被阿鱼他爸他们遇上了，每每想起那鱼阵，众男人心里总是怦怦直跳，热血沸腾。那一网白鱼，给贫困的生产队带来了财富，那些鱼分了整整一天，家家分到了鱼，杀了，腌了，再晒干了，那一阵，几乎整个村子的河边是鱼鳞鱼泡和鱼脏，到处弥漫着鱼腥。阿鱼，就是在这满村杀戮鱼的日子里诞生的。为纪念渔鱼的丰收，他爸给他起名叫阿鱼。

而阿鱼从小就不喜欢鱼，甚至恐惧鱼。

为此，每次都挨罗科长的骂，因为哥们几个喝酒总少不了鱼和肉，没鱼，这酒怎么喝？！

然骂归骂，阿鱼还总觉得罗科长其实待他好的，人家一个大科长，把他当哥们，凡事都拉着他，这让他感动、感激。

四

阿鱼看着大坑，常常可怜那些鱼，你说你好好的地方不待，为啥偏要游到大坑里来，那一潭锈蚀的酱色的带有绿苔的死水，于是阿鱼常常惊讶于鱼们的神奇，就只给了他们那么点浊水，它们就活得那么滋润，不像城里人。

他知道，城里人特金贵，那么漂白的自来水，他们是不屑于一喝的，他们是喝桶装的从厂里蒸馏出来的特纯净的矿泉水，还非要环保的绿色的品牌，这些，阿鱼是最有感触的。因为，罗科长常常拉他送水，这送水特有讲究：谁谁局长家送，谁谁局长家不送；谁谁处长家送，谁谁处长家不送。这都由罗科长指点，且特诡秘的，而啥时候送又特讲究，送水得送个新鲜，存久了不好，断了更不行，而罗科长这人就是有能耐，就知道谁谁局长家啥时候缺水了。

而阿鱼送的最多的是惠芳姐家，整个局里就数姐夫官衔最大，喝水自然也就最讲究。只是，有次送水送出了阿鱼一身冷汗，那天，姐家里的钥匙是罗科长给的，进门后竟撞见姐夫在家搂着一个洋娃娃一般的大女孩。阿鱼一惊，手足无措，像一个犯了大错的孩子，姐夫自然不快，但没吱声，待那大女孩怏怏地整了衣衫摔门走了，姐夫让阿鱼把水桶放了，随手丢了包烟给他。阿鱼诚惶诚恐，自然没把这事说给惠芳姐听，当然更没跟罗科长说。阿鱼很清楚，姐夫才是他真正的衣食父母。

而罗科长的事，阿鱼自然也没跟任何人说。也是送水，是往一个叫花园小区底楼送的，那底楼住的女人，不像是局长和处长，但她却享有比一般局长、处长更好的待遇，送米、送瓜果、送油之类，都有她的份，当然，这些米啊，水啊，瓜果、油之类，绝非农贸市场上随处可见的那些，都是些挺绿色挺环保挺名牌的食物。底楼的女人不怎么好看，只是看上去才三十来岁，显得很年轻，带着个小女孩，那绝对洋娃娃一般。阿鱼知道，这女人和罗科长绝非一般的关系，因为有时喝醉了酒，罗科长就让阿鱼骑着电瓶车把他往这里送。有次，罗科长喝多了，跟阿鱼说，这是我的"小蜜"，"小蜜"，你懂吗？！

于是，阿鱼知道，这城里人时兴"小蜜"，那天在惠芳姐家见到的，阿鱼知道那是姐夫的"小蜜"。但阿鱼总感到姐夫的"小蜜"远比罗科长的"小蜜"高出一个层次，更年轻更漂亮，更像电影明星。

阿鱼是有老婆的，只是自己到了城里，老婆也没来过，老婆不在身边的时间里，常常憋得慌。幸好在城里马路上缺钱而不缺女人，城里女人耐看，而那些乡下女娃娃到了城里便变得耐看了。阿鱼心里憋得慌慌的时候就慢慢地骑着电动三轮车一路过去，尽情地享受着马路上看女人的滋味。

然阿鱼最终还是艳福不浅的。一天傍晚，有个女的从大门里摸进来叫他大哥。阿鱼先是一阵警惕，因为到工地随手牵羊的总也是叫着大哥进来的,后看那女的衣着模样,也不像是拾荒的,也就淡淡地问了声,进来啥事?!

那女的说,大哥,我想跟家里打个电话,家里有急事在等我电话。阿鱼说,你家里急事你找我这里干吗?女的说,你这里是大单位,有电话,你是好人,好人自然肯帮人。阿鱼说这是公路局的电话,不是啥人都能打的,局党委追下来我找谁去?!女的说,大哥,你是好人,我也不是坏人,真的家里急,求你,行行好吧?!阿鱼被缠得没法,就说,那去经理室打吧。

那女的在日光灯下拿起电话时,阿鱼便能看清那女的。年岁不大,三十岁左右,扁扁的脸,扁扁的胸脯,扁扁的臀,很像一条鱼,只是两条腿蛮长的留着一头披肩长发,显得高挑有点挺拔。

拨了一次又一次,阿鱼烦了,嘀咕,你有完没完啊?!那女的笑了,扭一下脖子,挺妩媚地说:大哥,其实,这电话是不通的。阿鱼脸腾地红了,一时手足无措,不好意思地说,其实,我那里,那里太乱了。那女的说,其实,我也不是非要打电话,只是一个人闷得慌出来想跟你聊聊,大哥,怎么称呼你?!人家叫我阿鱼,阿鱼说。那我叫你鱼经理?!阿鱼心头一热,但嘴上一迭声说,使不得,使不得。那女的说:那我就叫你鱼大哥,我叫阿美。那我们换个电话,阿鱼说。

于是,两人来到阿鱼住的工棚,乱腾腾的,阿美似乎很习惯这种环境,真的打了几个电话。打了电话,阿美笑笑,也就走了,过阿鱼身边时,阿鱼闻到了阿美身上一种甜甜的软软的香味。这种香味常在阿鱼上街看女人的时候,冷不丁从哪个美容院的小门里飘出,挺好闻的,不像那胖女人身上那股怪香呛人。

五

过了几天,又是傍晚之后,天气特别闷热,是那种城市里特有的混合着尘埃、烟气、干燥、让人觉得憋闷的燥热。阿美来了,穿着一身素色、宽松的衣衫,裹着那团甜甜的香气来的,长发用个手绢挽着,看得出才洗过。

我真的想打个电话。阿美说。你打啊,阿鱼说。

于是阿美就进了阿鱼住的工棚,阿鱼坐在窗前的小凳上,工棚里更热,那台老风扇送出的风也是热的。

后来,终于下雨了,城市里的雨往往下得很急,哗啦啦一下压下来,一会儿便是白茫茫的一片,地沟里,积水也开始流淌,雨声很大,阿美放下电话开始看雨,阿美的甜香充溢着整个工棚,阿鱼有点晕乎,血液上涌冲脑门。

阿鱼迟疑着从身后抱住了看雨的阿美,手心一下触摸到阿美扁平的胸脯上微微叠起的硬物。阿美竟向后依过来,一种幸福的姿态。阿鱼局促不安的手胡乱地在阿美滑溜的肌肤上行走,当再次遭遇那胸前的硬物略加迟疑时,阿美侧一侧身给了点方便,阿鱼便拥到了两枚丰腴的果实,蟠桃一般精致滑溜。

雨越下越大,阿鱼的激情越来越高,而阿鱼发现阿美竟也是久

过去日子的碎片

旱逢畅雨一般,阿鱼把她拥上那竹榻铺,阿美便开始像鱼儿一般扭动,像小羊欢快地呻吟。

完事后,阿鱼问阿美,你老实告诉我,你是"小姐"吗,我可没钱。阿美假嗔,你说什么呢!没良心的,占了便宜就想逃避责任啦?!我可不是那种人。阿美又说,我到这城里老早了,我自己开了店,养活自己。阿美讲得很坦直,阿鱼当然不相信。

当晚,阿鱼做了个梦,又梦见了那些鱼,只是因为下了透雨,城里都是流淌的白花花的雨水,那些鱼在雨水里欢快地打挺,那些鱼也不是那么奇形怪状。第二天天亮,阿鱼就去"大坑"边溜达,竟见"大坑"水面上有划动的鱼鳍,星星点点,泛着涟漪。鱼们很快乐!阿鱼甚至想找出乡下带来的竹笛,吹上那么几曲。

但还没顾得上找竹笛,罗科长的电话来了,罗科长电话里说,昨夜咋回事?!阿鱼一惊,但故作镇定地说,没做啥事?没事就好。你那里电话老打不通,罗科长说。

搁了电话,阿鱼围墙内转了一圈,吃了一大惊,那堆钢筋被人动过,少了一些。那草丛很明显有车轮辗过。阿鱼愣了半晌,但转念一想事已发了,人早跑了,这偌大的城市,我找谁去呢?!只能作罢。

又几天,阿美打来电话,一声"老公",唤得阿鱼心酥酥的。但阿鱼没给阿美好声色,说:你不要害我来着。阿美不高兴,啥意思?!那晚,工地上丢钢筋,阿鱼说。阿美反问:你怪我?!我不是跟你在一起么,我要钢筋作啥,又不好上吊的!

阿鱼转了口气，征询道，你能再来不？阿美嘻嘻笑着，我不来，少了钢筋，又得怨我啦！求你啦，我想你了。阿鱼说。我又不是你老婆。阿美说。你刚才不是叫我"老公"的。阿鱼说。刚才是刚才，现在是现在。阿美说。

我真的求你，向你赔不是，我再怪你，我是小狗，五雷轰顶变成怪模怪样的鱼。阿鱼一说，突然惊得一身冷汗，他怎么没想到自己会咒自己变成自己最惧恐的东西。

阿美还是来了，阿美给他带来了期盼着的温馨，带来了渴望过的满足，带来了一种全新的从未有过的肌肤享受，在阿鱼眼里，阿美才是一条美轮美奂的鱼，一条充满野性的奔放的在城市的空气中欢快着的鱼。

第二天一早，阿美打来电话，问，鱼经理，昨夜钢筋少了吗？

阿鱼说，没少。阿美说，不能怪我了吧？！阿鱼说，那是自然的，我怎么会怪你呢？！

六

其实，围墙内这么一大片，钢筋建材什么的丢得随处都是，不是特别留意，搬走些，谁能看得出。再说了，十年的锈蚀、腐蚀，这东西早已不是啥金贵的东西。只是，阿鱼看得出，钢筋什么的，后来又少了两回，而且都是从大门里出去了，有车轮痕迹，而阿鱼又不能说。一回是罗科长把他唤出去喝酒，罗科长喝多了让送花园

过去日子的碎片

小区，一路上，罗科长尽是好话，说，阿鱼好好跟我干，待我升了职，自然有你的好日子过。到了花园小区，阿鱼自然在外候着，折腾到后半夜才回工地，这回能怪谁。

又一回，是阿狗请他喝酒。

阿鱼说，今晚出去吃，我埋单。阿狗、阿龙、阿三他们有点受宠的味，颠颠地跑来，阿三探问，阿鱼叔，你那电动三轮车，也让我试试？！阿鱼像罗科长一样往后面一坐，一挥手，试吧，小心点，别闯红灯！于是，四人骑着那有禁区通行证的电动三轮车满城跑着找喝酒的地方。

阿三跑过瘾了。见有一处河边的大排档，阿鱼挥手，道，就这里了。于是叔呀哥呀的四个人吆喝让老板娘炒了一盆螺蛳，一碗花生米，一盆十三香小龙虾，一大碗毛血旺，叫了一斤高粱烧，喝了起来。

一会儿，正喝着，阿鱼袋里滴溜溜地响，那声响很悦耳，阿鱼不慌不忙地掏出个电话机来，惊得三人一愣一愣的。阿三更是大惊小怪，说，阿鱼叔，你使上大哥大啦？！阿鱼说，啥年月啦，农民工才使大哥大啦！这叫小灵通。三人噢了一下。阿狗问，阿鱼哥，你干吗老响不接么？阿鱼说，这叫摆谱。谁呀？！三人疑惑。

一会，小灵通又响了，阿鱼接了，是我。你在哪里？怎么才接呀？！是女的声音。我在跟哥们喝酒。阿鱼说。我要过来。女的声音。这么晚了，你过来干啥呀。我偏过来，看你在干啥坏事。女的说。噢，来就来吧，我现在在……，阿鱼问了老板娘报了地方，又说：那我等你。不见不散，拜拜。女的声音。

谁呀？阿龙问。不像是我婶。阿三说。定是小蜜。阿狗说。三人吃惊不小。

其实，阿鱼出来喝酒，就为这小灵通。这小灵通是阿美前几天送的，阿美说，是一客人落下的，九成新，她不敢用，生怕人家回头找。就送给了阿鱼，当然也找人换了号。而这号码也只有阿美知道，不在工地了，阿美自然会打小灵通找他。

大半时辰，阿美找来大排档。阿三、阿狗、阿龙自然腾出凳子让阿美坐，阿美也不客气，端起阿鱼的酒杯就跟三人挨个儿干杯，阿美竟是个好酒量。喝到半夜，五人喝了二瓶红高粱酒。阿鱼唤老板埋单。阿龙不依，说，你阿鱼有能耐，混得比我们好，我们知道，但你也让我们哥们有个机会。结果吃了三十四块，老板娘免了四块，阿龙、阿三、阿狗一人掏了十块。那口气像款爷一样的。当然，十块钱在乡下可以割上好几斤肉，吃上一大家子呢。

阿鱼这晚喝得特兴奋，拉着三人说了好几箩筐的贴心话，说，党委会说了，我那工地还招人，我一定给你们哥们侄们说说。三人听了，都觉得这酒喝得很值。

那晚，阿鱼不知怎么回的工地大院。那晚，阿鱼做了整整一夜的梦，他梦见自己在城市的污泥浊水、大街小巷、高楼峭壁间疲于奔命，而城市里所有看见他的人都在说他是一条怪模怪样的鱼，于是就有无数鱼在笑，讥笑、狞笑、傻笑、疯笑、莫名其妙地笑，阿鱼也笑，用笑来证实自己不是一条怪鱼。

过去日子的碎片

半夜,阿鱼从半梦半醒中起来,后脑勺胀得厉害,懵懂中站在大坑边发愣,他分明见到了那些梦中常见到的鱼,只是一条条翻着肚白在酱色的浊水中艰难地挺着半是僵硬的身子,混浊的灯光一映,雪白的鱼肚上泛着幽幽的蓝光,特别刺眼。

阿鱼看不得鱼肚上的蓝光,他恐惧,他惊慌。

阿鱼决计把这些翻白的怪模怪样的鱼从酱色的浊水中捞起来,他要给它们新的生活和新的生命。他找竹竿,没找着;他只能找钢筋,他想钢筋也是能用的,但这晚挺怪的,平常堆得高高的钢筋,竟一下子不翼而飞,这是怪事,他想这怪事一定是怪鱼作的怪,也许鱼们已识破了他的计划,但他今晚已决计要把它们通通捞上来的,他要跟它们好好地对话,他要让它们在自己的梦中永远地离开,他要给它们一个新的归宿。他找到了一根绳,他知道这是他与鱼们握手的手,他把这手伸给鱼们,鱼们挺着肚白艰难地游过来看他的手。阿鱼说,这是我伸给你们的手,我们握手吧。鱼们在狞笑,都说,这手我们早见识过了,这是一个圈套,我们才不会上你的当。阿鱼急了,说,其实,我才是一条鱼,一条彻头彻尾的鱼。鱼们都讥笑他,你是啥鱼?!怪模怪样的,我们从没见过你这样让人恶心的鱼,你是怪物,鱼是长在水里的,你是长在空气里的,你看你生活的空气多么污浊不堪,废气、病毒、噪音,这才是你这个大怪物生活的乐土。阿鱼哭了,说,求求你们,我是鱼,我是一条真正的鱼,我妈是在看见白鱼阵的那年生我的,我就叫阿鱼。鱼们不满地说,白鱼都被你们村上的魔鬼吃光了,你还说。阿鱼哭了,哭得像一个没娘的孩子，他一边哭一边说，我是鱼，我也能在水里生活，我跳给你们看。

阿鱼跳进了大坑，不一会儿，大坑里酱色的水里泛出了红色，渐渐地跟酱色互相渗透，成为更怪的酱色。

第二天，罗科长打电话找阿鱼，想告诉他局党委会已决定将工地重新启用，新的大楼将升上去。然没人接电话。

几天后，有人闯进工地大院，结果发现了大坑里的阿鱼，有人说那样子就像一条怪模怪样的大鱼。

过去日子的碎片

换一种活法

办公室所有的连线电话再度肆无忌惮响起来的时候,时天元不禁打了个寒战,暴风骤雨后,余悸尚在心头残留,心情已杯盘狼藉,抓电话的手有点木然。

就在十分钟前,他几乎是受到了任厂长、倪副厂长跟企管科凌科长的轮番电话轰炸,说来也是他木讷,千不该万不该把市里环保会议的通知首先直接电话通知了分管的倪副厂长,因为倪副厂长才在市里就他们生物化工厂环保管理不力问题吃了批评心里窝着一肚子的气,没好气地说让凌科长去吧,不料老资格的凌科长也不是省油的灯,冷不丁地回了一句:这是厂长的会议,我去算老几呀?时天元万般无奈只得电话向任厂长请示,才出了点桃色新闻的任厂长自然有了看法,明的是前段日子倪副厂长要的一笔环保资金因要给工人发工资一直被他卡着，倪副厂长因此吃了市里的批评正跟他较着劲，暗的则是倪副厂长正要跳槽去承包一家乡办厂，纵然消息封得很紧，还是被任厂长探得了。时天元一个个轮流着打电话，三个"冒号"有气没处出，自然一股脑出在不合时宜的时天元头上，让他左也不是右也不是。

就在电话声肆虐的当儿，时天元则对自己说了一通身处逆境更要锐意进取，不灰心，不气馁，耐心等待，天将降大任于斯人，必先苦其心志劳其筋骨，终有一日会时来运转之类阿Q式自慰的话，心也就被自己的一番话熨平服了好些。

其实，时天元也算是背时的，大学读书时好歹也是个高才生，原内定可进一家绝对不错的报社当记者，可不知道哪道关节出了点差错，结果被分到了市生物化工厂，在办公室当宣传干事。既是干事那什么事都得干，可一干就干了这么六七年，还没能混上一间半室的住处，二十八九岁也老大不小的年纪了，还在厂里的集体宿舍单练着，也真够窝囊的。

犹豫不决之际，电话声停了，时天元才舒了一口气，腰间的CALL机竟像冲击钻一般震颤起来，一看是一个完全陌生的电话号码，拨了好长一段时间，终于拨通了，好像是路边的公用电话，马路边嘈杂的人声汽车声充塞其间。

"谁呀？"时天元问。

"嗳，我呀，阿萍！"电话里传来甜柔的细声，"快来帮帮我呀，我被民警叔叔扣住了。"

过去日子的碎片

时天元心咯一愣，忙问："为啥呀？"

阿萍说："没戴帽子闯红灯呗！"

"你干啥不好跑去闯红灯呢？"时天元心里嘀咕着可嘴上说，"你等一会儿，我一有办法就呼你。"

其实时天元跟这阿萍也只不过一面之交，前几日一次朋友的生日派对上，他们认识的，朋友介绍说这位就是大名鼎鼎的时天元时，一位披着三毛式散发挺青春挺时髦的女孩接嘴说，就是那人常在副刊上写爱情诗的时天元？朋友说正是。青春女孩就说久仰大名，于是时天元就邀女孩跳了一曲，女孩挺大方地要跟时天元交换名片，时天元这才知道女孩叫何萍，蕾娜服饰店的经理，便有点拘谨说我没名片，阿萍便让时天元把电话、CALL机号码写在自己的名片背后。

找谁好呢？时天元想。自然找晶晶的哥哥过亮，晶晶是他谈了好几年的女朋友，她哥哥是公安局什么科的一个副科长，大小也是个干部，自然有办法可想。

通了电话，过亮自然满口答应，一个CALL机几个电话与阿萍联系上了，阿萍自然也就被放了行。

第二日，时天元正在办公室写材料，阿萍打来了电话，"喂……"那声音甜甜的柔柔的是从润滑的喉底发出的自然磁性很足，时天元一听就知是阿萍："喂，我呀，……今晚有空不？我想，请你……"时天元本想说今晚女朋友晶晶已约了他去看电影，然一想阿萍可是第一次约他，人家女孩子为谢他而请他，若一口拒绝了,以后朋友间见了一定会说他占着人情不让人家还,太拿大太装样太不近人情了。其实,跟晶晶厮守有的是时间,何况他这几年跟晶晶一起看电影已看得腻烦了。晶晶是很传统很文静的女孩,嫌舞厅伤风败俗,嫌时天元的宿舍啰唆,而时天元又觉得常去晶晶家太张扬,没处可去便时不时去电影院,可眼下的电影,不是戏作得假得让人看了直起鸡皮疙瘩,就是无休止的刀光剑影,让躺在枕头上的脑袋也是充满仇杀,再则就是搞不清的爱情游戏,整日卿卿我我,让人腻烦。晶晶可说是个绝对优秀的女孩,比时天元小上几岁,脸蛋靓丽白嫩光洁,几乎就像精致的塑料洋娃娃。文文静静,坐在陌生人堆里,她可以半天不跟任何人说一句话。晶晶写一手好字,做一手出色的女红,像旧时淑女一般。她电视大学毕业,也坐办公室,只是在银行。按说只要她领了结婚证,她就能在银行里分到住房,然时天元是个极要面子的人,一直在向自己的厂里申请着住房。厂里住房没个说法,他也一直跟晶晶没个说法。

时天元跟晶晶打了电话,说厂里有个应酬,很要紧的,今晚的电影就免了吧。说是这么说,时天元为自己居然会这么心情坦然地骗人,而且在骗一直自认为该用心去爱的女朋友,觉得很奇怪。电话里晶晶说其实我也不是很想看那电影的。时天元就说那过几天我想个节目陪你。于是时天元就跟阿萍约了见面的时间地点,阿萍说你下班来我店吧。

蕾娜服饰商店在文化馆隔壁,是个挺雅致挺新潮的女性服饰专卖店,店内一应服装、饰品都是阿萍从广州亲自去进的,用料上乘、做工考究、式样新潮、品牌响亮。蕾娜的广告词也是阿萍自己创意的：蕾娜服饰新潮不打折！时天元进店的时候，穿着短裙、张扬着美腿、扎着马尾、嘴唇猩红、十指蔻丹、浓艳妙目生辉、香气袭人的阿萍正在接待两个洋顾客，见他进来，只说了声你稍候，自顾跟洋顾客用半生不熟的英语夹杂着国语介绍着她的一件标价518元素色套裙，细声细语不卑不亢。时天元很随意地浏览起店里陈列的各种服饰，衣裙、帽子、文胸、挂伴……款款精美绝伦，尤其是那各色文胸、内裤，其面料、款式、颜色、造型各异，各具匠心，琳琅满目，时天元只觉得眼花目眩，心潮涌动，脸庞滚烫，他从没想到，现代女性竟是如此精心地呵护着自己最最神秘的领地，置身在如此性感的商店，时天元觉得自己简直太土，完完全全一个土老帽，心里竟有了一种莫名的自卑、伤感，想自己一个月的工资，竟然还不能买一件套裙，一下子觉得底气不足，有了一种想逃遁的想法。就在这时，阿萍的生意也成交了，两个洋顾客一副兴高采烈的样子走出了商店，阿萍如释重负地过来，带来一袭幽幽的馨香："说吧，有什么感想？我这店还可以吧？！"

时天元一连声地说："挺洋气，没想到你真能干。"阿萍对一个靓妞吩咐了几句，取了两只摩托车帽子对时天元说："好了，我们走吧，今晚，我们玩个痛快。"

戴着摩托帽，时天元觉得挺别扭，因那帽是女式的，觉得挺男人的自己戴一只挺女人的帽子一定很滑稽；坐上阿萍的摩托车，时天元开始局促不安，不禁后悔起来，撞上熟人那就惨了！阿萍说一声抱住我,那摩托车便风驰电掣般冲出去,时天元身子一仰冷不防吃了一惊,本能地抱住阿萍,不料一下子竟抱住阿萍胸前酥酥的地方,又触电般缩回,背上急出了汗,阿萍咯咯地笑了,时天元只觉得整个大街上所有锐利的目光都洞穿了他。

车子一直朝前开,在近郊一个叫今世缘的挺雅气的大酒家门口停住,阿萍几乎跟里面所有的服务员都熟,人家一路上唤着"阿萍姐"把她和他引进餐厅。大厅里正演着《丝竹》,幽幽的,空气很恬静。

时天元头一回来这雅静的地方,且跟一位挺青春的女孩,面对面地坐在大厅里的小餐桌上,先是有点拘谨,然他毕竟受过高等教育,做办公室工作的这几年也少不了接待应酬出入豪华高雅的去处,故一会儿也进入了角色,一边听阿萍不住的说话,一边坦坦地点菜。

这晚,他们玩得很晚,阿萍兴致很高,非要去蹦迪不可。在二楼的迪斯科广场,幻影灯不住地闪烁,重金属大分贝的迪斯科舞曲狂轰滥炸惊天动地,舞池中人影晃动,恰似群魔乱舞,张牙舞爪,而阿萍如鱼得水,水蛇一般满场扭动,踢腿、甩胯、跺脚,粗犷如野鹿撒性,恣意如水蛇扭动,纤细的十指变幻出千姿百态,娇艳无比。时天元分明觉得阿萍身上的一种不可名状的妖气,这种煽情的妖气在群魔中穿行,分明把乱舞者的情绪一次次推向高潮,也同时感染了时天元,让他终生难忘。临到分手,时天元与阿萍对坐着稍事休息,时天元怔怔地看着阿萍,像看一个天外来客一般,看了好

过去日子的碎片

久,使阿萍也看出来他看她的那种异样来,阿萍唤了声"阿天",说:"怎么啦,不认得啦,这么看我怪吓人的,警告你噢,男人我见过的多了,跟我在一起可不准想入非非的。"阿萍不说还好,一说羞得时天元满脸发热。

那晚,时天元真的想入非非了,从未有过的兴奋,竟使他一直不能入睡,睡不着的时天元,不自觉地把晶晶与阿萍一一比过来比过去,他真的闹不懂,晶晶远比阿萍长得漂亮,其他所有的都无可挑剔,只是经人介绍后谈了这么几年恋爱,总让人感到缺少一些什么,今天跟阿萍待了这么半个晚上,时天元这才知道,缺少的正是一种叫激情的东西,每回跟晶晶待在一起的感觉是跟一个完美无缺的塑料洋娃娃在一起一般。晶晶的完美是传统的,虽完美得无可挑剔,然拘谨固执按部就班得让人萎靡不振,而阿萍却是反传统富有挑战性自由开放无拘无束让人感受到激奋向上的。有这种感觉,时天元心咯噔一下,他吃惊自己竟然会有这种危险而不切实际的感觉。"想入非非了!"时天元笑起自己来,"忘了她!忘了她!"时天元念叨了几百遍,竟没能把她从脑子里抹去,"见鬼了!"时天元恨起了自己。

那晚以后,时天元也就开始逼着自己尽可能地把阿萍忘去,每天想着法子安排好跟晶晶的约会。这些日子,厂里已乱成一团糟,任厂长跟团委书记去南方开房间的事被人撞见后,他俩的"地下工作"转为了公开亮相,两家都闹起了离婚,任厂长的女人和团委书记的男人都以强有力的战斗力,与他们抗衡,弄得整个厂子沸沸扬扬，总公司的"冒号"们觉得如此下去再也不能睁一只眼闭一只眼了，关系到了厂里的"冒号"们在群众中的影响，于是找他们谈，在厂里公开宣布，这事总公司对当事人一定会好好处理的。不料谈话后，任厂长竟一个人远走高飞去了南方。

任厂长一走，讨债人便蜂拥而至。倪副厂长按理是第一副厂长应出来力挽狂澜，却不料他釜底抽薪，带了十几个生产骨干，跳槽出去租赁了一家倒闭的乡办厂，乡里甩了包袱，自然给了好些优惠政策使他们占了不少便宜。倪副厂长临走时，跟时天元交了心，说："按理我应该与厂子同生死共存亡的，但我实在势单力薄，收拾不了这副烂摊子，假若今后我有朝一日好起来，我还会回来的。其实，眼下，谁不想换一种活法呀，任厂长早就想换一种活法了，二十来年在这个厂里从小工人干起，看着它兴衰荣辱，生产搞不上去，整日消磨在内耗上，我心里累呀。当然你时天元难道就不想换种活法？厂子虽不好，但在你面前的路却多了，机遇也更多了，不是么？"时天元听倪副厂长一说，觉得也蛮有道理。可两厂长一走，满厂八百来号人，简直像一下子没了娘的孤儿，所有的车间都停了工，上访的，骂娘的都有，时天元在办公室，整天与纠缠不清的讨债人，愤懑的下岗工人周旋，最后厂财务科说没钱发工资了，时天元也就不去上班了。然天无绝人之路，时天元原本是搞宣传的，外边报纸杂志社的记者，老编认识不少，其中有好些就是他大学同学，在没事可做的日子里，搞了些采访，有种粮大户，有养鳖状元，有外资企业，有乡村集团公司，没想到竟炮炮打响，在中央和省市的报刊上屡屡出现他署名的报道、通讯、报告文学，一下子在市里声名大扬，找他写稿的还真不少，时天元终于体会到换种活法的潇洒，饭局几乎天天有，他也玩起了"野狼——125"摩托。

然而有一天，时天元几乎拒绝了所有的应酬，把自己关在宿舍里，埋头写他的爱情诗，因为时天元心想，既然眼下自己有换一种活法的选择，他就要活得轻轻松松，就不要让心活得太累，自己想干什么就干什么。

这人其实很怪，时天元明明知道自己该爱晶晶，却在写爱情诗的时候，总觉得阿萍给了他好多灵感，那恣意飘逸的秀发，那野性奔放的舞姿，那高雅诱人的气息。一本《现代城市人》的杂志把他这些诗中最美的一首放在刊首，还围上了花边，有一种超凡脱俗美不胜收的感觉，可惜的是早换了一种活法的现代城市人实在很少会有人捧读这些只能在纸上让人动情的爱情诗。时天元很想把杂志给阿萍送去，但送去了又能怎么样呢？让阿萍跟你一起离俗？！一起闲荡着喝西北风？！

晶晶来了，从杂志社寄来的大信封里，发现了他新发的写爱情的诗歌大作，时天元问她写得怎样，晶晶淡淡地说，你好像在胡思乱想。时天元说，很精辟，确实！

心里憋着一种无可名状的沉闷的时天元决计把杂志给阿萍送去，让她读读，也试试她到底有些什么感想。到蕾娜服饰商店，正遇阿萍行将外出，披头散发、素面朝天、牛仔裙，光着小脚穿双凉鞋，无袖的膀子上挎着只草编的挎袋，一副三毛浪迹天涯的架势把时天元吓了一跳,问:"你破产啦?!""谁说的?!嗳,我正要去找你,你自己竟赶来了,走吧,我带你去个好地方。"

上了"面的",接了阿凯跟他的女朋友阿丽,时天元这才知道阿萍真的是去找他,去的是古镇周庄。阿凯是时天元的铁哥们,阿丽是阿萍的铁姐妹,时天元认识阿萍就是在阿凯为阿丽办的生日派对上。阿凯跟阿丽坐在后排,一边在高谈股市行情以自己初试牛刀便旗开得胜的功绩力劝时天元与他并肩作战,一边搂着阿丽做些小动作。阿萍一边轻声地说些今日时天元能去她很快活不用当电灯泡还能帮他找些真事干干之类的话,一边很随意地晃动着光光的小脚丫。而时天元则一边欣赏着阿萍残留着片片蔻丹小巧玲珑的小脚丫,一边心猿意马,那诗自然也就不谈了。

到了周庄,阿萍拖了时天元径直去了"三毛茶楼",这是一处文人刻意造出来的挺雅静挺自然舒坦的去处,在这有茶有情的老房子里,看着一幅幅三毛真实得只有真实的生活照片,阿萍竟有点不能自已,说:"到了这里,我什么地方都不想去了。"

时天元就坐在阿萍的对面,隔着一条长桌。两人都不说话,久久地四目对视,都以一种极度的专一读着对方眼睛。时天元分明从阿萍的眼神中读出了早春山泉的清洌、仲夏河水的激荡、晚秋江波的深沉、严冬湖水的寒冷。半晌,时天元捉住了阿萍在桌上的双手,恣意地搓着、揉着、捏着,一缕缕酥酥的感觉袭上心头,阿萍闭上了眼睛,也很投入,时天元分明感到了阿萍纤巧的手心里沁出的汗渍,时天元捏着阿萍的两只纤美的手指,很绅士地按在自己的

过去日子的碎片

嘴唇上，阿萍睁开眼，冲他恬恬地忸怩地笑笑，眼波柔柔的。

时天元再也忍不住了，"我很喜欢你，真的！"他说。

阿萍动情地抓住时天元的大手，捂在自己的脸上，时天元感到捂着阿萍瘦削的脸盘是那般的恬舒。

那日，他俩流连在周庄的老街上、石桥边、河埠头、过街楼里，一直到很晚很晚，天下了蒙蒙细雨，打湿了他们的头发，然他们全然不知，陶醉在古镇的淳朴、静谧之中。

阿凯跟阿丽再也没撞见，阿萍说："我们也回吧。"

在回去的出租车上，阿萍枕着时天元的手臂，脸贴着时天元的脸膛，躺得很舒坦，时天元的手就直揉着阿萍光洁细腻的脸庞，还时不时俯下身子，用滚烫的嘴唇去滋润阿萍的两片嫩嫩的红叶。

第二日一早，时天元急吼吼地跟阿萍打了一个CALL机，阿萍回电，时天元说："阿萍，你真好，我喜欢你。"说实在的，时天元从没跟晶晶这么说过，他好几次想说，但他总觉得晶晶好像根本不在乎他说不说，而他知道阿萍很在乎。

电话里，阿萍笑着说："你这么说，你的那位晶晶大小姐会吃醋会记恨你的。"

时天元说："这就像挤公共汽车，谁先挤上去了，谁也就先搭上车，候车候得时间再长，车来了不拼命去挤，还是白搭，怪还只怪自己。"阿萍说："不要自作多情噢，谁挤你的公共汽车？！一辆破车老爷车。"

搁了电话半小时，时天元的CALL机响，一看是阿萍CALL

他，马上去回电。

阿萍说："阿凯来电话说，他带你去玩股，保你只赚不赔，他门槛很精的，你去试试看。"

时天元原本不想玩股票的，只是看阿萍如此热心，也就去跟阿凯学玩股票了。听阿凯从填单、用卡讲起，一手是多少股啦，什么叫牛市什么叫熊市啦，指数怎么看啦……弄得时天元昏天转向，想想还是写诗便当，领了二万块存款朝阿凯手里一塞，也就万事大吉，说："反正我们是铁哥们，我相信你，我的全部家当全交给你啦，是赚是赔只能凭运气了。"

阿凯说："朋友一场，我也得对你有个交代，反正宁可我赔惨了我也不能让你赔，赚了你也好以此为本搞点发展，也算是我对下岗大学生的一点小小的心意。"

时天元心想，到底是朋友，危难之际见真情。

晚上，时天元约阿萍去吃肯德基，阿萍问玩股学得如何，时天元便讲了一通新听来的股市知识，竟然也说了不少专用术语，只是没告诉实情，他知道阿萍是个挺要强的姑娘，如听说他走了捷径，一定会看不起他。

这日之后，时天元跟阿萍之间，几乎每日要互相CALL好几次，回上一刻钟、半小时的电话是常有的事，他们沉浸其间，陶醉其间。

时天元跟晶晶之间，本来就一直不冷不热的，时天元去晶晶家次数少了，约她的次数也少了，她并不在乎，只是晶晶约他，他全

过去日子的碎片

准时赴约的,下岗的时天元,其实是无所事事的。

阿萍进货去了次广州,飞机来去七八天,时天元就像热锅上的蚂蚁。一日几次CALL阿萍的漫游,开首阿萍从广州打来长途,滔滔不绝说些广州的新鲜事,一打就是半个多小时。后来,竟没了阿萍的音讯,时天元就时隔时地CALL,还好几次把长途打到她曾下榻的宾馆,生怕她出事,结果还是杳无音讯。

终有一日,时天元收到了阿萍CALL他,一看是本地号码,高兴万分,马上回电:"你回来啦?"

电话里的阿萍竟冷冰冰的,说:"我回不回来跟你有什么相干?我跟你说,从今以后再也不要CALL我了,吃饱了撑的?!"

阿萍的话闹得时天元莫名其妙,复打那电话,无人接,CALL了一句中文:"不知你为何不高兴,其实因为太爱你。"然没有回音。

时天元也不想贸然去阿萍的服饰店,只是心憋得慌,想出去走走,然城里都是花钱的去处,想想囊中羞涩兴致全无了。

阿凯CALL他,告诉他运气真好,股市正牛,上到912点了,帮他买的几个股都在拼命上扬,现在抛掉,可净赚四千,他想再捂一捂,询他捂不捂,时天元说你是行家里手,你看着办吧,阿凯说这是要担风险的,时天元说玩股本来就坑的是风险么。

过了几日,阿凯又CALL他,说:"阿天啊,惨了,股市熊了,下滑到799点还没打住,我跟你的所有股票全套牢了。"一副痛不欲生的样子。时天元反安慰他说:"反正我存在银行也是存,存在证券所也是存,不要紧的。"

047

阿凯说:"这样吧,你出来一下,我有个法子让你赚一把,补偿你的损失。"时天元问啥法子,阿凯神秘兮兮,非要他出来一次不可,时天元去了。

阿凯用出租车把他带到离城十来里的南湖边,让司机打回后,打着手势招呼远处岛屿的小船。一会儿,一艘摩托艇飞驰而来,把他们接上岛屿。岛屿不大,一边是瓜地,一边是芦苇滩,屿上常人不到,只有一两个看瓜人的草棚。一上屿,时天元满心疑惑,阿凯则一个劲地安慰他:"没事的,玩两把就走,你从来没玩过,手气不会差的。"

时天元说:"我没带钱呀!"

阿凯说:"我带着呢。"

阿凯带时天元进了草棚,草棚里正在玩"二八",有人唤声"凯哥来了"便给他让座,阿凯却把时天元按在了座位上,看桌面上的一大堆钱便很潇洒地掏出十来张大钱算作卖座钱。桌上码的钱已不少,都是百元的大钞。有人正做着庄,阿凯只叫时天元捏牌,阿凯则在一边指点,一会儿众人一声叫,阿凯不动声色地收了台面。时天元问:"我们赢了?!"阿凯仍是不动声色地说:"赢了!"阿凯叫时天元做庄。时天元愣愣的,阿凯便指点他。一会儿桌面上码的钱又高了起来。

正这时,草棚外有人急急进来报信:警察来了。众人趁乱各自抢了些桌面上的钱蹿出草棚,几个跑得快的,跳上摩托艇飞离岛屿,其他人慌忙中冲上一艘带挂桨机的小渔船也驶离岛屿。

过去日子的碎片

来捉赌的民警配了十来条交通、渔政快艇，水上围追堵截，来来回回十几回合，最终还是把他们制服了，脱掉衣服搜了身，登记了钱款和随身物品，又回岛屿一一取证，全带了回来。

时天元怨阿凯把他给玩苦了一言不吭，阿凯则故作镇静不动声色。

晚上九十点钟，时天元、阿凯被放了出来，外面阿萍、阿丽正等着。阿丽挽着阿凯默默地走了。

阿萍过来挽时天元，也默默地走了。"这个王八蛋，阿凯！"时天元终于大骂一声。阿萍把头靠过去，像一只受惊的小鹿。

他们就这么挽着，不知不觉间走到了服饰店，阿萍开了边门，捏着时天元的手指进了店堂又上了阁楼，那阁楼很宽敞，大间是仓储间，小间则是阿萍她们的卧室，那打工妹今天恰请假。

坐在阿萍床上的时天元，两眼直直的，咬牙切齿把气喘得似拉风箱，整个身子不住地颤动，阿萍用手捂着他的脸，轻轻地唤了一声"时天元"，摇他，嘴里还不住地说："你不要吓我，天元，没事了，你想哭就哭吧。"

时天元仍这般，阿萍仍捂他的脸，摇他的身子，轻轻地唤他，但是天元仍这般，阿萍一把捉住了时天元的手，把它放在自己的脸上、嘴上，捂在了自己的胸前，串串泪珠滚落下来，正落在他俩的手背上。

时天元把阿萍搂进胸前，颤颤地说："你真好！我实在对不起你。"

阿萍用嘴唇堵了他一下，深深地叹了一口气。

第二日一早，阿丽来找阿萍哭诉，阿萍大骂了阿凯一通，把阁楼上正睡着的时天元吵醒。阿丽哭着走后，阿萍告诉了时天元一些实情：他俩出事进去其实是昨晚阿丽来跟阿萍借六千块钱交罚金保阿凯她才知道的。阿凯急吼吼出来后马上叫了出租车又叫了小渔船连夜上岛屿去取他白天急忙中藏下的好几万钞票，不料被后一脚赶来的圈里人撞上，给他一顿好打，只是他们生怕出人命把他打后送进了医院又向阿丽报了信，而院方一定要等着押金到了才肯给阿凯动手术，阿丽便来借钱，结果给阿萍痛哭了一顿。时天元简直被闹懵了，先前只知道阿凯玩钱很野的，没料到竟野到如此地步。

阿萍突然想起什么，问时天元："他说要给你炒股，有没有炒？"

"给了他两万。"时天元说。

阿萍拉着时天元就去了证券交易所，找到了在此工作的另一个也认识阿凯的小姐妹，证实到阿凯已好几个月没来炒股了，资金账户上什么都没有。

时天元愤愤地说："没想到坑害我最深的竟然是我最要好的朋友，今后叫我还能相信谁呢？"

阿萍说："这世上毕竟还是好人多，两万块钱就算买个教训吧。"

时天元这才暗暗叫苦，自己本已下岗，无正常收入，阿凯这么一坑坑了全部的积蓄，还让他欠了阿萍八千块的人情，为此他只能

过去日子的碎片

三钿不值两钿地把自己那心爱的"野狼——125"转让了，还上了欠阿萍的人情钱，这样他觉得再与阿萍相处，心里坦然了许多。

如此纠纠缠缠一番，时天元竟跟阿萍相处在一起的时间多了，他俩再也不用说想你爱你而很坦然地相处彼此牵牵缠缠，不用相约，他们就能去蹦迪、去游泳、去兜风、去用餐。时天元跟阿萍相处的时间多了，自然跟晶晶相处的时间少了；跟阿萍相处得热了，自然跟晶晶相处得冷了。

晶晶终于勇敢地出来为捍卫自己的利益而奋起抗争，大家闺秀一般又受过高等教育的她没有骂街，没有撒野，更没有掉泪，因为她同样不相信眼泪。她来到了阿萍的蕾娜服饰商店，堵住了时天元，当着店里所有的人大声宣布："时天元是我的，我们已谈了好几年恋爱，你这样硬挤进来，是很不光彩的。"

阿萍没有让步，说："这跟挤公共汽车一样，候车候得再久，车来了，不用力去挤，只能看着别人挤上去，看着车子开走！怨谁呢？"

晶晶一跺脚，眼看眼泪就噙在眼眶中行将涌出来一狠心奔出了店堂，时天元去追，没料，一辆疾驶而至的摩托车把她撞了个趔趄，而车打了个转又把她压倒在地。

时天元急急把她从车下救起，送了医院。这一撞，竟伤得不轻，先是内伤，动了手术，十几天才脱了危险期，接着是外伤，左脚粉碎性骨折，请了上海的专家来会诊，看了好几个月，最后还是落下了残疾。

紫金文库

　　晶晶因他而伤，使得时天元的内心受大了极大的打击，晶晶昏迷不醒的日子里，时天元几乎痛不欲生。之后每每看着美丽的晶晶的那只残脚，时天元内心总是怀着深深的歉疚，他清楚欠阿萍的人情他能变卖摩托车还掉，然欠晶晶的人情他就是一辈子做牛做马也还不掉。

　　终于有一天，时天元去跟阿萍说："我要跟晶晶结婚了。"

　　阿萍问："你爱她吗？胜过我？"

　　时天元说："我不知道。我只知道公共汽车上好不容易挤上了一个老人、一个抱小孩子的妇女、一个残疾人……大家应该给他让座。"

　　阿萍没说什么。

　　时天元跟晶晶的婚礼隆重而又简朴。阿萍送了一束鲜花给新娘，说："你放着心乘着你的车走吧，既然我没挤上，我会去挤第二辆、第三辆的……错过了一辆，能挤的车子将比你的更多。"

　　结婚后，时天元决计放弃重新进其他单位工作的机会，换一种活法，去尝试一下做渔民的滋味：跟人去搞螃蟹养殖。带他的那人是先前时天元采写过的阳澄湖里的养蟹大户，包了好几十亩水面，有技术，想搞大，只是缺人手，缺文化，两人一拍即合。

　　时天元跟那养蟹大户签约的时候，阿萍送上了五万元钱，当着晶晶的面说："请公证处公证一下，算借给你的，不要一分利息，赚了钱再还我。只是……请你千万千万不要吃醋。"

过去日子的碎片

爱情游戏

　　十八岁天真烂漫的莹豆终于知道自己的出生其实是十几年前一场爱情游戏的结果。这个结果其实她早就知道：说以前，乡下村里有三个插队青年，两个男的，一个女的。别人都回了城，就他们回不了。有一天，公社负责插队青年的主任跟两个男的说："我有个哑巴女儿，你们中谁愿意娶她，我就立马送他回城去！"到了晚上，三人又聚在一起闲聊着打发无聊的时间。女的惹那个男的取乐："干脆你俩合娶了，哑巴，一个做半个女婿，赚得个回城再说。"两男的则反诘："不如连你也搭进去，一人一个，有艳福的娶了你，留在乡下吃萝卜干饭，值！没艳福的娶哑巴回城去吃香的喝辣的，也不赖！"女的听了，拊掌称妙，说："娶就娶，反正总得有一个留下来陪我的。"于是三人做了一个游戏：两把豆子，由两个碗合在桌子上,再由女的前后左右一搅和,让两个男的挑:豆子多的娶她,豆子少的娶哑巴。就这样,豆子多的那位当夜就留了下来,他们成了夫妻;豆子少的那位第二天一早便去了公社,允了主任的亲事,娶了哑巴办了回城手续。

一直到了后来,莹豆才知道:那在村里留下来的就是她的老爸和老妈,说穿了她就是她爸赢的那豆子。输豆子娶哑巴的叫禄,莹豆也见过,妈让她称禄叔。知道这些内幕是一天深夜,那天,她正十八岁生日。她在睡梦中被老爸老妈的打骂声惊醒,家中的冷战与热搏虽说她早已习惯,然这一次的家庭战争却动用了重武器:老爸用家伙把家里唯一值钱的电视机砸坏了,而老妈则在老爸的脸上抓了五条金龙,血殷殷的,挺装样。老爸骂骂咧咧,不依不饶,似乎与禄叔有什么过节,因老爸嚷禄叔的大名时是咬牙切齿的;而老妈则缄口默言,两目怒视,把所有经手的物件摔得乒乓响。莹豆所有的美梦,都在这个深夜蓦然破灭。

这之后,莹豆才渐渐知道,老妈常跟有钱的禄叔在一起,因为老妈每次回家来总要带一些挺稀罕的小物件给她,又常念叨这是你禄叔专门送的。而她爸似乎对此也渐冷漠了,每日的功课是喝点酒、搓一场麻将。自那回砸了电视机,家庭大战又进入了冷战阶段,唇齿之间的龃龉,每日一触即发。在这冰窖般沉闷的家中,莹豆愈来愈感到自己其实是老爸手中那只多余的小牌,湿乎乎地粘在指端,丢出去吃"冲",是输,不丢出去,又听不得"庄",更输。莹豆听数学老师讲过排列组合,这是挺深奥、挺玄乎的学问。她知道老爸每日的功课就是用麻将在研究着排列与组合的深奥与玄乎。而老爸注定永远是个输家,因为他手中永远多了一只要丢的小牌。小小的莹豆其实有时也够深沉的,她知道在她们家的排列与组合中,她永远是一只多余的小牌。不是吗?在爸妈之间的冷战中,老妈最毒的一句便是:"要不是有莹豆,我早跟你拉倒了!"

所以,莹豆在家里觉得憋闷了,或偷偷地闭着房门傻乎乎哭一场,或漫无目的出得家去,随便约上个谁痛痛快快玩上一阵。

莹豆在学校内外有好多朋友,说来也怪,女同学嫌她傲,不大愿意跟她玩,而男同学则觉得她讨俏,谁都愿跟她说句话。在班级里,跟她顶合得来的就有阿瑶、伟峰和小航。阿瑶是班级上的学习委员,功课挺好,人也长得帅气,莹豆坐他前桌,少不得他在学习上的相助,否则凭莹豆那平平的智商远远挨不上优良的等第,莹豆因此挺巴结阿瑶,常常胡言乱语写些小纸条夹杂在书本里给阿瑶,对阿瑶传递一些感激和友好的信息,然常常不慎夹到了同学和老师手中,大家取笑她,她竟挺得意,因为她喜欢这么多人注意她。伟峰和小航,一个是插班生,一个是议价生,功课都不怎么的,然都有一个令人羡慕的老爸。伟峰的老爸是部队上转业到开发区的一个什么大主任,天南海北跑过,说话挺牛的,校门口时不时有什么高级轿车,那定是来接伟峰的。人家请他老爸,家里没人做饭,自然也来接上他上那豪华的去处嘬一顿,只是日积月累把个伟峰撑得肥肥的,走路也喘气,体育没一项及格的。至于周末什么的,叫上一辆轿车,随便约上几个小朋友去什么歌舞厅派对一番,对他来说,是挺容易的事，而每次总有莹豆的份，因为她姣好的童颜、纤长的身姿、圆甜的歌喉，每一次都为伟峰的派对添姿增色。而小航，则是大款的儿子，为人挺仗义，出手大方，时不时在马路边的熟食铺上或什么饮食店里，请大家的客：一人一只鸡腿，或一人一碗馄饨。有时兴起，自然也请大家上什么小饭店嘬上一顿，有鱼有肉，更有酒水饮料，只是伟峰常讥笑他是垃圾大款的儿子，因为他老爸最早是做外国垃圾衣裳起家，还取笑他是草莽英雄，这是因为他常聚众欺侮小同学出了名。可能是莹豆属班上俏妞一类，他曾在小哥们前口出狂言："我一定要把莹豆劫为压寨夫人！"

外边的无忧无怨，常使莹豆暂时忘却家里的憋闷。然而没过多久，家里烽火又起，起因先是老妈接二连三地公然在外宿夜，后是不断以离婚相要挟。此时的老爸，恰逢厂子里不景气，工资打了七折，在家做麻将专业，赢时拉上莹豆逛回街，随她的意买上些高档的时装，但输到穷极时，也会自己拿出莹豆平时老妈给的零花钱，抵挡一阵。整日在输输赢赢中厮杀，早已耗费了老爸无尽的锐气，对老妈的夜宿、要挟，他则抱着无所谓的态度。

莹豆在家照例是多余的，好在有老妈不住地给钱，也饿不着她。无聊了，痛痛快快地出去玩一阵，只是功课每况愈下，亏得阿瑶的相助，还有一些小小的支撑。只是一次数学小测验，她竟有四道大题不知甚解，她只得求救于阿瑶，可阿瑶拒绝了她，她递张小纸条给后桌的阿瑶，不意被监考的数学老师发现，没收了。莹豆心里直呼倒霉，因那上面写着"I Love you"，她原准备施个美人计，

过去日子的碎片

换回四道大题的解法。幸好数学老师只很随意地展开瞥了一眼,就随手丢进了自己的粉笔盒,总算没惹出什么大麻烦。

不意第二日上午,早自修前,那死缠鬼小航,硬拉她等几个相好的同学去吃早点,结果小笼包子老出不了笼,竟把半节早自修也给耽误了,又不巧校长大人亲自值岗捉迟到,他们被逮进了校长室,莹豆自然溜不掉。数学老师去领人时,跟她说:"你再这般,我可要去找你爸妈告状了!"莹豆不无得意地说:"这几天,我老爸打麻将正霉气,你去闹不好,会撞在出气筒口上;我老妈正忙着跟我爸闹离婚,也没好心境,你还是不用去了。"如此这般一说,闹得老师也全无管她的兴致。

正说着,莹豆的老妈正巧赶来学校,受了一通老师的埋怨,道了些自己的不是,便急急地帮莹豆请了半天假。租的"的士"候在校门口,上车后径直去了法院,隔着车窗,莹豆一眼就瞧见法院大牌子的下头站着她睡眼惺忪的老爸,这时,她才掂量出了分量,老爸、老妈看来要玩新牌了,在新的排列与组合中,她的这个多余的小牌就可以丢掉了。

莹豆原想痛哭一场,然后逐一跪在老爸、老妈的面前,求他们看在她的薄面上和好吧,可她没有这般做,因为她清楚什么都是徒劳,而她此刻倒觉得新的排列与组合,兴许比现在要有趣些。

昂昂然,莹豆随着法官进了办公楼一旁的小法庭,莹豆决计此时该美美地玩个把戏,否则在这缠绕她一生的家庭冷战中,她太亏了。

法官问话。老妈作答:"我可什么都不要,莹豆一定得跟我,我有条件、有义务供她受最好的教育！"老爸"哼"了一声，说："你在外偷汉子，莹豆跟你，哼！……"

　　法官征询莹豆的意见。莹豆作了对鸡眼，貌似耳聋，想尽办听懂法官的问话。法官又问了一句："你愿跟谁？"莹豆竟一阵忸怩，傻乎乎地冲法官一乐。法官也不再问话了，又转到第二个细节，问话。

　　莹豆木木地坐着，不一会儿，左半边脸蛋竟一阵一阵抽搐起来，继而，左手也一阵一阵战栗，双眼呈呆状，嘴角还淌着口水，一会儿左腿也开始痉挛了……

　　一边的老妈心寒了："莹儿，你咋啦？！"轻轻地拍她的脸蛋，擦搓她的左手和左腿，不住地唤："莹豆，豆豆，你不要吓你妈噢，妈不会丢下你的，豆豆……"老爸竟也慌了手脚。

　　法官在一旁感慨："你们真不幸，一个女儿，脸蛋倒挺俏的，就是……唉……"法官叹了一口气，说声"改日吧"，便回办公室了。老爸、老妈这才合力扶她出法院，找车回家，莹豆终于心满意足地向老爸、老妈作了一次小小的报复。

　　莹豆很得意自己的杰作，一回学校，就把这逐一向阿瑶、伟峰、小航他们添油加醋地渲染了一番，大家好一阵捧腹大笑。唯有小航笑过后，哭了，大伙一问，知是她的爸妈也正在打离婚，但他不忍心去报复他们，尤其是他妈。

　　莹豆与小航同病相怜，有了好多知心的话儿，不觉到了礼拜，没夜自修课上，两人都不愿早早回家。小航提议，还是去什么地方

过去日子的碎片

喝酒吧,喝他个一醉方休,莹豆拍手赞成。然小航一摸口袋,钱不够,说让莹豆路边候着,他去想个法子,片刻就行。

莹豆正候着,伟峰乘摩托车跟小哥们路过,下来招呼,说派对去不?这回保你快活。莹豆犹豫了片刻还是随他去了,乘了另一辆摩托,飞驰而去,迎面正遇见跑得直喘的小航,但容不得招呼,人就不见了。

那日,玩得确实尽兴,是一个什么建筑工头请的客,市里最豪华的"嘉尔顿不夜世界"。待莹豆回家,已是深夜,伟峰随小车送莹豆到家门,突然告诉她一个好消息。伟峰老爸刚才说:"等莹豆学校毕业,一定帮她在开发区挑一个顶好的工作,又赚钱又省心。"莹豆其实也无所谓,但为回报伟峰一番盛情,竟故作惊喜:"真的,太好了!"伟峰趁火打劫:"你怎么谢我?"莹豆想了想,说:"给你一个吻吧!"伟峰大喜过望,"真的?"莹豆遂捧起个脑袋,在他滚圆的腮帮子上,像小鸡啄了一下。伟峰大乐:"开心死了!"

不想,这一切被守候在一边的小航瞧得一清二楚,加上晚饭前劫走他约好的莹豆,他更是恨得可以。

为讨个说法,第二天中午,小航挺诡秘地把阿瑶、伟峰、莹豆叫出了校门,进了一家小餐馆,可他目光呆呆的,脸色很难看。

酒菜摆上来,阿瑶怯了:"这酒可上不得,下午还有课,老师知道可不得了啊!老爸也不让我沾酒的!"

小航道:"你喝饮料!"说着,自顾倒了一盅酒,"咕"的一口下了肚。

伟峰要走，挖苦说："这么蹩脚的饭店，我可不吃。垃圾老板的儿子终究做不出大事体。"

小航怒道："你不吃也坐着！今天我们来玩个说法！"又自顾倒了盅，"咕"的一声咽了下去，接着掏出一颗绿豆，冲莹豆说："这豆就是你！"随即取过三个酒盅，合在其中一只里，前后左右一搅和，手一摆，很坦然："来吧，一人一只。"

"慢！"伟峰说："有什么彩头！"

莹豆觉得很有趣，她突然设想，也许她老爸、老妈他们当年就是这般游戏的，他们能玩，我玩不得？于是也很坦然："你们说吧？"

小航说："一个吻！"莹豆挺开心，"吻就吻！"

阿瑶退缩了，"我不玩！"

伟峰骂了声："傻瓜！"早已伸出手，"留最后的归你就是了！"翻开酒盅：绿豆！侧过腮帮子，挺得意。"来，莹豆，昨晚这边，今天可得这边了！让人家垃圾小开瞧着点，学着点，可得憋着点。"

小航扬起手中的竹筷，骂了声："肥猪！"说："你再玩我一下，我给你颜色看！"

伟峰自然不怕，虽然胖，自持身大力不亏，又激了小航一下："你个垃圾小开……"

小航一时兴起，手中的竹筷朝伟峰滚圆的肚子上捅去，用力猛，衣衫薄又挡不住什么力，那筷竟一下子捅了进去。伟峰惨叫一

过去日子的碎片

声倒下了,四周惊呼:"血啊!出人命了!"

一见血,莹豆随即晕了过去。待她醒来,她已在医院的病床上,吊着盐水。她睁开眼,见病床左右两边,一边站着老妈,嘤嘤的早已哭成了泪人;另一边竟立着让她称禄叔但她总不愿叫的那个早年输了豆子现在成了大款的男人。

一会儿,护士进来为她拔针头,说是那胖子正在缝肠子,看上去死不了。休息片刻,两人扶她出医院,"的士"候着,去了公安局,小航、阿瑶都在,还有饭店的老板。

见他们到,小航木木地抬起头,毫无表情地喃喃一声:"爸爸。"莹豆一见竟是冲那禄叔。

那禄叔轻轻地说:"小子,你这下祸闯大了!我看你咋收场?"

小航竟是禄叔的儿子?莹豆想来想去,想不通!

紫金文库

猪场之恋

1968年高中毕业那年,尹燕从苏城到苏南水乡插队劳动。尹燕是家里最小的女儿,早年留学苏联的爹在大学里教书,其他哥哥姐姐或插队或支边或成家,都已一个个相继离家。

临出发时,尹燕爹花了一天的工夫,给尹燕准备了一藤箱书,那是爹的宝贝。尹燕看着爹取书迟缓的样子,觉察出爹内心的不舍和矛盾。小女儿、书籍,都是爹的挚爱,尤其是从小爱读书的她,常常花着心思给内心孤寂、愈发苍老的爹,送去快乐和安慰。在爹身边的好日子结束了,想着爹也将更加孤独,尹燕突然多了一丝沮丧。

拖着爹这箱沉重的书,尹燕到了离陈墩镇最远的银泾村插队劳动,在这养活自己。那是个小渔村。尹燕她们一起下乡的女插队青

过去日子的碎片

年不少,然分到银泾村的就尹燕一个。

队长阿胡子带着人一起摇船来接尹燕。一路清澈的河水,让尹燕惊喜不已。乘在船上,晃晃悠悠。好半天,尹燕才到了她插队的小村子。船靠岸,尹燕在两岸村里人众多陌生的眼光中拖着藤箱上岸。村子很小,进村只有几条水路,没有旱路,平常时,很少有陌生人进村。尹燕第一回突然被这么多陌生的眼神包围,一慌,藤箱撞在岸边的石墩上,铰链断了,书撒了一地,有的险些掉进水里。村里人一个个咧嘴窃笑,尹燕一下子涨得脸色通红。忙乱中,尹燕只能把书胡乱地叠在一起。队长阿胡子吆喝着叫一个瘦高男子过来帮尹燕搬书。

那男子迟疑着,阿胡子队长恼了,骂骂咧咧的。于是,那瘦高男子在众村姑的嬉笑中,很不情愿地过来,帮尹燕把散落在河岸边的书一本本捡起来,叠好,重新装入藤箱。瘦高男子,大手大脚,那手和脚似乎与捡书、理书、装书、搬书的动作有点不大协调。

尹燕被安置在队里的小库房里,东隔壁是队部、西隔壁是代销店。

傍晚时分,有人过来给尹燕送东西。尹燕一看,是那个帮她捡书、搬书的瘦高男子。当男子掏火柴点亮送来的东西时,尹燕才知道那是一盏手工做的煤油灯。灯光映照着男子瘦高个子轮廓分明的脸庞,那是个三十岁左右干练而沉默的男子。瘦高男子似乎是为了消除自己送煤油灯的唐突,瓮声瓮气地说,是队长让我送来的。站了一会,瘦高男子迟疑着说,想跟你商量个事。尹燕一脸疑惑,问，啥事？他似乎顾虑重重，说，想向你借本书，一看完就送还。尹燕听了，显得很爽气，说，书，有的是，你尽管挑。他拿了最上面的那本苏联作家肖洛霍夫的《静静的顿河》，一副爱不释手的样子。

初到银泾村的几日，队长没有让尹燕马上参加劳动。一日三餐，吃的是队里的派饭，派到哪家，吃到哪家。尹燕嘴甜，到哪家吃饭，总挑人家喜欢听的称呼叫人。村子小，没几天，尹燕跟村里人都熟了。没事的时候，尹燕就去村子四处转悠，她尤其喜欢去村头的猪场，小猪宝宝白白胖胖的挺可爱，拿本书，草垛边一坐，听着猪们欢快的叫声，一坐就是小半天。

第三天晚上，有人叫尹燕到隔壁的队部开社员大会。大会很热闹，大人全到了，小孩在场地上疯闹。这似乎是一次全村的大聚会。会上，队长阿胡子说，大家都晓得，猪场里养了几十年猪猡的阿艮，前几日突然生病走了。队里想要再挑个饲养员，最好家里没有牵手绊脚的事能够腾出身子住在猪场里的。会场上，没有人应答，阿胡子又开始骂骂咧咧了。尹燕喜欢肉嘟嘟的小猪，头脑一热，说，队长，让我养猪吧。队长阿胡子用不解和怀疑的眼神看着尹燕，说，你会养猪不？你得住在村外的猪场上，有时还得一个人撑着，怕不？！尹燕说，我爹是大学里生物教授，我从小在小动物圈子里长大的，我会养，我也不怕。

众村民用异样、怀疑、赞许等不同眼神看着这城里来的姑娘。再也没有其他人愿意干养猪猡的事，尹燕的请求一下子被队委会批

过去日子的碎片

准了。

第二天，尹燕跟着队长阿胡子进了猪场。猪场三面环水，很安静。尹燕喜欢安静的地方。尹燕想，到了夜里，伴着猪的叫唤，在煤油灯下静静地读自己喜欢的书，那正是自己要的日子。

傍晚时，借书的瘦高男子过来还书，迟疑着，提出要再借书，也不挑，取了本《攻击柏林》，兴冲冲走了。瘦高男子离开时，队长阿胡子正好过来。

队长阿胡子是出了名的"石灰爆"脾气，一沾水就爆，问尹燕，苏三过来干吗？

尹燕说，他来换书。

队长阿胡子没好气地说，这书呆子，你离他远点。队长又说，他是地主苏瓜子家的三儿子，三十岁了还没找上对象，你得提防点他。

尹燕没接话茬，突然发觉队长话里有话，脸上顿时有点发烧。

队长阿胡子带尹燕在猪场里转悠了一圈，专门看了几十个小猪，还算满意，吩咐几句走了。

尹燕回到自己住的茅草土坯房，点上煤油灯，想翻书看几页，眼皮却耷拉下来。看几行字，瞌睡虫就来了，和着干活的脏衣裤一觉睡了过去。到了后半夜，突然风大了下起了雨，动静挺大，尹燕被惊醒，看见另一个饲养员老宽提着风灯在猪场里转悠。尹燕不知如何是好，也颠颠地跟着去转悠。再回住房，没了睡意，但觉得有点累。尹燕原本想得很天真，心想当饲养员，无非是爹实验场饲养小动物一般，又有趣又好玩。可真当上饲养员，尹燕发现自己大错特错了。猪场上，根本没有自己想象的那么清闲。上百头大大小小的猪，整天得忙着为它们弄吃的。白天，尹燕跟着老宽，挑水、煮猪食、切水草、喂猪食，到了晚上早已累得腰酸背痛，根本不能看书。

又过了几天，苏三过来还书，他没有说啥，放下书就走。尹燕原本想再介绍几本好书给他，一见他那样子，心想定是队长阿胡子斥责过他了。尹燕可不管，拿了本车尔尼雪夫斯基的《怎么办》追了上去，硬塞给他。他有点惶恐，书一拿，急急溜了。

这天晚上，睡到半夜，尹燕突然被一个奇怪的声音惊醒。睁眼，眼前一个巨大的黑影把尹燕吓得几乎灵魂出窍，出于求生本能，尹燕惊叫起来，声嘶力竭。黑影扑过来，尹燕叫着躲过。黑影没扑住，慌了，转身从歪斜的门框里夺门而去。尹燕不停地叫，一直到黑影消失。惊慌中，尹燕好不容易点亮风灯，过去敲老宽的门，老头耳背，尹燕这么叫唤，竟没惊动他。回屋，尹燕埋头痛哭，一直哭到第二天天亮。尹燕去找队长阿胡子，队长"石灰爆"脾气发了，骂了好几句粗话。骂着，队长抱了自家院子里一条脏兮兮的小狗，说，好好养大，它会撑你胆的。看那小狗，尹燕又想哭，那狗太瘦弱了，哪是歹人的对手？！但去猪场，是尹燕自己挑的活，尹燕只能忍着。

为防备再有黑影来骚扰，回猪场后，尹燕想了好多法子。临睡前，尹燕总是把一些叮当作响的锅盆勺刀叉挂在门框上。煤油风灯

过去日子的碎片

放在随手能抓到的床边。

小狗一天天渐渐长大。猪场里有的是吃食，那狗也不挑食，跟猪猡争食。渐渐长大的狗，有了一点吓人的威势，一有风吹草动就拼命叫唤。

农闲时，队长阿胡子常常把村民聚集起来开会。每次会上，队长阿胡子还老是拿尹燕的事骂人，说，哪个臭小子夜里再敢去猪场扰人家女插队青年，只要被我逮住，一定送他去公社派出所，非让他坐几年班房不可。

又过了一段日子，江南水乡烦人的黄梅季节来了，雨下个不停，下得河水涨得满满的，猪场通村子的堰堤上也漫上了水。

尹燕的土坯茅草屋到处渗水，被子整天湿漉漉的。一天天，尹燕只能待在猪场里，盼天晴好，等水退去。然尹燕的茅草屋最终没有撑过一轮又一轮的风雨。这天半夜，风雨大作，雨倾盆而下，风疯狂肆虐。在这狂风暴雨的双重袭击下，尹燕的茅草屋一下子塌了。尹燕原本想逃，然稍一迟疑没逃成，被塌下的土坯乱砖竹木什么的一下子压住了，恰似天塌下来一般。尹燕被压着，透不过气来，一阵阵，迷迷糊糊的。尹燕突然闻到了有些刺鼻的煤油味，尹燕记得，屋子塌下来的瞬间，尹燕抓住了床边的煤油风灯。不知过了多长时间，尹燕觉得有人在扒压在她身上的重物，尹燕渐渐地缓过气来，然还是一阵又一阵迷糊，浑身上下疼痛不止。迷糊中，尹燕又感到，有人把她从废墟中扒出，裹上雨衣背着似乎上了一条晃晃悠悠的小船。尹燕只觉得身子湿漉漉滑腻腻的，不知是水是血

067

是泥还是煤油,只觉得背她的人高大有力,那背很坚实。后来的情况,尹燕实在不记得了。尹燕是怎样被送到队长阿胡子家门口的,尹燕是怎样反复念叨着"煤油煤油"的,尹燕是怎样被送到公社卫生院抢救的,都不记得了。这些被救的细节,还是后来从队里阿胡子派来陪护尹燕的阿宽嫂那里听说的。尹燕还听说,也就是那个晚上,队长阿胡子从尹燕不停嚷着"煤油"的胡话中,得到了启发,把全队所有的男子叫出来排查,结果苏三被队长阿胡子抓了现行,罪证是他身上有着浓重的煤油味,还有好多皮肤的创伤,这是他逃不了的证据。队长阿胡子派队里的基干民兵把苏三押送到了公社派出所。派出所民警审问了苏三。苏三承认是他从废墟里把尹燕扒出来又背到队长家门口的。民警问,又是风又是雨的后半夜,你去猪场干吗?苏三不说。后来,苏三被押到了县拘留所,罪名是破坏"上山下乡"。

不管他们以怎么样的理由关押苏三,尹燕则坚持自己的感觉,她清楚,苏三应该是她的救命恩人。

尹燕在公社卫生院里住了一段时间,终于能够下床了。趁阿宽嫂不备,尹燕溜出了病房。到了县里,尹燕开始到处打听苏三的下落。追着苏三案子的线索,尹燕跑了县看守所、公安局、检察院、法院。尹燕一一跟办案人说,她就是被苏三半夜里从猪场上救出来的插队女青年,苏三是她的救命恩人。公检法的人不理会她,尹燕便写了书面的诉状,送到县里专门的上山下乡办公室,白纸黑字写着,她被救的女插队青年尹燕愿意以身相许,证明地主家的子女苏三是清白的。在那个专门办公室，有人劝尹燕，人家成分不好，你犯不着这样做，污你自己的清白。尹燕一直坚持自己的请求。后来，公检法和上山下乡办公室的人员专门一起分析了苏三的案子。最后，苏三被无罪放了。

从拘留所出来后的苏三，老是避着尹燕。尹燕知道，蹲拘留所的坏名声出去后，苏三更没有人会嫁给他了。

有一回，田塍上，赤着脚的尹燕拦住挑着猪粪的苏三，跟他说，现在全县人民都知道尹燕要嫁给你了，尹燕绝不食言！

苏三犟着说，我不愿意！

尹燕铁了心，说，你若不愿意，可以，我就一辈子不嫁人！

僵持了几年，到了1977年底，国家政策上允许社会青年参加全国统一高考。尹燕回城复习了几个月，又返回公社参加了当年的高考。初考，尹燕得了全县最高的考分，复考又顺利入榜，考取他爹待了几十年的大学，依依不舍地离开了银泾村。

临走时，尹燕去找苏三，跟他说，我在苏城等你！苏三没有说一句话。

回城后，尹燕一边读书，一边伺候年迈的老爹，整日忙忙碌碌。也许，他爹优良的读书基因，使得尹燕在读书方面特别出色，年年各学科成绩总是全年级最好，年年拿全年级最高的奖学金。尹燕，人又长得俏丽，一大群三十大几的老三届男生一有空就围着转着挑明了跟她说，要跟她谈恋爱。然尹燕全都回绝了，她写了一张小纸，贴在年级橱窗角上，署着名声明说，我早有对象了。

第三年暑假后开学时,尹燕按惯例去火车站接入学新生。站台上,来来往往的人熙熙攘攘。突然一个大手大脚的瘦高男子拖着一小堆行李出现在尹燕的跟前。瘦高男子看了尹燕一会,叫了声,学姐。尹燕没有转过神来,那男子再叫了一声"学姐",样子坏坏的。

尹燕根本没有想到,眼前突然蹦出来的男人会是苏三。三年不见,苏三更瘦、更结实了。尹燕再才抑制不住,顾不得周围那么新老学生,一下子紧紧拥住苏三,抽泣不已,生怕他的苏三再从她身边溜走。

尹燕万万没有想到,她考取大学走后,苏三在家默默自学了三年,凭着超过常人的天智,以原来初中毕业的基础,一下子顺利考取了尹燕所在大学的所学专业,真正成了尹燕的学弟。

大学毕业,尹燕、苏三先后留校任教。

再后来,在尹燕老爹腾出来的老屋里,尹燕和苏三成了家。

结婚那晚,尹燕执意要在自己的新房里点满好多自己亲手制作的煤油灯。

那晚,尹燕问苏三,我出事的那晚,你怎么会在猪场?!

苏三说,不瞒你说,自从有人骚扰你的那晚开始,我每晚就一直摇着一条小渔船在附近河面上守着,装着捕鱼。其实是不放心你,怕你出事。

过去日子的碎片

去苏州

华灯与日光相接的时刻，阿桓终于登上了那辆脏兮兮充满汗腥和脚臭的过路长途客车，义无反顾地从一个城市向另一个所向往的城市赶去，确切一点，是从省会南京赶到那个天堂一般美丽的水城苏州，而阿桓手里唯一的行李是手中那本早已磨损的《围城》精装本。这是一个小时之前小奕在电话中随意间提到的，她说，把你那本宝贝《围城》带上，让我也看看。这本书是三年前，他们再次相聚相伴逛书城时买的。这书阿桓是很珍爱的，常常锁在办公桌的抽屉里，闲暇时拿出来翻翻，一段一段地读下去，读完了，再从头开始。

阿桓在省城一家报社工作，具体工作是为他人作嫁衣，当幕后的文字编辑，因为不是什么大报，工作显得并不那么辛苦，只是有点枯燥、单调，不像记者那样来得活络，可以全省各处转悠，饭局连着饭局。当编辑，有时也得加加夜班，有时因为一两份稿子一时定不下来还得等，有时弄得晚了，阿桓也就干脆在编辑值班室对付个半宿。而这次去苏州，阿桓是找的另一个理由，说是去另一个城市向一个自由撰稿人当面约一篇稿子。因为阿桓怕被什么熟人撞上，说见着他坐了长途车离开了南京，那是绝对要坏事的。

阿桓是很少出门的，这次仓促赶夜车，完全是因为小奕那句甜丝丝的话，你就来吧！苏州，是阿桓日思夜想都想去的城市，不只因为苏州是个水城，而是因为苏州有一个像水一样温温柔柔的小奕，为了小奕，阿桓几乎是义无反顾。

从挂上电话那刻那秒起，阿桓就步入一种莫名的兴奋之中，多年的缠心缠肺的牵挂与思念，凝聚成了一种深深的渴望，他渴望小奕那小巧的一说话就翕动着的鼻翼，那有轮有廓瘦削而光洁如瓷的小小脸庞，那双明丽的大眼睛，更有那满头柔柔的溢满皂香偶尔恣意地攀挽他的手与脸的秀发。然而，渴望只是渴望，他们之间只是电话里长长的甜情与蜜意，这几年来，阿桓把不多的稿费几乎全部花在了手机费用上，南京和苏州毕竟是长途。

今天的仓促成行，其实也缘于临下班时那次通话，阿桓说，小奕，这几天我很想你，常常想，梦里常常是一个个笑眯眯的你，白天常常被一个声音或一个身影愣住，误以为是你，你想我不？小奕说。不想，我为啥要想你呢？你值得我想吗？自作多情！小奕，你不要用这种怪怪的腔调对我说话，你应该相信我是爱你的。小奕

过去日子的碎片

说,你不要说了,一切都是徒劳的,不是么,我们一开始就注定是没有结局的,何苦为了这没有结局的事情努力呢?阿桓说,我渴望结局,但我也同样渴望过程,渴望过程的美好、壮丽,甚至壮烈,过程美好了,还在乎什么结局呢?小奕说,你太罗曼蒂克了,你也太柏拉图了。阿桓说,我不罗曼蒂克行吗?我不柏拉图行吗?其他不说,我想去苏州一次,想了好多次了,能行吗?每一次,你都说,你再说我就不理你了,确实我最怕你不理我,这是我的最致命的所在,世界上只有你知道,只有你会以此为武器来胁逼我投降,胁逼我妥协,胁逼我对你的思念有所收敛,但可能吗?!小奕说,那你就来吧!苏州又不是外国,想来就来,谁也拦不了你!阿桓不言了。电话中是一阵长长的沉默,阿桓几乎可以听到自己的心跳和对方有点急促的呼吸,半晌,阿桓绝望地说,小奕,我真想来,非常非常想来。小奕说,那你就来吧!阿桓问,真的?小奕说,想来就来吧。几乎一分钟后,阿桓又跟小奕接上线,义无反顾地说,小奕,我想好了,马上就去你那里,不管能不能见上你。小奕说,说好了,不要朝家里打电话,CALL机为你留着。

因为小奕,阿桓也就全然不在乎刚才赶车时的紧张与窘迫,以及眼下莫名的恐惧。刚才几乎在挂断电话的同时,阿桓冲下了报社办公楼,招了一辆的士,一直赶到中央门,眼见最后一辆高速大巴驶离车站,他只能一个人站在那里发呆。一个男人走过来,说到哪里,他有的是车,八十块钱一个,要走马上走,阿桓义无反顾地跟着这个有点匪气的男人,穿过一条川流不息的马路,来到一条更拥挤的马路上,那个男人说你不要走开,就去找车子。随后又来叫他,一阵小跑,这才把他弄上这辆脏兮兮塞满鸡蛋鸭蛋大包小包充满汗腥和脚臭的长途客车,拿走了他八十元钱,消失在人与车交混的河流当中。车上几个胳膊上刺青的年轻人安顿他在脏兮兮的下辅坐好,向他要车钱,阿桓说,车钱我已经给了,给了那个送我上车的人了。刺青年轻人说,啥呀,他是他,我们是我们,你被人家卖了,还不知道。跟阿桓一起上车的人死活不肯给钱,被刺青的年轻人骂骂咧咧地推下车门。阿桓只能认栽,谁让我是去苏州呢!上了车,按理得给小奕打个电话,或CALL句中文,然阿桓心里寒寒的,不敢掏出手机露出丁点富气。因为第一次坐这般长途车,黑洞洞的又是夜行车,不知深浅,心存恐惧。

沿312国道到丹阳境内,汽车在一片满是碎石屑的矿场上停下,刺青的年轻人说了声停车半小时吃饭。司机他们三四个人呼啦一下进了路边一处饭店,饭店主过来拦人,因为客车停在他的店门前。司机进的是他的店,旅客也就非进他店里用餐不可。有人去了饭店,但大多只是下去放放风,站着吸支烟,有人去了另一处饭店,被这边的店主撞见,一道叫骂,那一边的店主也不甘心。一会儿两边各自窜出一个女人,开始对骂,腾出男人去接应客人,不一会儿,饭店里也传来叫骂声和掀桌对斗的声音,继而一男子满面鲜血地被追打出来,哭叫着向黑暗深处跑去。阿桓没有一点想进食的欲望。只是想伺机给小奕道一声,自己正在赶往苏州的长途客车上。

过去日子的碎片

　　坐在阿桓边上又跟阿桓一起下车的有两个穿武警制服的小年轻，从他们稚嫩的脸上可以看出他们是什么公安学校的学生，阿桓尽可能跟他们靠在一起，让人家误认为他们是一伙的，也可以从心里增加些安全感。趁着夜色，阿桓避过人们的视线给小奕打了一个中文呼机，不一会儿，小奕从家里来了一个电话，甜甜地问他真的来了？！到了哪里了？阿桓说好像到了丹阳了，估计十一点能到，只是车子上人杂，打电话不大方便。阿桓心里想着小奕穿着睡衣等他的模样一定更可爱，途中恼人的事也就不在乎了。

　　半个小时后，客人都上了车，司机却迟迟不开车，不一会儿，店主带着一些人骂骂咧咧地上车，一个个用强光电筒照着认刚才那张被打得鲜血淋漓的脸，电筒照到阿桓，阿桓本想发作一下，可一想小奕在苏州等着他，也就忍了。当那店主确信他们要找的人不在车上时，才气呼呼地下了车。车门一合上，酒足饭饱的司机这才发动车子上路，一上车可了不得，那车开得跟飞一样，望着微暗的亮光下司机红彤彤的脸庞，车上所有的脸都漠然地静静地恹恹欲睡。想着小奕的阿桓，心里痛痛地想，假若这车翻了，他也在这辆车里死去了，那小奕一定会很伤心很伤心的，想到小奕会因他死去而伤心，阿桓心里多多少少有一些幸福的感觉。

　　客车开了十多里经过一处公路收费站，竟冒出了那个刚才满脸是血现在缠着纱布的男子，显然他在情急之际拦上了过路车先行到这里候着这辆公交车。也显然他在收费站得到了别人的救助。而那男子上车后却像被折断翅膀的老鹰一样，毫无锐气，毫无斗志，一言不发病猫般蜷缩在阿桓的左前边低铺上。阿桓心血来潮地想：他一定不会像他一般去与心爱的人幽会，不然他也会像他一般小心翼翼，尽可能不去招谁惹谁，要是小奕看见他这个模样一定会痛心的，一定会大惊小怪以为天塌下来的。记得曾有那么一回，他生病住了医院，一天到晚是小奕的电话，到了傍晚竟还收到了小奕从苏州送来的礼仪鲜花，在此之前，他从没有收到过鲜花，他不知道这些鲜花叫什么名字，代表什么含义，他只知道这些鲜花很美，很高雅，香气也是清幽淡雅，袭袭而来，沁人肺腑。

　　客车进入某个城区，好像是常州，司机把车开得乌龟爬一般，几个刺青小伙在窗口拼命地喊：上海、苏州到无锡啦……一会儿，客车又开回了原地，如此几个回转，捎了几个客人，又发疯似的冲向另一个城市，车上旅人都已疲惫，酣睡一片，左前座那受伤的男人在梦中低吟，似乎梦中遇上更不顺心的事。

　　车入无锡，客车又在城区马路上兜圈子招徕客人，一圈又一圈。车的过道里都是箩筐，箩筐上也坐满了半道上来的小贩，这时，阿桓的手机突然响了，阿桓一阵恐慌，忙用衣服按着，减轻响声，用手捂着，轻轻地唤了一声，嗳，是我！手机里传来小奕似乎梦中的问候，到了哪里了？到无锡了？！阿桓告诉小奕自己肚子很饿。小奕说，我会给你下最可口的面条。我做的面条可好吃啦，包你一吃还想吃，现在想吃了吧？！我让你饿，饿了更好吃！……阿桓对手机窃窃私语，招来左前座男子的注意，阿桓发觉他受伤的眼神在瞪他。阿桓更觉得心里甜甜的，因为有人在嫉妒着他的幸福。

过去日子的碎片

深夜十二点左右,长途客车终于开进了灯火辉煌的苏州城。车上的长途短途客人,呼啦啦一下子好多人,阿桓在众人推搡之下下了车,只是下车后的阿桓站在马路上一片茫然,在他急急地和小奕通话之际,见那受伤的男人也提着行李下了车,叫了辆的士消失在灯海之中。阿桓说,小奕我怎么到你那里去呢?小奕问,你在哪里呢?阿桓说,我也不知道,苏州我可是第一次来呀。小奕说,你先打的,到三元新村,慢慢找我家,我为你开着灯。

打的到三元新村,并不远,阿桓便开始找小奕说的那幢楼,找那扇为他亮着的窗户。因为排号有点乱,阿桓找了好长时间,就是找不到那楼那窗,夜色已深,行人已无,只能一幢幢找。过了好长时间,阿桓终于在几乎失望之际找到了那楼那窗。那窗挂着粉红色的窗帘,灯光是那么的温馨,终于看见小奕在窗户里移动的身影,阿桓的心蓦地剧烈跳动起来。阿桓按捺不住内心的喜悦,忙打电话,想告诉她,我已在你的窗前。可是电话盲音,再打,又是盲音,一次次打,一次次盲音,阿桓知道,假如世界上所有的人都骗了他,小奕也不会骗他,拿他开玩笑的,定是匆忙之中没有把电话搁好,他便通过人工台给小奕发了条信息,我已在楼下,能上来吗?!等了好久,阿桓的手机终于响起,里面传来小奕受惊而颤颤的声音,显然用手捂着,低低地说,阿桓,非常对不起你,他突然回来了,好像路上才跟什么人打过架,满头是血,才吃了点东西睡下,我不能和你通电话了,请你原谅我,找个地方住下,明天就回南京吧,说着把电话搁了。阿桓被凉在那里,暗自伤心,针刺一般。阿桓在窗下坐着，吸了一支又一支烟，一直点上最后一支，窗口的灯仍亮着，一直亮着。阿桓掏出手机，发现手机即将没电了，阿桓按了一下号码，在手机即将没电之前，又发了一条中文信息，请你到窗前向我摆摆手。发完信息手机正好没电。

不一会儿，那粉红色的窗帘拉开一缕，灯光中映现一个熟悉的身影，缓缓地站在那儿，摆了一下手，又摆了一下手，转身回去，灯光熄灭了。

阿桓吸完了最后一支烟，人仍然沉浸在从一个城市赶到另一个全心所向往的城市的过程当中，一摸上衣的大口袋，那本《围城》还在！

一把钥匙一道门

一

阿良与阿涓激情了好长一阵之后,瘫坐在沙发上。每每,阿良总巴望着时间就此定格。

阿涓披头散发蜷缩在沙发的另一头恹恹欲睡,像一只孤独的小母鹿。

夜幕从窗外透入,柔柔的,小小的办公楼静谧得也似乎恹恹欲睡。

阿良想再度去拥阿涓时,阿涓却缩得紧紧的。阿良失望的手开始捋阿涓披散的长发。

阿涓欠身坐起，拨开阿良的手，噘嘴，嗔言：规矩点，这是办公室。

阿良顿时一个激灵，那原本游动的手，变得索然无味。

看着阿良满桌子这家那家报社杂志社寄来的刊登有阿良大作的报纸和杂志，阿涓哀哀怨怨地说：你写诗、写剧本、写小说，却写不来一把钥匙！

阿涓的话，刺在了阿良的心上，写诗、写剧本、写小说，其实也不是阿良的工作，然作为群众文艺创作辅导员的阿良现在除了写写弄弄，其实也没啥可弄的，只是阿良何尝不巴望写来写去，写来一把属于自己的钥匙，但似乎一踏入这群众艺术馆的大门，就注定着他将与那把钥匙无缘。

馆里没有能力给他住房，他靠仅有的工资奖金和稿费，若自己去买房，那还遥遥无期。他曾想租房，虽说房价很贵，租房可能要花掉他大半的工资。然阿涓听了似乎鼻子在说：亏你个大作家想得出，谁租房结婚？！你不要脸面，我可要脸面，我又不是嫁不掉。

这让阿良很痛心，阿涓跟了他，确实亏了她。

每回都是这般激情之后的哀哀怨怨，这愈发让阿良心存愧意，但阿良还是个拿得起放得下的人，他一看时间不早，征询道：我们去哪吃点什么，牛排怎么样？！我今天拿着稿费了。

你省着买房吧，阿涓说。

总不能饿着肚子谈情说爱吧？！

谁跟你谈情说爱啦？臭美！

过去日子的碎片

阿良起来关灯关门拥着阿涓出了办公楼的小便门。

正喝着小酒看传达室的老关为他们按亮了过道大灯,跟他们招呼:阿良,又加班呀?走好,走好!

出了大门,阿涓突然卟一声笑了:加班!加班!

阿良也笑了,但笑中带些苦楚。

在华典茶吧靠街的窗前,他们找到了他们的老位子,一副秋千式的荡椅,他们已多少次在此荡椅上消磨了无数个漫漫长夜,偌大的厅堂里悠悠地回荡着的仍是那首经典的"梁祝",他点的仍是那大份的三鲜水饺和一壶老老的铁观音茶,酽酽的,有点甘苦。

相拥着坐到很晚,阿良才和阿涓依依分手。

每回相聚后的惜别,阿良却觉得有一些莫名的惆怅。要是有一把钥匙,他们将相拥良宵到天明。然阿良做梦也没有料到,这竟然是他们最后一次相见。

二

阿涓突然消失了,而事实上,确实没有任何理由,阿良不相信阿涓会突然之间这般绝情。阿良无从再找得到阿涓,手机停了,到阿涓打工的地方一问,说是阿涓辞职走了,再问,说是阿涓要做新娘了,听说老公是她新公司的老板。

阿良晕了,像是在听一段天方夜谭,但不久阿良收到的手机短信,证实了一切都是事实。短信是阿涓发的,号码是陌生的,短信说：阿良，我把自己嫁给了房子，我要在这座城市立足，我不能没有房子。实在对不起，只能跟你说拜拜了。阿涓是个外来打工妹，阿涓的心思阿良懂。阿涓总不能在大街上跟他睡觉，跟他做爱，为他生孩子吧？！

阿良没有过多地责怪阿涓的绝情而去恨她。他知道，在生活中往往女人比男人来得实际，更明白，没有面包的爱情会饿肚子。但到了阿涓正式结婚的那天，阿良还是把自己灌醉了。

那天，其实也是室友加同事老牛的好意，他体谅失恋的男人需要什么，于是，他把他们共同的朋友在派出所的阿陶、在人民医院的阿蒋和在民政局的阿胡都唤来了，还带了一帮陌生的美女。

阿良失恋了，大家都很同情，都是好多年的朋友了，大家说恨不能把自己的幸福分点给阿良，尤其是那些美女，一个个柔骨侠义，杯盘间多了番温情。

当酒意到了高潮的时节，老牛向美女们发出了号召：谁愿嫁给阿良为妻？！其实也只是酒后的一句戏言。

没想到，竟然有美女响应，我愿嫁给阿良为妻，不管富贵，不管贫穷，一生相许，永不后悔。

响应的美女名叫娅露，个儿不高，但长得挺秀气，圆乎乎的脸庞，酒一灌，红扑扑的，尤那酒后异样的眼神，滑稽的笑，可看出醉得也不浅。

我们干脆把好事办了！老牛提议，阿陶、阿蒋、阿胡都是有些能耐的人，自然响应，还即刻打电话找车找人。没太长时间，拍照、婚检，一直到结婚证到手。疯过，闹过。彤红的结婚证一式两张，正好阿良、娅露一人一张。

众人各扶阿良、娅露回去。

阿良拥着那张红彤彤的证书，昏睡到了第二天中午，还觉得脑袋瓜沉沉的。

三

阿涓的结婚，给阿良心灵的震动很大，阿良毕竟是凭个人奋斗吃得起苦又受过良好教育的人，他不再为自己出身的贫寒而哀怨，他逐步从过于幻想走向实际。一些正在走向成功的同学给了他好多启示，他们善意地让他写些电视剧本，这些是阿良擅长的。

阿良于是接了个电视剧本，他写电视剧本其实是按人家的总构思写的，无非是些男男女女卿卿我我的事，一集一集地往下编，倒也顺手。按约定，他只需写个毛本，交给人家，任由人家处置，只是过些日子，人家会在他的卡上打些钱。反正，不用坐班的阿良，有的是时间。

那回醉酒后，阿良就不曾再醉酒，因为他不想因此而消沉。至于阿牛、阿陶、阿胡、阿蒋他们，他也常常回绝他们几次盛宴相邀，他只是想自己一个人静静地做些事情。

至于跟娅露第二次见面，那已是半年后的事。

那晚，沪上有位曾编过他好几篇小说的女编辑出来约稿经过本地，阿良则尽地主之谊，邀其便在上岛咖啡屋喝咖啡吃西餐，阿良原来想去华典的，但一想那老老的地方便有点触景生情，便去了上岛。只是才坐定，一瞥眼，阿良竟撞见了娅露，其实她身边还有一位小情人一般的人物，这从她一脸的幸福能看出，他先是一愣，继而若无其事漫无边际地跟女编辑谈一些新小说的构思。

阿良没料到，娅露会主动过来跟他招呼，而且望着模样也挺俊气的女编辑，一脸的诡异且有意多看了几眼。

阿良一时不知所措，但他还是跟娅露介绍了女编辑以消除娅露的误解。

娅露也随意地问，近来可好？！还想她么？！她，显然是指阿涓，还说有新的大作，可让她好好拜读拜读。

阿良有一句没一句地应付着，局促的样子。

女编辑托着香腮，一脸微笑，看着阿良蹩脚的表演。

娅露转身走后，女编辑笑了，说：你不要解释，一定是表妹！真漂亮。

阿良想说，是我老婆，但又觉得这本身就是件挺荒唐的事，没说。

其实，那边娅露正跟小情人说，遇上表哥了。

又过了几个月，阿良突然接到一个陌生号码的电话，声音有点熟，但不敢肯定。

你是谁？阿良探问。

电话里没说，只是吃吃地笑。

过去日子的碎片

你是娅露！阿良突然想起那张秀气的圆脸。

我要结婚了，娅露说。

跟谁？！阿良一脸的疑惑。

到时候你就知道了，娅露说。

你结婚，跟我有啥关系，阿良心里想。

娅露说，我的结婚证还在你那呢，人家说没有你那张，办不了。

办啥呀？阿良问。

离婚呗！娅露说。

阿良想想也是，国家的婚姻法是只允许一个人领一次结婚证的，他把人家的名额占了，自然得给退出来，于是，阿良找阿牛，阿牛说这事我可只是瞎掺和，你还是去找他们；找阿陶，阿陶说，这事不关我事，我那天酒后开警车，还让我们头给骂了一痛，我再也不敢做违法乱纪的事了；阿蒋也推诿，婚检是我搞的，但离婚还得找阿胡，开结婚证，都是阿胡找人给办的，我们可没办法。于是找阿胡，可打呼机不回，手机停机，往单位打，说是出去学习了，阿胡好像也从这个城市里蒸发了一般。

阿良其实心里懒得去办那事，娅露来电话约他，他懒得去，推说忙，娅露也就没来电话，似乎也无所谓。终于有一天，写累了的阿良突然心血来潮，按电话里留存的号码，拨了电话，通了。阿良问，那事还去办不？！电话里的娅露一腔没精打采地说，你不是说忙呗！我有啥办法呢。

要不，我们出来喝点啥，阿良说。

我算你啥人啊？我不，娅露说。

阿良没话，算自己多言。

后来终于有一天，娅露又来了电话，电话里把办证的事都说了，那就办吧。便去了办那事的地方，可等了老半天，先把他们等烦了，又是手续不全，又是理由不充分，那办事的老太死活不给他们办。

两人也就不想办了。阿良说，干脆我把我的那张也给你，贴上你们新的照片算了。

娅露说，亏你想得出。

就这样，掐指算算也一年有余，阿良和娅露不咸不淡地牵扯着。

四

为房子奋斗着的阿良终于积了一笔钱，想找个便宜一点的房子，搞个按揭，他想手上的那点钱付个首付还是可以应付的，阿良便一直留意着房产信息。一日在网上浏览，突然一条跟房产有关的帖子引起了他的兴趣，说是有一套三居室的新房想出让，理由是看见那房子来气，什么付款方式都行。

阿良抱着试试的心理，心想也许能拣个便宜，于是也跟了一个帖子，说自己钱不多，但绝对不是赖皮的人，相信他可以让给他。

不多久，他的帖子竟有了回应，房主约他面谈，地点是上岛咖啡屋。

过去日子的碎片

到上岛，一见房主，阿良乐了，竟然是娅露。

阿良不解地问，怎么把房子卖了，对那房有啥气？

娅露说，你还说呢，我俩吹了。

为啥，阿良问。

还问呢，都是你。娅露说，但神情似乎并不太在乎。

那可是你自己赖上来的，这不能怨我。阿良说。

你真癞皮，跟你无话说。钥匙给你，中意的话跟我说一声。钱么，也不急，娅露说着，摔出一串钥匙，拎起个小坤包，扭着好看的身姿走了。

阿良索然无味地喝着剩下的咖啡，看着那串钥匙，突然感到那像是只烫手的热山芋。

阿良没有去看那房子，他已缺少看房子的激情，似乎此刻他根本不在乎能否拥有一把真正属于自己的钥匙。

然而，阿良却把那串钥匙丢了，这使阿良觉得愧对娅露，尤其是当娅露得知钥匙丢了以后淡漠的反应时，更觉得欠了娅露很多很多。

于是，阿良约了娅露，看了一场电影，是美国大片《珍珠港》，阿良挺喜欢，尤其喜欢那战争大场景中刻骨铭心的爱情题材的处理，而娅露却是一副淡漠的样子，似乎纯粹是为了应付阿良的盛情相邀。

阿良很喜欢美国大片，那恢宏的场面，精彩的故事情节，常给他的写作带来某些启示，尽管阿良知道娅露并不喜欢，但阿良还是每每看电影时，总不忘约上娅露。阿良看电影后，总喜欢对影片进行一番评论，得意时，常常口若悬河，滔滔不绝，而一边听着的娅露往往是水里雾里一般。其实，像《百征北战》一类的老片子，阿良也很喜欢看，只是不好意思让提不起一点兴趣的娅露陪着他看。有一次，望着空空荡荡的电影院，娅露说阿良：我看你像我爷爷。阿良不解，问。娅露跟阿良说，老派呀，我爷爷跟我奶奶谈恋爱时才看电影的。

阿良几乎晕倒。

五

这年春上，娅露说他们单位组织三峡旅游，多一个名额，问他想不想去，阿良早就想去三峡了，只是苦于一直没有机会，自然一口应允，馆里请了假，便去了。一去才知道，这名额是娅露单位里给职工家属的，阿良一出现，单位上便知道娅露突然之间冒出了个老公。阿良想想自己拥有国家发的红证，自然便入了角色，再加上一路上娅露相依相伴，小鸟依人一般，阿良便多了一份自然。只是到了晚上，阿良便有点无所适从。正因为是家属结伴而行，组织者便给他们双双开了夫妻房。

头晚，娅露说了声不许偷看，自顾钻进浴室洗了，继而又钻进自己的被窝，一边看电视一边吃零食，还把吃剩的果皮朝阿良这边扔，得意了好一阵。

过去日子的碎片

第二天，可能玩累了，娅露进了房倒头就睡，只是天还没亮时，娅露就在房间里转悠了。阿良一个翻身，一惊，脚趾上叮当响，原来不知啥时候，脚指头上被缠了把钥匙，一动就响，但阿良只当没事一样，气得娅露只能拿个空调遥控器发气，把个房间弄得像冰窖似的，最后竟把自己弄得像个着了凉的小猫，缩在被窝里还不停地打喷嚏。

到了第三晚，显然是娅露无心思再闹，看了会儿电视老老实实地睡了。只是到了后半夜，阿良突然被冰凉光滑的身躯激醒，阿良略从睡梦中缓过神来，一种怜香惜玉的天性驱使他伸出手臂把个瑟瑟发抖的身躯拥在胸前，试图以自己的身体去温暖那受凉的小猫。可他怎么也没料到，小猫一般的娅露会突然兴起，在他的肩上狠狠地咬了一口，阿良几番摆脱无果，一发劲，连人带被子一下子把个母狼一般的娅露掀翻在地，从床下爬起来的娅露再度向阿良扑过来的时候，阿良奋起反扑，把个娅露结结实实压在身下，一直到娅露重像个温驯的小猫，低声地呻吟为止。当阿良把娅露收掇得服服帖帖之后，娅露才老老实实蜷缩在阿良宽大的臂弯里，甜甜地睡去，一直到天亮总台叫醒，娅露还似意犹未尽。

到第四个晚上，他们重新相拥而眠时，阿良肩头的咬伤竟然发炎了，细碎的牙痕处是红红胀胀的血印。一直到三峡回来那肩头还隐隐作痛。

三峡回来后，没多久，便是"五一"长假，娅露打电话找阿良，说她爸她妈让他去她家吃饭。电话里说好是去车接的。

一见车，阿良有点不安，车是黑色的奥迪，且车号码是政府机关专用的200号以内的，上了车，转了几个地方，在近郊的地方，车停在一大片别墅群中。娅露迎了出来。阿良也就见过娅露的爸妈。说话间，阿良这才知道，娅露的爸妈都在机关里工作，她爸还在市里一个很有实权的机关执掌大权。他们也知道阿良，因为阿良的大名他们常在市报和省报上见到，娅露的爸也是靠给领导当秘书升上去的，年轻时也时常在报纸副刊上登登小文章，跟阿良自然有了好多相同的话题。

饭桌间，娅露不吃饭，先是给爸妈发难，我要一套新房子，复式的那种。

娅露妈有点不快，说，你的那套，才装修好，不是挺好的。

丢了，娅露开始撒娇。

娅露爸想了想说，只是我们说好，你负责按揭，我来帮你慢慢地还。

娅露想了半天，说首付款，你今天就拿来。

娅露爸假嗔道，细丫头，你要把你老爸逼上绝路呀！

六

其实，娅露爸似乎跟阿良也有点缘分，自那天上门相见之后，娅露爸便开始一直关照着他。按说，阿良待的群艺馆，跟娅露爸待的部门是搭不了架的，然娅露爸的单位出资在市里搞了一台宣传节目，私下里指定群艺馆由阿良策划，再由市电视台直播，还请了市

过去日子的碎片

里的一些主要领导到场,煞是热闹,那晚会,阿良是下心思的,搞得很成功,娅露爸也借机向到场的领导介绍阿良,领导们也都说,阿良的文章写得不错。

没多久,阿良被调任新任领导的贴身秘书。

做了秘书的阿良,自然无了当时在群艺馆的那番闲情,颠颠的,在领导身边鞍前马后伺候着,而娅露则热衷于小家庭的建设。他们还住着那套阿良曾丢过钥匙的三居室,娅露已开始那套新买的复式房的装修,请了专业设计,请了专业装潢,自己又亲自监工,忙得不亦乐乎,一到晚上,累得便倒头呼呼入睡,好像有睡不醒的觉。阿良有时回来晚,见娅露昏睡,便自顾去隔壁房间睡了,有时在家,一起睡了,想重温些温柔,但娅露总是挺厌烦的,原想等挺过一阵子,等房子装修好,便能恢复正常的生活起居,可反反复复,装了又拆,拆了又装,娅露的新房似乎永无完工的日期。

日子久了,阿良也就习惯了娅露以自我为中心的生活方式。阿良工作一忙起来,有时也确实顾不了家,渐渐地,阿良也习惯了娅露式的折腾,似乎没有了这种折腾,阿良的生活便真的黯然失色了。

一次随领导南方考察招商回来,阿良回家,开了半天,竟然没能把自家的门打开,想想,自己的钥匙没变呀,于是只能按门铃,按了半天,才有人开门,是一个男的,一副随时准备应战的架势。

你是谁?阿良小心翼翼地问。

你是谁?!那男的反过来诘问。

这是我的家,我没走错呀!阿良一脸雾水。

那男的，突然变了脸色，语气也转了：你是，你是领导秘书？！阿良作家？！

是我！阿良说。

那男的很歉意，口气一下子变得谦和起来，实在不好意思，是你爱人把房子转卖给我们，我们也是昨天才搬来的。

阿良突然有一种被人抛弃的感觉，重又叫上司机，把自己拉到了市政府招待所，住了下来。

娅露还是两天之后，从市电视新闻中看到阿良才给他打电话的。阿良怏怏地说，我是拉兹，我无家可归，我在流浪。

娅露兴冲冲地给阿良送来了那把新房子的钥匙，说，你啥意思呀？！我是想给你一个惊喜，是小狗才生气呢，你要生气，我可再也不理你啦！

七

阿良对于钥匙有一种天然的漠然，他什么都不会丢，但他总是在找钥匙。就是办公室门的钥匙，他也常常要找，幸好他跟领导是合用一扇外门，领导包里的钥匙，常常是他的备用钥匙，领导也常常斥怪他，说他什么时候不丢钥匙了，他也就成熟了。

阿良也曾写过一篇散文，写小时候老丢钥匙，丢到家里无钥匙可丢，甚至也到了家里无需用锁的地步，因为每把锁的钥匙都被他丢过，也许路上捡到的随便哪把钥匙就是他家的。其实家里平常

过去日子的碎片

也不大上锁，即使出了这门，非上锁不可，他们也就把钥匙压在窗台上的砖头下，谁回家一找就是，以至于这成了公开的秘密，邻居家要上他家借什么东西，也只需找出钥匙，开门自取，或待他们回家后，打个招呼，或事后还上，有亲戚上门，他们也知道找出钥匙先进门歇着。久而久之，钥匙对于阿良，一直是一个可有可无的形式，曾记得还是上大学的时候，因为阿良老丢钥匙，最终寝室里召开全体会议取消了阿良的钥匙佩戴权，进不了寝室门的时候，阿良自会取本书，静静地坐在寝室外边看书边等室友归来。

自用上了复式房的钥匙，娅露再三告诫，钥匙是原配的，千万不能丢，就像原配的老婆一般。阿良想，要不是他阿良没有住房，没有钥匙，他阿良才不会配上她娅露。他心里想嘴上却没说。对于钥匙，依然故我。

一晚，送走一批重要的贵宾，领导倍感浑身酸痛，说是去泡个澡，让盲人推拿师松松骨，阿良当然陪着去了，两个人都喝了酒，一泡一松也就睡着了。待领导醒来叫上阿良，已过了午夜，送了领导回家，阿良也回了家，可掏出钥匙开了半天，却没能把门打开，于是按门铃，没人应铃，阿良便在门口等，等了半晌掏手机往家里拨号，娅露接了，心里挺不快的，说你把原配的都丢了。阿良说我没丢，但就是打不开。娅露说，不可能。

于是娅露把阿良放进家门，逮住那把钥匙研究了半天。钥匙是跟家里得差不多，就是打不开。娅露心里顿生疑雾。她曾知道他父亲的秘密，他父亲也曾拥有过一把家外的钥匙，有一回喝酒喝糊涂掏错了钥匙，几乎在他妈面前露馅，还是被她掩饰过去的，无意中她竟成了他爸的同谋，其实她并不是有意要欺骗她妈，因为他只觉得他妈生活在虚幻、美丽的花境之中，很充实，她不想打破这种虚幻的花境，让她妈痛苦。只是她也因为有了怀疑一切男人的理由，他爸是她心中最神圣的偶像，她爸也这般，她没有理由不怀疑阿良，至少也应常常给他敲敲木鱼，不要跟了领导就不知自己是谁了。当然，白天收到的那条搞笑的短信，也多少在此时起了作用，说是"一等男人家外有家，二等男人家外有花，三等男人下班不回家，四等男人在家等老婆回家"。她清楚，男人是最容易学坏的。

于是，娅露手持钥匙不依不饶，阿良却恹恹欲睡，无心恋战。

僵持半天，娅露把手中的钥匙往窗外一丢。

钥匙被丢，阿良心里突然一个激灵，心想坏了，那钥匙不要是领导的那把，因为两把钥匙的钥匙圈都是他配的。

于是取出电筒找钥匙，而那把钥匙正好悬在窗台外不远的树枝上。阿良爬窗取钥匙，像猴一般的样子挺滑稽。娅露自然挺得意。

阿良探身取了几次没取到，正移步再探身，突然一道弧光，在窗户间划亮，阿良随即惊叫一声，整个身子摔出窗口。这可是三楼。

窗外随即传来重物一路落下的巨响，夜深人静之时那响声尤其惊心动魄。

娅露顿时脑间一片空白。颤抖了半天后拨了几个电话，但一个也没拨通，只是嘤嘤地哭而又哭不出声来。

巨大的响动，惊动了四邻，附近几幢楼房的灯光相继亮起。人声躁动，继而传来了警车、救护车飞驰而来的声音。

八

当娅露神智缓过来时，她也在医院，她妈陪着她。

娅露似乎记得曾经发生的一切，怯怯地喃喃：阿良，阿良。像个做错了事的孩子。

娅露妈安慰着娅露，别急，阿良还在手术室里。

在漫长的等待中，娅露焦躁不安，走廊里稍有动静，娅露便会惊跳起来，有一回，甚至从病床上扑下来，赤着脚向病房门口冲，最后还是打上了安定，娅露重又安静。

手术后的阿良还在昏睡当中，在等待第二次手术。

娅露守候在阿良的床边，寸步不离。

第二次手术，请的是沪上的专家，整整十多个小时，手术是成功的，但手术后的阿良仍一直昏睡着。

为了唤醒阿良，娅露不住地在阿良的耳边弄出不同的声响，最后竟然是钥匙的叮当声让阿良有了反应。

专家说，他能醒来。因为手术上该做和能做的，他们都做了，想上去靠他原本强健的体魄，会重新醒来。娅露恨不得一下子长出无数只手抓住昏睡中的阿良，不让他离开半步。昏睡着的阿良，让娅露突然间感悟到人的生命竟会是如此的脆弱，仍然是那具带着体温的躯体，但是突然之间，那些平时不多但总是怪怪的言语，那些平时不够机灵但似乎老是在思索的眼神,那些熟视无睹的漠然,那些漫不经心的慵懒,那些比驴还倔的固执,还有那些像爷爷一般老派的陋习,瞬息之间,便没有了,似乎成了一台突然断电的电视机,黯然失色,娅露不敢再往前想一步,如此的一切,已经让娅露无法承受。

娅露找来配钥匙的工匠,把家里的钥匙一下子配了一百把,依次悬在阿良的病床上,像系着的风铃一般,轻轻一拉,叮铃当啷哗啦啦地响,娅露不住地拉着,嘴里不住地喃喃叫着阿良的名字,又克制着让自己不在钥匙的叮当声中睡去。

到了第五天,阿良终于睁开了眼睛,只是那朦胧的眼神,让娅露突然感到,自己正面对着一扇门,虚掩着,朦朦胧胧,只是没有钥匙可开。娅露真的不知道自己该如何开启那扇虚掩着的门,她只是心里不住地十二万分真诚地想着:阿良,你醒来,只要你醒来,即使再去空荡荡的电影院,泡上一百年,也去。不多久,奇迹一般的,随着晃荡的钥匙,阿良的眼神开始渐渐明晰。娅露突然感到一扇一直在她面前虚掩着的门终于打开了。

阿良醒了,娅露却拥着阿良哭了,生怕别人要抢了他似的。

阿良微微笑了,娅露从未见过这般甜蜜而近乎孩儿般的笑,只是阿良轻轻地唤了声——阿涓。

娅露愣了一下,继而凄凄地哭了。

阿良的领导来了,苦笑着,取走了那把曾找了好久的钥匙。

过去日子的碎片

老街劫

天很冷，陈墩镇的石板街上寒飕飕的。

冬冬不怕冷，戴了顶崭新的黄军帽，奔来奔去地显宝。憨熊也是有黄军帽的，当憨熊也戴着黄军帽过来看冬冬的黄军帽时，冬冬讲，他帽子反面的白衬里上盖着部队番号的蓝图章，是他娘舅从部队里寄来的。冬冬把帽子从头上取下来让所有的人都看到了那方浅蓝色的图章。

憨熊不买账，朝冬冬撇撇嘴，不屑一顾地说，蓝图章有啥稀奇的。小三子拆穿憨熊，说，憨熊的黄军帽没有蓝图章，是他娘叫裁缝做的。

憨熊一向是不服输的，他说，我蓝图章里的字比冬冬蓝图章里的字要清爽。

伟伟、牵牵、小三子和我，自然要看憨熊黄帽子里蓝图章上的字，憨熊不肯，说啥也不愿意给我们看。

伟伟是最不服帖憨熊的，憨熊不肯，就抢。不料，憨熊是早作防备的，捂着帽子，一转身，就上了八字桥，从上塘街奔到下塘街。只是，憨熊越逃，我们越要追，其实，最不买账的是冬冬，自己的蓝图章被我们看了，假使看不着憨熊的蓝图章，他的黄军帽也就不稀奇了。

憨熊是我们当中个子最大的，平常一起玩的时候，他常常凭自己的个子大欺别人，这天正好众人便合伙起来，定要拆穿他，让他没有面子。

伟伟是个智多星，他说大家一起追，是跑不过他的，只有采用围追堵绝的游击战术才能把他活擒了。于是，我们在红木桥的转弯角里打埋伏。憨熊只晓得耍蛮劲，结果被我们几个堵了个正着，七手八脚擒住憨熊。一番拼死的挣扎，憨熊终于成了我们的手下败将，憨熊的黄军帽被小三子抢了下来，传过我的手，又递给伟伟，最后给了冬冬，憨熊还要犟着反扑，但被我们牢牢地擒着。纵然他使出吃奶的力气，也逃不出我们的手掌。

站在红木桥顶的冬冬，终于大声地宣布，憨熊黄军帽上的蓝图章是用蓝圆珠笔画上去的，我们终于轰然大笑，带着嘲讽，带着讥笑，憨熊在我们的手中瘫下去。

我们所有的人，以胜利者的姿态，扬长而去，一路上齐声唱着现编的儿歌：

过去日子的碎片

大憨熊、真赖皮,黄军帽、假图章,

假图章、黄军帽,真赖皮、大憨熊。

憨熊在我们对面的下塘街走着,样子很沮丧。

到了这个时候,我们才有了翻身当家做主人的幸福感,谁让你平时老欺侮我们,不可一世地拿我们萝卜不当青菜呢?!伟大领袖还说呢,哪里有压迫哪里就有反抗!

活该!憨熊是自找的。其实我们早就晓得他的黄军帽是假的,只是拿他没办法,这回有了真的,看你憨熊还张扬哪!

第二天,憨熊没有和我们一起玩,没有憨熊,我们倒觉得有一种舒爽的感觉。没有人欺侮我们,没有人跟我们作对。

第三天,牵牵来给憨熊传话,说他宁愿每人送一粒玻璃弹子,就是让我们不要到学校里说他黄军帽的蓝图章是自己画上去的。

一粒弹子,是很诱人的。其实,这也大多是憨熊以前耍赖皮硬赢我们的,拿回自己的弹子,等于农民要回了自己被地主剥削去的财产,我们在红木桥堍,围坐在石条上,一个个义愤填膺,说不拿白不拿。

于是牵牵过去传话,果真带来了几粒弹子,只是全然不是我们当时输给他的那些,拿回来的,都是有了破相的,虽说我们一人拿到了一粒,但并不觉得欣喜,终觉得还是亏了,心里郁郁的。

只是,憨熊再也不敢戴着他那顶画着圆珠笔图章的假军帽,冻得跟牵牵一样老是吸鼻涕,我们看看,一个个都觉得挺解气。

只是,后来有了一个小小的插曲,竟然让憨熊再度神气了一回。

紫金文库

　　事情还得从阿图娘子说起，其实，阿图是啥人，我们这个年岁的人谁都不知道，只知道阿图娘子的男人早就死了，阿图娘子一个人带着个小豁嘴，是一直被镇上的男男女女叼在嘴上说的。

　　阿图娘子是扫街的，她不像那些坏分子一样是游了街之后扫街的，她从前就一直是扫街的。陈墩镇的大人都说阿图娘子风骚，眼睛勾人，扫地也不安分，男人面前老是屁股扭来扭去。有男人就是高兴惹她，不防备当口，在她屁股上拍一下，阿图娘子就挺张扬，尖尖地叫一下，引来镇上的女人们一阵骂，骂骚货，骂破鞋，有人干脆不叫她阿图娘子，叫她垃圾千金。

　　其实，大人们为啥这般恨阿图娘子。我们也不知道，想上去跟我们恨憨熊一样，总是有根源的。

　　记得冬冬戴新的黄军帽后没几天，陈墩镇人的女人对阿图娘子的仇恨似乎突然间爆发到了顶峰。其实，黄军帽跟阿图娘子是毫无关联的。

　　当我们还沉浸在对憨熊的仇恨与不满当中的时候，传来了游斗阿图娘子的消息，陈墩镇沸腾了，女人们一个个奔走相告，喊捉牢哉，捉牢哉。

　　捉牢谁？我们想上去是阿图娘子，想上去她也是跟憨熊一样做了什么，逃掉，被人捉牢了。有的时候，我们光顾了自己小人圈子里的事，过多地想着自己的恩怨，没有想到其实大人的圈子里，也是有恩恩怨怨的。她们最终解决的方法，也是捉牢，擒住，把她彻彻底底地拆穿，让她在众人面前抬不起头。

100

过去日子的碎片

我们奔着去石板街的另一端,挤进了大人的圈子里,有的女人在义愤填膺地控诉着阿图娘子的罪行。

有的女人则脱了自己的鞋子,赤着一只脚,用自己的鞋底狠狠扇阿图娘子的耳光,扇一下,骂一声,骚货,破鞋。

我们这才知道,大人解决怨恨的方式远比我们小人要来得过激。我们虽然也擒住了憨熊,也仇恨憨熊,但总不会用鞋底去扇他的耳光。只是我们还不明白,陈墩镇女人为啥如此仇恨她。这其中就有憨熊的娘,有女人说,阿图娘子搞破鞋跟男子困觉,这其中就有憨熊的爹,憨熊的爹是应当跟憨熊娘困觉,却被阿图娘子困了,憨熊的娘自然就要恨她了,只是这次捉拿住的不是憨熊的爹,讲是学校里小豁嘴的老师。小豁嘴读的是一年级,低年级的老师在分校上课,不像我们高年级的老师在总校上课。所以在我们的心理上,对低年级老师本来就看不起,有点鄙视,再跟阿图娘子困觉,自然就被我们更看不起了。

阿图娘子,被众女人打了,披头散发,两边的脸皮上被打得肿了起来,红的紫的,很狰狞,嘴角里还淌着血。只是,不全是鲜血,还有自己任由着让它淌出来的带血的涎水,这更让女人们不满,骂她下作,诈人。阿图娘子衣衫不整,像是被人家拉扯的,而有女人说,是赤膊被人床上捉牢的,一听大人说女人赤膊,我们都坏坏地笑了,赤膊女人跟别人家男人困觉,这在我们眼里当然是非常邪恶、非常淫荡的事情,而且还是跟自己女儿小豁嘴的老师,这就更邪恶、更淫荡了。

这时有女人扇她的耳光还不解恨，要撕她的衣裳，让她再赤膊，但有的女人不让撕，说那帮坏小子本来就跟那帮色男人一样坏坏的，不要害了小人。结果，撕扯中，我们还是看到了阿图娘子胸前的奶奶，硕大如小三子家院子里悬着的大葫芦，只是白得让人见了直冲脑门，憨熊第一个坏坏地笑了，被憨熊娘冷眼里看见，也扇了一鞋底，大骂，有种出种，一窠色鬼。

有一个女人，想必心里也是有仇恨的，上前把阿图娘子的鞋子扒了，撕坏了，用柴绳扎了，硬是给阿图娘子挂在脖颈里，指着她喊，喊，我是破鞋。不喊，我再扇耳光，阿图娘子自然只能喊，我是破鞋！

冬冬在我们当中城府最深，他总是一言惊人。说，阿图娘子今天夜里肯定要自杀哉！

前几个月里，有个坏分子，被人游斗后，上吊自杀了，想想，斗得还没有阿图娘子这般厉害。

憨熊是最喜欢跟人插一杠子的人，这样可显出他的与众不同。尤其是他因为黄军帽蓝图章做假上被人当场拆穿、当场捉牢。憨熊说，阿图娘子肯定不会自杀！

赌什么？众人自然倾向冬冬，并不是觉得冬冬说得有道理，而是要跟憨熊对抗。

憨熊鬼鬼地说，赌黄军帽！众人这才知道憨熊竟然藏着诡计。

冬冬虽说心痛自己的黄军帽，迟疑着，眼看又要让憨熊反过来占了上风，我们一个个站出来给冬冬撑腰。大家总感到胜券在握，

过去日子的碎片

冬冬说，那你输了，赌什么？赌你的菱角！

憨熊说，赌就赌。憨熊的菱角，是他的最爱，它曾凶悍地劈散过我们好多小菱角。

我们一个个站在冬冬身边，加着码跟憨熊赌，自然都是大家心爱之物，我赌的是扑克牌，崭新的，我上海姑妈给的，憨熊对此曾经垂涎三尺。憨熊加了十颗弹子。我们吸取了教训，一定要憨熊对毛主席发誓是没有麻点的。

于是大家就勾手指拍板，赌！

我们都赌阿图娘子自杀，有的说上吊，有的说跳河，有的说吃药水，有的说割手腕！

而憨熊一个则赌阿图娘子不会自杀！

第一次跟人家赌心爱的东西，闹得我心神不定，那天晚里，竟然翻来覆去睡不着觉，一直盼着早点天亮，好晓得赌局的最后定局。

第二天一早，我们惴惴不安地在石板街寻觅，看大人的神色，听大人的话语。

最后的结果，让我们输得惨惨的，只能一个个极不情愿地把自己心爱的东西都输给了憨熊，有冬冬心爱的黄军帽，有我崭新的扑克牌，有伟伟的小菱角，有……

没办法，那天早上我们看到了谁也不想看到的活着的阿图娘子。她竟然像啥事也没有发生过一般，一早就在石板街上屁股一扭一扭地扫着街，只是脸皮仍红肿发紫，脖颈里仍挂着那双破鞋。

破鞋！我们的仇恨一下子转向了阿图娘子。我们输了心爱之物，自然心里憋着火，没处发，就只能发在阿图娘子身子上。

用砖头丢她，用树枝抽她，用拳头揍她，牵牵则用老是淌下来的鼻涕去抹她。

可是阿图娘子，却像木头人一般，任我们这帮子愤怒的小人发泄自己的仇恨，自顾扫着她的地。

我们沮丧极了，像泄气的皮球一样，对阿图娘子失去了最后的耐心。

最让我们窝心的是好事尽让憨熊占着，他得了我们大家几乎所有的心爱之物，尤其是戴着冬冬的黄军帽、玩着我那新扑克时那副趾高气扬的样子，让我们极度沮丧。

冬冬伤心地哭了，像做了坏事一样，整天躲着她爹她娘，生怕他们问起黄军帽来。

我们终于再度以憨熊为敌了，我们在陈墩镇的石板街和一条条仄仄的小弄堂里游荡着，一个个像被霜打过的茄子，寻找着再度与憨熊较量的机会。

终于，我们撞到发泄的对象，阿图娘子的小豁嘴女儿。说实在的，阿图娘子的小豁嘴女儿跟憨熊是完全不搭架不相干的，只是在这个时间里撞进我们的视线，只能算她倒霉。

当时，我们正围着在下塘街的美人靠上。小豁嘴正一个人，像只惊弓鸟一样从小弄堂里躲躲闪闪地走出来。

结果被牵牵喝住，不许走。

过去日子的碎片

小豁嘴惊恐地望着牵牵,像一只小老鼠突然撞见一只凶悍的猫。

我们开始看好戏。

牵牵过去先是把小豁嘴的小辫子扯散了,再把自己的鼻涕抹在小豁嘴干枯蓬散的头发上,最后似觉没尽兴再在她的脸上狠狠地捏了一把。

小豁嘴终于惊恐地尖叫一声,站在那里悚悚的。

众人看着。

冬冬走过来,扬扬手,但没有落下。小豁嘴又尖叫了一声。

众人大笑。

伟伟过来,把小豁嘴的鞋给扒下来,撕坏了,用鞋带扎着,挂在小豁嘴的脖颈上,瞪着眼说,喊我是破鞋!小豁嘴又尖叫一声。

众人这才开心地笑了,似乎把赌局的惨败淡忘了。

小豁嘴光着脚,悚悚地像只任猫处置的小老鼠,眼光中充满着极度的恐惧。

天暗了,大家觉得很无聊,正想各自散去,竟然又遇上了憨熊。憨熊玩弄着我们的心爱之物,阴阳怪气跟我们说,你们赌呀,你们再赌呀,大爷我陪你们玩到底!赌不死你们,我就不是憨熊。

那晚,我又翻来覆去地没睡好,倒已经不是心痛那扑克牌,实在因憨熊的趾高气扬而觉得受辱、郁闷、憋气。一直想着如何再一次把憨熊打败,杀杀他的臭威风,也好扬眉吐气一番。

第二天,我还没起来,冬冬就来敲我家的窗户,叫我,快起来,诡秘兮兮地跟我说:快、快,阿图娘子死脱哉!

于是，我们以最快速度，把所有的人叫上，去阿图娘子住的弄堂里去看个究竟。

弄堂很暗，长长的，仄仄的，曲曲折折的，我们推搡着拉扯着一个个惴惴不安地摸进去，恐惧让我们迟疑着，而想一探究竟的紧迫感又让我们鼓足了勇气。

阿图娘子住在弄堂的底处，阿图娘子住的客堂门敞着，点着昏黄的灯。空荡荡的客厅里，架着一块门板，盖着一张旧床单叠现着一个人仰躺着的轮廓。我们终于看到了我们巴望看到的结局，但我们还是被眼前恐怖的情景给怔住了，更让我们毫无防备的是竟然床单一边会冒出一双撕破的鞋，虽说大家挺眼熟这鞋，而更让我们惊恐的是床单下分明还盖着一个小小的人。

我们一个个悚悚的不能自已，一个个推搡着拉扯着退了出来。无意中碰着谁的手又吃一吓大叫一声。

冬冬终于说了一声，走，找憨熊去！

在红木桥上，我们竟然撞见了憨熊，没有人命令，我们一哄而上，理直气壮地把懵懂中的憨熊擒了个正着。

冬冬头一个把黄军帽夺了回来，我搜他的口袋，终于夺回了心爱的扑克牌，其他人也一一夺回自己心仪的东西。

伟伟还不甘心，还要抄憨熊的菱角，因为到了这节骨眼上，我们是应该夺他的菱角的，这是我们的战利品，也让他尝尝失去爱物的滋味。

憨熊狂叫，抢劫啦！你们赖皮，你们赖皮！

过去日子的碎片

冬冬中气实足地说，阿图娘子死脱哉！

憨熊说，你们瞎讲！

冬冬说，你自己去看呀！

这时，有大人奔走着在说，阿图娘子死脱哉！

憨熊挣扎了好久，终于在我们的不懈中放弃了无谓的挣扎。憨熊终于从趾高气扬不可一世中，重归沮丧。我们释然，他终于也有沮丧的时候。

我们夺回了属于自己的心爱之物，欢呼着。可就在众人欢呼着从红木桥光滑无棱的石板上冲下去的时候，冬冬跟不知谁的脚一绊，一个跟斗狠狠地朝桥塊下的石墩栽了上去。这一栽，半晌没吱出一声。一会儿，头上戴着的黄军帽里竟不住地涌出血来，脸顿时死一般惨白，四肢在微微抽搐，我想过去拉他，但似乎闻到了血的腥味，我一下子吓得把手缩了回来。

我们都怕了，一个个从红木桥的石桥塊偷偷地溜回了家，再也不敢露面。

塔陵里的笑声

阿雨摸上门来,是一个雨夜。

这是江南黄梅时节的雨,淅淅沥沥,一直在不停地下着,已经下了多少个日夜,我已无从记起,像我们这些从小在江南长大的人,似乎已不大在乎这春上绵绵不绝恣意淫逸的雨什么时候歇了,只是觉得每年每年这个时节这么多的雨水,总是在不紧不慢日复一日地叠加着一种无奈与慵懒。雨中的水分挥发出来,弥漫在江南的空气中,时间久了,也就开始肆意地侵蚀老屋的墙面,叠加着更多的斑驳,渐渐发酵成陈年的霉气,积淀在老镇的枝枝节节当中。

妻在这种无奈和慵懒中面对着冗长的电视剧恹恹欲睡,我则在网上与远在大西北的网友聊着江南的梅雨。门铃响了,也许是很少有人按动门铃,电力充沛,那铃声出奇的响,着实让我吓了一跳,

过去日子的碎片

我同时狐疑地想：这时会有谁呢？

犹豫片刻，我去开门，借着过道里的灯光，一个穿着厚实的雨具浑身湿漉漉的更有一张泛着油光的黢黑脸的人先是让我愣了一下，继而我一下子认出了这是阿雨。

我确实没有想到这雨夜的不速之客，竟会是阿雨，我们已二十多年没照过面。他那时离去，也是很出乎人的意料。

阿雨，是我初中时的同学，还曾同过桌，只是没待毕业，他就离开学校辍学了。记得有一段时间，阿雨的情绪一直很低落。我知道，比他大五六岁的亲哥哥，在梅雨季节里一个风雨之夜落湖溺死了。阿雨家是渔民，阿雨爹妈生了他们兄妹好几个，但他爹早死，家里的日子过得紧巴巴的，他阿哥自然是家里的主心骨。阿雨不相信他哥会淹死，他告诉我他哥哥的水性是全渔村最好的，但确实是在风雨过后的湖滩上找到了他哥哥泡得发胖发白的尸体，这让阿雨一下子变得很抑郁，他常一个人在想他哥死在湖中的种种蹊跷，他也常常说他哥哥的种种好，以证实他哥哥不应这么年轻就暴毙。阿雨也开始变得很怪异，每逢雨天，总是情绪低落，有时喃喃地跟我说，这是我阿哥在哭泣。阿雨告诉我，他阿哥叫李大雨，他叫李小雨，他们都是在雨中的小渔船上生的，而他阿哥又在雨中非常蹊跷地死去了，他想他死的时候也一定会下雨的。

这也许便是阿雨提前辍学的原因。他曾经对我说，他阿哥是他前面的湖堤，现在前面的湖堤塌了，他便成了最前面的湖堤了。那年，他才十五岁。

其实我知道当时发生在我们当中的那件很流氓的事，对于阿雨心灵的打击不亚于他哥哥的暴死。

我、阿雨都是寄读生，我们学校的房子原是一所庙宇，学生宿舍其实是庙宇里的一座大房子，用一些破旧的薄板隔成若干间，住着我们这个年级的男生和女生。房后的一小处空隙里，加个顶，一隔俩，就作了男女生厕所。也就那阵子，一个雨夜，女生阿卉哭哭啼啼向学校政教处主任报告了上厕所受惊的过程，她分明看到了一只拿着亮闪闪小镜子的手。

阿卉是个很孤傲的女生，自恃有张漂亮的脸蛋，平时常喜欢独来独往，在同学中显示着一种冷艳的孤芳。阿卉的雨夜受惊，自然是学校里爆炸性的新闻。学校里出了这般很流氓的事，让学校领导觉得很没有脸面。为以儆效尤，学校不遗余力，根据仅有的一点点线索，进行了拉网式排查。

我、阿雨都被请进政教处，同时请进去的不下二十个，理由是我们那晚因为下雨恰巧都不在教室里夜自修，最惊慌的是小叶子、老包、阿散、胡豆那些有小镜子的男同学。几乎所有的男生都在为自己的清白寻找充足的证据和重要的人证。我为自己的那个时间段找了好几个证人，政教处主任也一一进行了核对，我有幸得到了排除。阿雨却一开始就跟政教处主任对峙起来，并一直拿仇视的目光对抗着政教处主任，因为政教处主任首先盘问阿雨有没有小镜子，这很伤了阿雨的自尊，因为家境贫寒，如此奢侈的东西阿雨向来是一样也没有的，这使得要强的阿雨，总觉得在同学面前很自卑，政教处主任的盘问仿佛在揭阿雨心里的疮疤。阿雨自始至终只有一句话：我在宿舍睡觉，他的极不配合的蛮倔的态度惹恼了政教处主任，两人一直僵持着，最要命的是没有同学站出来为阿雨作证。其实应该有同学看到阿雨在睡觉的，虽说阿雨的床铺在最里面的角落里。后来，我知道阿雨没有证人，觉得很是歉疚，我跟阿雨说，早知道这样我愿意为你作证。阿雨苦笑着说，无所谓了。阿雨辍学离校，好像就在第二天早上。那天晚上，政教处所有的窗玻璃被人砸碎了，政教处主任怀疑是阿雨干的，但没有人亲眼见到，自然找不到任何证人。只是后来大家一说起学校的那件流氓事件，便自然而然地联想到了阿雨身上，似乎不是他干的也是他干的似的。只是便宜了小叶子、老包、阿散、胡豆那帮有小镜子的男同学。

二十几年不见，阿雨变化很大，脸庞不只是黢黑，而且有了常年风雨侵袭留下的提前衰老的痕迹，只是从他颈中那条奇粗的金项链、手指上的钻石戒指，可以看出阿雨眼下的生活是滋润的。

脱了厚实的雨衣让进门时，我见阿雨原来是带些东西上门的，用荷包装着，想必是什么水产。

弄了些甲鱼，绝对野生的，让老同学尝尝。阿雨坦坦地说。

那些王八放入浴缸里，果然与平常见的不同，不只颜色深，而且还显得很精神。

这么多年不见，自然聊些这些年中不相知道的事情。阿雨自己说得多些，如何捉鱼、贩鱼、养鱼，我听出阿雨是赚了些钱的。

只是我并不晓得他雨夜造访的来意，一直赔着小心，我让我妻子出来见过老同学，阿雨则林医师长林医师短的显得很谦卑。其实，我妻子根本不是什么医师，只是一个护士，或者说是接产士。镇医院人手少，什么活都得会些。自然有人喊医师，喊医师总比喊护士听上去顺耳。

阿雨对我妻子说：其实，我是见过你的，我老婆去你那里看过。

话中我听出原来是阿雨陪他老婆看病时，从旁人处打听到我妻子又打听到我这个老同学才认上门来的。

两三支烟的工夫，阿雨起身告辞了。

我妻子说：这阿雨肯定是有啥事要求我们，只是没说。

我说：不会吧，我们一个商店营业员、一个护士，他有啥好求的？兴许也只是为了叙叙旧情吧？但，也说不准。

阿雨第二次上门，是三天后傍晚，我们才端起饭碗，便听见有人在按门铃，我第一反应，想不会是阿雨吧，一开门果真是他，只是这次抱着个三四岁女孩。

我妻子也在家，阿雨对我妻子说：林医师，孩子病了，烧得很，还咳嗽，你给瞧瞧。

这女孩耷拉着脑袋，胖乎乎的圆脸红彤彤的，可能是烧的，一双大眼可能也是因寒热折腾着，少了精神。我妻找出平时家里备的针筒和针剂，给小女孩扎针，小女孩不怎么娇贵，想哭，被阿雨唬了一下，眼泪一闪没哭出声来。

扎了针，阿雨千恩万谢。

阿雨走后，我妻子释然，说，这阿雨的人情，算是还了一些。

过去日子的碎片

只是过几天,阿雨又带了好几条黑鱼和鳜鱼,鲜灵活跳的,这都是市场上比较金贵的湖鲜。

我妻子说:这阿雨,总让人觉得欠他的。

我说:这阿雨是要朋友的人。

我妻说:我们不能尽占人家便宜,下回也给他孩子买件什么衣服。

之后连着吃阿雨送来的水产,我妻总说要给阿雨女儿买衣服的事。一天,我妻子真的带回一包小女孩的衣服,衣服蛮花俏,看得出我妻子为这些小衣服是花了番心思的。我妻子催我,什么时候给阿雨送去,不要欠着人家太多的人情。

到了礼拜天,天放了晴,下了这么久的雨,天空也像被通透洗刷了一遍一般,特别清爽。阿雨来电话,说让我去他那里,他说他的船就泊在南湖十眼桥旁。我跟我妻说,阿雨让过去。正好雨后初晴,我妻也想出去走走。

十眼桥是一座长桥,据说是清代的建筑,是陈墩镇一个别致的去处,只是桥洞低,把些外来的大船挡在外河里。

一溜的船,有几艘装修得比较讲究的,像是住家的,一问,阿雨的船果真在其间。阿雨迎上船头,见我俩一喜,忙呼船内:快点,老同学来哉。应声出来一个女人,两个女小囡,一个我们见过,另一个十来岁。阿雨介绍说:这是我女人,杏花,这是大女儿。

两个女儿,嘴甜甜的,叫过人。我妻犯难了:不知阿雨有两个女儿,只备了一份衣服。

阿雨似乎看出些什么，一脸无奈地说：没本事，养了两个女儿。

阿雨妻杏花，是个勤快人，颠颠地跑来跑去，为我们泡茶、取瓜子，尽主人之谊，我们逐一看了阿雨的家居船，其间，电视、冰箱、空调一应俱全，船壁装修也能看出些匠心。

我们坐下聊天。阿雨告诉我，最近他办成了一件大事，西淀湖的水面承包协议刚刚签好，三百八十几亩，三家人家合的伙，他入了一些股，几十万。

看得出，阿雨是赚了些钱的，他说几十万时，口气是淡淡的，很随意，丝毫没有咋呼。

坐了会儿，阿雨要留我们在船上吃些家常的湖鲜，而我妻子想上去记挂着送衣服的尴尬，执意不肯赏光。

回来的晚上，我妻跟我说：你这同学阿雨不是个肯安分的人。

我说：何以见得？

我妻说：生了两个女儿，肚里又有一个！

我说：不会吧？我怎么没发现。

我妻说：兴许是职业敏感吧，在妇产科，我毕竟做了十几年啦！

第二日，阿雨来电话，说是要走一阵子，去西淀湖，一年半载不一定回来。本想临走时好好聚聚，喝杯酒的。

我说：老同学么，不必太讲究，日后总有机会，只是你这个家伙，这么一个个生小孩，要生出大事的。

过去日子的碎片

阿雨笑着说：你看出来了？！到了湖上，整天没事，渔民么也就那个出息，只是今后还得麻烦你们呢。

我说：啥话啊，有事吩咐一声就行了。

谁知，就这么一句客套话，日后竟惹出了不少的麻烦。

阿雨去了西淀湖，开首几天，常常用手机告诉我一些湖上的情况，围水面养鱼，我根本不懂，阿雨说的什么，我也想象不出什么，有什么艰难和复杂，只是老是重复说着湖上的渔事，两人都自觉无趣，有时通通话，便没有什么话，我只常常感到阿雨电话里透出一种少有的孤寂。可以想象那渺茫的湖面中，几条孤零零的渔船，几个天天照面的渔人日夜厮守在一起，会是怎样的一种生活。何况，阿雨又是一个不肯安分的人。后来，我很少接到阿雨的电话，就不知道，他在忙啥。

进入夏季，常常有台风，不知哪年起，电视里常把台风冠了一些好听的名字发布出来。然而经验告诉我，这些好听的台风本质还是凶险的。接二连三的强台风，虽说给酷夏带来丝丝凉意，但我总常常莫明其妙地为阿雨担忧，那么大的湖面，那么小的渔船，他们该如何抵御风浪呢？雨水不断，湖水天天在迅猛地涨高，那种肆意那种没有节制，让人后怕。

突然有一天，我妻告诉我，阿雨出事了，就住在她待的镇医院里。

我去看他，阿雨神情木然。他似乎并不在乎自己受了多少处伤，只是一股劲地为台风给他遭受的惨重损失而痛心疾首。才躺了几天，阿雨便挣扎着起来去处理一些善后的事，因为三个合伙人当中，一个罹难，一个伤得比他惨，唯他还只是一些外伤。

我劝慰他，不幸中还算万幸，命还留着。

阿雨说，其实他更清楚自己这回确实拣了一条小命，因为他早知道他会在雨里死去。三个合伙人中，他自己当然算是最有幸的，只是善后的要办的事却一下子落在他身上，三个家，这么多血汗钱，这么多双无助的眼睛眼巴巴地瞧着你，自己理应站出来担当些什么，得长出一千只手、一千只脚、一千个嘴，去修复那些网箱、去筹借钱款、去求爷爷告奶奶。

我知道他苦恼，但我帮不了他。

阿雨是带着浑身的伤走的，我妻为他备了些药品。之后，我妻有时回来说，阿雨回镇上换过药，恢复得不怎么好，有的伤口竟发了炎。我妻说，这阿雨是个玩命的家伙。

一个月后，阿雨突然出现在我眼前，那份与先前完全不同的兴高采烈，让我一下子竟琢磨不透他。

阿雨说，我通过一些关系，花了一些钱，动了一些脑子，总算把西淀湖水面转包给了别人，再加上保险公司那里赔上的一笔钱，没让那两家合伙的吃上亏，但他却多出了好几十万。他还诡秘地跟我说，他正在跟几个有来头的人搞一个新的投资，他们在西淀湖边上批到了一块风水宝地，也争取到了民政上的立项，准备建一个塔陵，这在土地资源越来越匮乏的情况下，无疑是一件于国于民都有很大好处的新事。

过去日子的碎片

说实在的，不管新的投资前途如何，我对阿雨的经营头脑还是很佩服的。然阿雨却不以为然，自己说自己，我这个人其实是赌心不死！

我不解。

阿雨说："其实，我最早的一些钱是赌来的。学校出来后，我捉鱼、贩鱼，赚了些钱，但总觉得这钱来得慢。有一次，有人带我到一个湖上的荒墩上，他们赌，让我也赌。那天，我身边正好有准备贩鱼的五万多块钱，看着他们手上的钱不住地变换着主人，我心里痒痒的。我这人，也许天生就是好赌的料。第一次赌博，我就让那些老赌棍刮目相看，孤注一掷，结果竟赢了三十来万。那几年，我几乎是赢多输少，确实赢了不少钱，最后招致好几个无赖反目。他们输急了派人到处盯我的梢，想吃我的黑，我自然只能到处躲他们。再后来，他们中，一个在盯我时不小心出车祸死了，二个犯了其他事进了监狱，还有几个小喽啰，也不敢造势，我才大胆出来做生意。又过了几年，我自然与他们不再有瓜葛了。"

阿雨也跟我问起其他同学的情况，我把知道的有联系的一些同学的情况告诉了他。后来突然一天，我接到同学老包的电话，这家伙高中毕业后不知走的啥路子跑到城管大队穿起制服管起了马路广告牌来，平时也清闲，跟些过得比较滋润的同学常有联系，好几回，大家相商着，说是约些同学搞个聚会，这就也给我打了电话。阿雨不知怎么的也知道了，问我能不能让他也参加。约的同学都是初中时的同学。阿雨当时初中没毕业，阿雨说，你们聚会，总需要喝喝酒、跳跳舞、拍拍照吧,他来出钱好了。听说同学中有人主动要出钱,大家自然都同意他参加,况且阿雨当初虽说读书时间短,但毕竟也有些故事让大家依稀记着,都说,喔,那个阿雨啊,让他参加。

聚会,放在鹿城不怎么闹猛但又有点档次的龙凤宾馆。因为同学当中,有几个有点职务的同学,说是闹猛的宾馆里出出进进,都是认得的人,影响不好还没劲。

那天,到了七十多人,一个年级两个班级的同学,满满腾腾挤了八桌。都这么多年了,难得一见,有好多人,一下子竟没能叫上名来。

阿卉也来了,她裹着一团浓烈的有点呛人的香水味,她一改读书那阵留给我的冷艳的印象,一脸灿烂,自作高雅,但不失得体,尤那几个有点职务的同学,偏让她坐上座,她也当仁不让,左手一个领导,右手一个领导,应付得左右逢源、滴水不漏,开起玩笑来更是荤素有加、恰如其分。有同学告诉我,阿卉结婚第二年就离婚了,一直单着身。

酒过三巡,同学间大体能把对方名字和尊容对上了,也大体上能把酒杯对准该对准的同学了。

那天,阿雨就坐在阿卉的对面,不声不响地喝着茶水,我冷眼里瞅着,阿雨的两眼几乎一直盯着对面的阿卉,其实,谁让她坐对面呢,不看着对面又能看哪呢?!

席间,喝了不少酒的阿卉似乎发现了对面的阿雨,推开那几个

过去日子的碎片

有点职务的同学的手,说,我要敬我对面的人,不认识。

席间,顿时,几乎所有人像突然发现了阿雨一样,小叶子醉醺醺地说:他,你不认识?!

不认识。阿卉很肯定。

看你上厕所的阿雨,小叶子突然醉话惊人,还自得其乐,你们老关系了,敬敬。

席间一阵尴尬,而阿卉似乎无所谓。端酒杯、伸臂,很吃力地隔着桌面跟阿雨碰杯,但没能碰上。阿雨似乎也默认了早年的流氓事件,眼神很是平静,站起来先干了,众同学说不算。有好事的同学把阿雨推过去,且斟了满满一杯给他。见阿卉大方,更有好事的同学非要让他们喝交杯酒。阿卉便与阿雨喝了。一杯,不行,再来;二杯,加深印象,以后不能说不认识;三杯,满上,同学情谊万年长。噢,全场欢呼!阿雨似乎喝得不是大家预料的那般幸福,甚至有点痛苦。

同学难得聚会,自然放开手脚喝酒,一直到有好几个同学不胜酒力,喝翻的、说胡话的、动作出格的,全有了。那几个有点职务的同学示意大家收场。几个发起组织聚会的同学相商着如何把账分担着结了,总台小姐说,有人已经埋单了,一万多块。同学中有人知道是阿雨预先结的,都说,这阿雨够同学。

阿雨则淡淡地说,小钞票,小钞票,很是谦卑。

于是众同学推选阿卉代表大家好好地再向阿雨敬杯酒,以作感谢。

阿卉敬了，酒席也进入了尾声，众同学意犹未尽。阿雨，则跟这个那个同学很诚恳地说，谢谢，谢谢。

那天，所有的同学对阿雨都很友好，都说阿雨有了钱不甩大牌、谦诚、够同学义气。

鹿城回来，阿雨来过几个电话。电话里，阿雨说起了阿卉。阿雨说，阿卉好像对他不错，我问他哪里见得。阿雨说眼神，阿卉看他时的眼神。

其实我想说，阿卉看男人的眼神都是那样的，但我没说。我只是感觉到阿雨对于女人似乎有着比其他同学更多的非分之想。

之后，阿雨找我陪人吃了几顿饭，大多是镇上什么单位能够帮着办事的，有工商的，有税务的，也有交通的。我这才知道，阿雨其实是不喝酒的，他的酒常常让我为他代喝了。我也去看了阿雨正在施工的塔陵，那塔陵设计上是九层高，这时已升到了四层。好些匠人正在忙着泥水和木工的活。尤其是一条笔直的水泥专用马路已同时在施工。那架势，不得不让回过头来再去细细瞅瞅这黑不溜秋的初中也没毕业的老同学。我承认他的能耐，因为他说如果这个项目投资成功，那他将有上千万，甚至更多的收益。我想还是妻子识人，阿雨确实是个不安分的人，他对于金钱有着一种狂热的超乎常人的欲望，就像江南的梅雨一样肆意没有丝毫的节制。

阿雨说，这段时间他常跑省城，很忙。我相信，光那些方方面面的打点，我想也够他忙的。

又一天，阿雨约我去鹿城，说是请了一些人，让我陪陪。我说，我老是吃你的、喝你的，真不好意思。阿雨说，哪里，老同学，这是我在求你，是你在帮我，人家请个顾问、助理什么的，还得花钱呢！阿雨说得很坦然。

说着，阿雨叫了辆朋友的车到了鹿城，半道上电话里叫人在醉仙楼开个大包，两大桌。结果，我和阿雨到了醉仙楼，推门一看，都笑了，竟然都是些初中的老同学，小叶子、老包、阿散、胡豆都在。其实，阿雨早先与小叶子联系上了，托他通知了老包、阿散、胡豆他们，几乎全到，阿卉也在。

席间，阿雨向大家说了塔陵的事。阿雨说，这事真不真，我讲没用，阿昕去看过，你们可以问他，阿雨说的阿昕就是我，我叫阿昕。阿雨又说，关键是我想跟大家说一个理念，算一笔账。国家的有效耕地面积已经到了红色警戒线，殡葬已经面临着不得不进行的重大改革，墓穴铺开占地太大没有土地走不下去了，那就要叠起来，尤其是像我们江南经济发达地区，土地的缺乏、殡葬穴位的缺乏，必将导致价位的继续攀升。算一笔账，现在一个土葬的穴位两万多，而一个陵葬的穴位只两千多，这中间有多少差额。这就存在着升值的巨大空间。而这两千多是我作为其中投资人之一将能为你们争取到的优惠价格。当然这一定要在现在塔陵的开盘前，而开盘的实际价位，估计在四千元左右。

做着财务的阿卉马上给大家算了一笔账，如果以一穴两千元算，以后保守一点涨到三倍，就是六千。如以五十穴计，投资十万，可净赚二十万。

紫金文库

　　我突然很佩服阿雨对于投资塔陵所做的精辟的阐述，这与他初中没毕业的学历是完全不相称的。我没钱，如果我有钱，我想纯粹从赚钱的角度去思考也一定会心动的，只是叫我去赚死人的钱，我总觉得这钱有点腥膻。

　　出乎意料的还没等大家表态是否投资这新的行业，阿雨就转了话题，说我已经跟其他几位投资人商量过了，我想聘我们同学中的财务专家阿卉兼任我们公司的财务经理，不用来坐班，我们想在城里设个办事处，阿卉你呢只需平时过去看看，做账的事可带回家慢慢做，虽说我们的公司名声可能不太雅，但现在的人应该相信实惠的，我们开出的工资是不低的，我还准备送一些干股，希望阿卉能接受我的建议。

　　阿卉非常吃惊地看着阿雨，这突然而来的好事让她有点怀疑，阿雨是不是在忽悠自己。

　　小叶子、胡豆他们在一边做阿卉的思想工作，我猜想，这几个家伙定是拿了阿雨的什么好处。

　　后来没想到的是塔陵投资的事情出乎意料的快和顺利，两个多月再见时，阿雨跟我说，老包、小叶子、阿散、胡豆他们都买了陵穴，有一百穴也有二十穴的，还拉了一批有投资意识的人过来。当然他们中间已经赚了，我给了他们更优惠的推销价，他们已经提取到了一定的酬金。

　　阿卉真的在阿雨的公司做起了她的财务经理。她待的办事处销售业绩喜人。她给我看了她们两个多月的销售业绩。这中间确实肥

过去日子的碎片

水不流外人田同学中有好多占了先。小叶子自己在做生意，自然有些钱，但他胆小，只买了三十穴。胡豆炒房子赚了些钱，看准了买陵穴定赚，拿出二十万买了一百穴。阿散刚办了内退，拿了几万块钱，正犹豫着，见胡豆一下子砸了这么多钱，也就买了二十穴。阿卉私下里跟我说，其实还有一些有职务的同学，想买但又怕别人知道，便用老婆、小舅子、小姨子的名字买了。到底买了多少，外人谁都不知道。

不料想，我的名户下，竟也有五十穴的份额，我正想问，阿雨朝我撇撇嘴。事后，阿雨跟我说，那是给我的干股，他也给了阿卉一些。因为我们帮他忙，他不能不讲哥们义气。

我妻曾经说，阿雨是个不安分的人。跟阿雨待久了，我越来越感觉出阿雨的不安分。阿雨是一个令人捉摸不透的混合体。常细声细气地说一些惊人的消息，总让人感到他的谦卑中带着些傲气。油黑锃亮的肤色与夸张的金饰，总给人一种暴发户的感觉。波澜不惊地说些城市女人品味什么的，总让人感到他卑微中带着些适度的张扬。

我深知，阿雨是异端，他是在反我们生活而生活着的异端。虽说我不愿过多地介入阿雨的生活，然阿雨却像梅雨时节的水气一样，无声无息浸渍着我生活的骨骨节节，我被他所散发出来的霉菌慢慢地侵蚀。

又一个傍晚，阿雨找我，电话是我妻接的。

阿雨说，我跟嫂子请假了，你出来陪我吧。他管我妻叫嫂子，以证实他的谦卑。

我去了，阿雨叫了一辆说是朋友的车去了九都镇边上一户挺豪华的乡间别墅。即将到目的地的时候，阿雨跟我说这回是让我帮他打牌，打的是普通的麻将牌，他跟我说，你不要管输赢，只管照自己的牌路打，赢是你的运气，输了有我在边上付钱。我们到时，人已陆续到了，随我们去的车也回去了。只是我无意中看到，人家的车是有好多8字的"奥迪"A6和"帕萨特"，而阿雨则是花钱叫的私营黑车。

人齐，一番寒暄。

阿雨郑重其事地给他们介绍了我，把我说成是他公司的副总经理。

牌友们一番推让，抓好位子，便砌牌。说实在的，这牌我平时是玩玩的，礼拜天在家，陪陪岳丈他们，牌技不精，但手气不错，只几圈，就和了好几把，说好不管输赢的，我也就大着胆子只一门心思想着早和牌，牌点是用扑克牌计的，我也不知道到底赢多少钱，只觉得很顺手，打好牌，别让阿雨失望。

到了后半夜，有人一推牌起身说，不来了，结账。另有人站起来对阿雨说，你这家伙，鬼，弄个老枪来算计我们。

阿雨忙说，这样说就没劲了！

那重新抓牌玩得大一点，第一个说不来的人说。阿雨连声说，听你们的。于是，吃了点夜宵，我们重新上桌。开首，我的手气仍然不错，和了几把大牌。只是紧接着，牌势竟然会急转直下，一直到天亮，我几乎没和过牌，赢来的输掉不算，还把阿雨用手提包

过去日子的碎片

带来的钱输得几乎露底,越输我越慌乱,老是出错牌。不料桌上的气氛反而变得宽松起来。阿雨似乎也如释重负一般,亮亮包底说,留几张看看包底吧。说完,最赢的那人丢过来一叠新钞说,收工了。我估摸那叠新钞是一万元。

别墅出来,早有车候着,阿雨手里只是个空包。我非常沮丧,阿雨却坦然地说,没啥,其实你帮了我一件亏欠的事,我得谢谢你。我不解,但阿雨没往深处讲。后来,阿雨在我们单独的时候,才跟我说,那天牌桌上的几位是先前的赌友,监狱里出来了。说着阿雨对我千恩万谢,说我绝对是个天才。给足了他们面子,又输在分寸上。这样,阿雨尽可以彻底摆脱他们的纠缠。

我生怕自己陷进去不能自拔,我知道我和阿雨根本不是同一个生活圈子里的人。后来,阿雨又来求我像是要做其他事,我推三推四地一直没应他,纵然,他已先做通我妻子的工作。我知道,对于阿雨这般有钱的玩主,我只能敬而远之。

阿雨还是来电话,我只能应付着。

阿雨说,他将开始一种新的生活,因为有一个女人爱着他,一个城里女人,一个他读书时需仰着头偷偷地看着的女人,一个曾经站在她面前大气也不敢喘的女人。现在,他已经能闻到她身上淡淡的肌肤的香味,他曾多次暗示我,他已和她那个了,于是,我就知道他说的是阿卉。对于阿雨,我觉得可以理解,但对于阿卉,我觉得真的不太可以理解。

这时,我常常心里叹气,这阿卉,根本想不到,这么一个曾经傲气冷艳的女生，竟然也会拜倒在阿雨的臭钱之下。

阿雨说的事情，往往都不是空穴来风。没多久，阿雨叫上了十几个这段日子里联系得比较多的同学，让我们喝酒，并且宣布了一件让所有的人都震惊的婚事：他正式跟阿卉结婚。而在此之前，他已经跟他的妻子杏花办了离婚手续。那天，其实很简单，叫了位证婚人，读了他们的结婚证书。阿雨给阿卉戴上了价值十多万的钻石戒指，还有一张二十万元的银行存折，只是他们的婚房是租的，阿雨说，他的大部分资金都投在了塔陵上了，待塔陵赚了钱，他会帮她买幢挺雅气的别墅，好让她像贵夫人一样生活。

我开始冷落阿雨，但阿雨仍像个阴影一样一直在我的生活中游荡，有时，他就出现在我的梦中，细声细气但喋喋不休地向我叙述一些我完全陌生的他的生活。确实，阿雨一直在以他的谦卑、他的波澜不惊、他的细声细语，在试图证实着他的另类的异端的足以让我们这些曾经让他仰慕的而今反过来仰慕他的那种生活。

我记得读书时，阿雨曾经记恨过我，那次我考了全班第一，而他则考了最后一名，我们又是同桌。他说，他要是也像我一样有一个做老师的母亲，一个做干部的父亲，他会比我考得更出色。我根本理解不了这会成为恨我的理由。

时间到了深秋，秋雨潇潇。雨打在窗玻璃上，蒙蒙的一片，继而汇成一条条往下流淌的水线。一场秋雨，天空被洗涤一番，秋雨不恼人。

又下雨了，我和我妻习惯于在雨中的慵懒当中慢慢消磨自己的

过去日子的碎片

时间。电视中的电视剧让妻子恹恹欲睡。我 QQ 上连着好几个认识与不认识的网友,我则跟他们说些江南的雨,说早年自己同学的阿哥在雨中蹊跷的溺亡,还有自己学校发生在雨夜的流氓事件。

电话响了,我和我妻子一阵惊觉,但互相对视一下,谁也没去接。我突然后悔一直想去申请个来电显示功能,然一直懒着没去办。我不希望这次又是阿雨来的电话,他已好长时间没来电话了。

我妻子还是接了,电话中传来哭哭啼啼的声音,我妻说是阿雨的女人杏花,让我接。

电话中的杏花在呻吟,在哀求,阿昕大哥,大嫂,快来救救我,我要死了。

我听不得女人的凄哀的声音,我探问,你怎么啦?!

杏花仍在呻吟,气很弱,说,我要生了,快来救我!正说着"啊"的一声惨叫,撕心裂肺。

不管如何,我们自然不能坐视不管,况且我妻子又是科班出身的接产士。于是,忙乱中,我妻子先是想找一些替代品,但又想想不妥,还是去了医院,冒着雨,急匆匆地取了些消毒器械,深一脚浅一脚地来到阿雨的家居船。

杏花已瘫软在一处,呛人的血腥充溢内舱,两个女孩吓得蜷缩在一堆。小女孩嘴里在胡言乱语,妈妈死了。一边说,一边哭。

我妻子毕竟是专业的,临危不慌,让我帮着整理出个简易产床,帮着把杏花抬过来。稍一停当,便让我带着两女孩在外舱候着。好半响,一阵婴儿响亮的啼哭,我知道杏花终于生产了。

妻子说阿雨这鬼东西终于生养了一个男孩，但我心想，这阿雨早就抛弃了她们。妻让我打热水，清理内舱。同时，跟自己的医院联系救护车，一切处理得井然有序。待救护车去后，家居船又恢复了平静，看看两个惊恐的女孩，我六神无主，只能在雨中伴着她们到天晓亮。

　　第二天，我生怕自己走后阿雨的两个女儿在船上会出什么事，没法交代，便把睡眼惺忪的她们弄醒了带到自己的店里，还去隔壁的馄饨店帮她们弄点吃的。

　　一上午，我一直在打电话找阿雨，手机打了无数遍，都是关机没法接通。我只能发了几条短消息，意思大体上是你前妻生产了，是个男孩，住在医院里，两孩子没人领，见短消息望速来，但还是没回音。

　　我只能试着跟阿卉联系，翻了同学通讯录，上面有阿卉的电话号码，抱着最后一试的侥幸想法拨通了阿卉的电话。

　　电话中，阿卉声音甜甜的很可人，圆润的喉音，有一种成熟少妇风情万种的韵味，我知道她的这样巧饰能使自己更久地在这美好的年龄段上滞留。

　　一听是我，她似乎很惊喜，而当我问起有没有跟阿雨在一起时，电话中的阿卉似乎很茫然说，我也在找他呀。他已经半个月没消息了，打他的电话，老是关机。

　　看来，阿卉真的没说谎，我一肚子疑惑。

　　傍晚，我妻回家，一肚子的委屈与哀愁。我知道定是杏花那里

过去日子的碎片

又出了什么麻烦。我妻埋怨我,一探问,说是医院里说她有包庇人家生第三胎的嫌疑,镇政府里搞计划生育的追得紧,要追究我妻子的过失。我妻确实够冤的,救人救出了祸殃根。

几天后,有人从我那里接走了阿雨的两个女儿。开首我不敢让他接走,但来人说他是女孩的舅舅,是杏花让他来接的,加上我实在没精力管这两个孩子,只能让他接走了。

过了半个月,杏花出了院。因为杏花,我妻在医院里受了处分,降了两级工资,这受处分的事,还是县里点名让办的,谁让她是职业的接产士呢?!但事情已过去了,我妻子还是有点庆幸,要不是杏花求救,要不是她尽快赶过去,那她们母子俩极有可能因此命入黄泉,因为那男孩颈上已盘满了脐带,自然分娩凶多吉少,还好生产中孕妇没有大出血,胎盘也没吸上去。

这一些,阿雨当然不会知道。阿雨似乎从我们的生活中一下子消失了,但又无处不在无时不在。

塔陵那里传来了一些不好的消息,可能因为土地的问题,塔陵工程已被政府叫停。老包、胡豆、小叶子他们整天像掐掉头的苍蝇,到处在找阿雨。

杏花的弟弟送来了两万元钱,说是给我妻的经济补偿。我问是阿雨让送的,还是杏花让送的。杏花的弟弟执意不肯说,丢下钱就走人。

妻子医院里回来,跟我说了个很是惊人的消息,说他们医院的皇甫大夫说,早在半年前,阿雨受伤的时候在他那里看病,查出得了肝癌，因为他是一个人去的，他跟皇甫大夫说不用瞒他，得了这病，他还能活多长，皇甫大夫说十个月吧，最多一年，但还要看动不动手术，手术的效果如何。因为他说是阿昕的同学，希望皇甫大夫为他保守秘密，所以这对皇甫大夫来说，印象非常深刻。

我没有把这听来的消息说给同学们听，我想假如这一切是真的，那所有的人都不能挽回了，因为阿雨在暗里，大家在明里。阿雨早已经知道了自己的死期，只是临死之前，他跟大家开了一个不大不小的玩笑，忽悠了大家一下，让大家也着实痛苦了一番，最让人懊恼的是将授人一些话柄，想赚死人的钱，结果被个死人忽悠了。

不知怎么的，老包也打听到了一些消息，还专门带人开车去了西淀湖塔陵一回，塔陵建设叫停似乎得到了证实，因为原定九层的塔陵已经在七层上匆匆地结了顶。所有的匠人都已经撤走，只有一家外地人拿着每月一千四百块的工资在留守塔陵。问起其他的事，那家人也是一无所知。但男主人给他们看了塔陵的入住者，在一号特制的陵穴上，分明安放着阿雨精致的骨灰盒子和笑眯眯的相片，写着生与死的年月日。

老包他们不信，因为他们说这年月啥都有假的，为了哄他们，阿雨尽可以做个假盒子。

春节到了，大年初一，老包非常意外地收到了一张贺年卡，一看吓了一跳，上面写着：老包同学：新年大吉！祝新的一年里，财运滚滚，心想事成。希望我们塔陵里再做同学。你的老同学阿雨寄

过去日子的碎片

自西淀湖塔陵。一看日期,竟然是前一天发出的,上面的邮戳也正是西淀湖塔陵所在镇的,笔迹也差不多是阿雨的。

老包惊得浑身是汗,一一打电话问过,这才知道原来小叶子、阿散、胡豆他们都收到了阿雨寄自西淀湖塔陵的贺卡。

我没有收到贺卡,我心安理得地过了一个安静的春节。大年初三跟妻子一起上街见着杏花,三个孩子,一个抱着,两个跟着。只见娘仨收拾得体体面面的,满脸荡漾着安逸的灿烂的笑容。

净　土

一

　　陈墩镇人都把镇上的小学校称作灵官殿，据说先前此处是个庙宇。灵官殿里的文昌阁尚在，只是已很老了，终年锁着门窗，有两棵高大的银杏树伴着，成了老镇的一个摆设。小学校是个大院落，老房子彼此连着，只是所有的房子墙面都由黄色改成白色，一边是个大操场。不管昔日今时，在陈墩镇人眼里，灵官殿是一片净土。

　　每天放了晚学，校门一关，偌大的院落中就只剩下我和汪颖、文娟在里面住着，空落落的。汪颖和文娟都是顶替父亲进来的，只不过一个是教师，一个是校工。

过去日子的碎片

每每这个时候，我总觉得一个人待着很无聊，无聊的时候，便取过一把小铜号瞎吹一通，那铜号其实是小学生们吹的那种队号，声音很响亮，但很难吹出什么圆润的乐感，我只是凭着一腔年轻盛气，把个号声吹得很嘹远，有时激昂，有时伤感。

每每我吹的时候，汪颖或文娟总是过来凑热闹。汪颖是个小个子，小巧玲珑的，人很矜持，只是两眼稍有些对鸡，尤其是全神瞧着我的时候，愈是要保持她那小学老师的高雅，那眼瞳的距离就愈是骤然拉近，显得有些滑稽，常常惹得我想笑，一不留神那号就吹漏了气，漏了气的号声挺难入耳。此时，汪颖总是央我哪天帮学生怎么怎么的，其实也都是些鸡毛蒜皮的事；而文娟则是个大大咧咧的人，腰身壮实，丰胸大臀。她一来，就没好戏，争着抢我的小队号，把个圆脸吹得像灌满了水的猪肺，那大胸脯一鼓一鼓的，也没能把那队号吹响，还总把队号里吹得满是口水，甩也甩不干净。这段时候，文娟常常把些乡下新鲜的吃食，山芋啊，毛豆啊，来贿赂我，而这些吃食又是乡下的那个叫阿健的一次次悄悄地背来讨好她的。有时汪颖过来，文娟总不大高兴，背着总骂她老妖女。文娟二十一，跟我一般年纪，这可能是能背地里骂汪颖的资本，其实我也真没看出大了两岁的汪颖哪里得罪了她。有一天，文娟终于在我面前手舞足蹈地叫，我吹响了，我吹响了，我吹响了。丰胸大臀的女人发起嗲来真是叫绝。汪颖也在，心里不舒坦，随口说了声，像是放屁！没料想，却被文娟听得。文娟可不是省油的灯，拉开嗓子就大骂汪颖下贱、发骚、假正经。

当晚，汪颖到校长那里去哭诉，第二天一早，文娟挨了批；挨了批的文娟，满肚子怨气，整天把个锅碗瓢盆摔得震天响。净土也不静，真是造孽。

我自知是吹号惹的祸，便再也不摆弄那玩意儿了。原本汪颖说好让她的学生跟我学吹号，这么一来，汪颖也就再也不提了。无号的日子多了些无聊，多了些寂寞。

后来，小学校里的那把小铜号不知怎么丢了。

二

文娟有个乡下的对象，小学校里几乎所有的人都知道。那对象长得还端正，个子不怎么高，从没听他高声说过什么话，常常是悄悄地来，默默地去。听人说文娟的乡下对象叫阿健。阿健来的时候总是背着乡下时鲜的吃食，门总是虚掩着，不知一个人在文娟闺房里做啥，而文娟总是在这个时候走东跑西的特别忙乎，干活的姿势僵僵的。文娟的闺房在校门口，放晚学的小学生总是首先发现闺房里的秘密，总是唱山歌似的在校园里啰唪，文娟的男人来哉，文娟的男人来哉。这时，平常凶悍的女校工总是羞羞的。

阿健来的时候，文娟总是很反常，有时干脆赖在我的宿舍里不想离去，我赶她，她反倒好，把我的被子一掀两只鞋子一甩就钻将进去，弄得我只能直叫姑奶奶，说文娟啊，求求你啦，万万不能再把我害了。

过去日子的碎片

文娟说，要么你去把他赶走。我说，我算啥，我有啥资格把你的对象赶走？！

后来，文娟还是走了，回了闺房。这时，门总是很响亮地撞一下，像是在反抗什么。总不知阿健是否已走，但我也懒得操心。但每每这晚深夜，文娟的闺房中总要闹出点声音来，两人拉扯、扭动的声响，物件掉在地上的声响，门吱嘎嘎推动的声响，所有的声响其实只能凭想象去猜了。折腾了好半夜，有时却见老屋的走廊里站了个人影，或抱着衣裤，或是裹着什么。那是阿健，一副可怜巴巴的样子。第二天一早，文娟又像什么事也没有发生一般，阿健不知什么时候走的，一定是挺沮丧、灰溜溜的样子。但过不了多久，又会上演同样的一幕。我真的闹不明白，你文娟顶替了父亲的工作从乡下到了镇上，从一个乡下丫头成了一个镇上姑娘心眼高了不喜欢乡下的对象了，干吗不干脆紧闭你的闺房独守洁身，这般一夜又一夜的折腾，弄得我们这片净土又是风又是雨的，也不觉得烦腻呀。

这年春上，文娟竟结婚了。

喜酒是在乡下文娟家办的，我们几乎全校的老师都去了，阿健见了我们，挺不自在的，像个可怜的小媳妇似的。席间，汪颖悄悄地跟我说，文娟的肚子已好几个月子，要不是文娟肚子大了没办法了，这文娟跟阿健的婚事早黄了。我想也是，你文娟折腾了这么多日子，能折腾得过这一夜又一夜的折腾吗？！

三

在灵官殿，凡科班出身的大多是我的校友跟学长。陆志豪就是我的学长，大我七八岁，只是此时仍单身。单身的陆志豪是个快活人，说起笑话来一串又一串的，从不用打草稿，每天上班进大办公室，总是他先发布头条新闻，噱头噱脑的，有荤有素的，但又恰如其分，常常引得众人捧腹大笑。我们的那个大办公室，是实实在在的大办公室，全校除校长、教导主任之外，全都挤在这里办公。上班没课的时候很是热闹。常说的是镇上馄饨店阿六妹的事，阿六妹很风骚，处事常没顾忌，故事多又有趣，阿六妹的事，陆志豪总像是亲临其境，煞是精彩，尤其被陆志豪那么神秘兮兮地一渲染，噱头横生。说是有一次，阿六妹跟布店经理阿关粘上了，在馄饨店的楼上，阿六妹坐在一把藤椅里，惹着阿关，阿关急不可耐去啃她的小脸蛋，性急了，人扑上去，那藤椅散架了，轰隆隆一声两人倒在地板上，下面的吃客可受不了吓，一惊，大叫，地震了，哗哗啦啦，钱也没付，全跑啦！老师们都开心地笑了。其实，我也知道，陆志豪完全是添油加醋的。当然，毕竟是学校，若有孩子们在，老师们还是会保持着该有的矜持。

这日，大办公室里出奇的安静，我这才发现陆志豪没来，一直到正式课铃响，他还没出现。这时，汪颖诡秘地告诉我，陆志豪被

过去日子的碎片

人打了。因为匆匆去上课,我也没来得及细问。后来我听其他老师说,说是陆志豪半夜爬人家墙头时,被人打了,至于是爬进还是爬出,大家争议了一番,也没得出个结果。

陆志豪被打,校长、教导主任一阵惊慌,没人上课事关重大,于是关着门,挺诡秘地开了好大半天的会,最后教导主任刘老师出来宣布,陆老师昨晚家访时,闹了误会,结果被人错打了,纯属误会,这事大家也不要多作议论,陆老师的课先请小万代着。小万是我,谁让我是才进学校的新老师呢,只能代着。

一个礼拜后,陆志豪来上班了,没事人一般,每天早上还快快活活地发布着头条新闻。复出后的陆志豪还说阿六妹的事,但再也没说起阿关。后来我听汪颖说,陆志豪是阿关叫人给打的。这事也真奇。

四

灵官殿后面是一排羊圈,平常养着羊,学生们劳动课的主要内容就是由班主任带着去割草,然后由各班的劳动积极分子轮值着喂羊,羊是很可爱的生灵,小学生都很喜欢,老师们也喜欢。师生们对此付出很大的热情。每到即将放寒假时,灵官殿里就像过节一般,这是羊们带来的。卖掉几只,置些笔记本、铅笔之类奖些好孩子;留几只,老师们聚餐,打个牙祭,算提前过个年,皆大欢喜。

聚餐通常是选在放寒假的头天晚上,没有小学生们的打扰,老师们大可放下职业的矜持,屠宰、烧煮都是老师们自己动手的。在阁边支一个大锅,把羊身上所有物体放在里面煮,加几个大白萝卜,不用啥佐料,自把那羊汤煮得氤氤氲氲,往往是还没到聚餐那刻,同事们的心先醉了。

聚餐就放在大办公室里,那么多同事一围,氛围就来了,校长照例先讲几句,于是同事们端杯子,互相祝贺,祝贺什么,大家也全不在乎。聚餐,酒是必不可少的,但老师们都不嗜酒,君子之好在于羊,而不在酒。那日,还是有人醉了酒,那就是陆志豪。陆志豪醉了酒,没了脚力,但神志还清。我听见陆志豪在骂阿关。同事们都笑了。教导主任刘老师教导他,志豪,你是教师,你要为人师表,你要注意你的言语。陆志豪越发大声,我是教师怎么着,就兴他阿关欺辱我,就不兴我阿豪骂他。校长发话了,挺慈祥,挺善解人意地说,这里也没有外人,校门也关着,阿豪心里不痛快就让他骂几句吧,出了这校门就算了,噢。哄孩子一般。阿豪让我也一起骂,说我是他的小学弟。我可不骂,我跟阿关又没深仇大恨。汪颖却站出来说,我骂,我跟阿豪也是学友。汪颖读的是函授,也算吧。只是众人都说汪颖也喝醉了,其实我知道汪颖心里也不痛快。

刘教导慌了,忙叫人把陆志豪、汪颖送走,而他俩偏又要拖着我,谁让我们三个是单身的校友呢。

他俩被送到了汪颖的闺房,陆志豪一边呕吐一边骂阿关,汪颖却在一边咽咽地哭。哭罢又诡秘地告诉我,陆志豪暗恋着阿关的老婆，他俩原本是青梅竹马，只是作布店经理的阿关自恃在这陈墩镇上是个有钱有势有背景的人物，在他俩之间横插一杠，坏了他的好事。因此，陆志豪总耿耿于怀，总放言说阿关现在的儿子也是他的，不招人打才怪呢。喝醉了酒的陆志豪说，那就是我的儿子。

我对汪颖说，你跟陆志豪配一对才叫男才女貌呢。

汪颖说，我才不像欧阳梅那般苦苦地活着呢！

欧阳梅也是我们的学长。我知道，他男人也一直暗恋着原先的青梅竹马，这让欧阳梅心里很苦。汪颖指的可能就是这。

五

欧阳梅是我的学长，高我十几级。欧阳梅是灵官殿最端庄最贤淑的女人，举手投足，温文尔雅，对小学生们更是慈爱有加。

其实，欧阳梅在灵官殿可算是个最不幸的女人，因为她生了个傻儿子，也许是因为生了个傻儿子，她男人对她更是爱理不理的。

欧阳梅儿子的傻，是我一到灵官殿就知道了。那次下课，有学生来叫欧阳梅，说是阿平又霸着小便池了。阿平就是欧阳梅的儿子，霸占小便池是他的爱好，近于偏执。下课铃声一响，阿平就会像小马驹一般冲出课堂，冲到小便池处两手一拦，霸占着那一长溜的小便池。高年级男生顾着欧阳老师的情面，让着他，低年级的男生怕他也让着他，只有几个中年级的不卖他的情，于是阿平就会为保卫他的小便池浴血奋斗，直至抢回他的领地。

唯一的办法，是报告欧阳老师。于是欧阳老师每逢下课铃响总提心吊胆，为此也不知哭掉过多少眼泪，向来告状的家长道过不少歉，因为总有因小便池被霸，尿急而湿了裤子的低年级学生家长来学校告状的。

后来，欧阳老师想出了个两全其美的办法，向教导主任刘老师要求把自己的办公桌搬到了校工文娟烧水的偏间里，烧水间的窗口正好对着男厕所的小便池，结果闹得欧阳老师好像是看厕所的，弄得我们这些男同事进出男厕也挺别扭的。

后来也是汪颖告诉我，欧阳梅还是姑娘时，被镇上教育组的谭组长看上了，谭组长挺关心她，有事没事留她谈心，交流工作，一有机会就动手动脚的。可是谭组长是有家室的人，欧阳梅老是避着他，不给他好脸色看，后来匆匆地找了个县城什么机关的办事员结了婚，弄成夫妻分居两地。谭组长为此恼羞成怒，把她送到离陈墩镇最远的金泾村小学当复式班老师。金泾村是个水中村，四面环水，出门都靠船的，风一大船就行不了。欧阳梅怀孕期间，发了一次高烧，又恰逢台风，两天两夜出不了村，村里的赤脚小医生使出了浑身的解数，也没能把她的高烧降下来。后来，胎儿是保住了，生了个男儿，一家欢天喜地，可待儿子到了二三岁上，便渐渐显出儿子傻来，上海、苏州的大医院看遍了，都说可能是当时受孕时烧坏了脑子。再后来，那谭组长另找谈心和关心的对象，把一个新进来的女民办老师的肚子给谈大了，且是军婚，触了高压线，彻底栽了。那年头，破坏军婚，是要吃官司的。欧阳梅才调进镇小学校。

过去日子的碎片

欧阳梅的男人,是知道欧阳梅与那谭组长的事,再加生了个傻儿子,对欧阳梅总是冷冷的,常年待在县城,夫妻俩也不是常常照面。只有到了寒暑假,欧阳梅才牵着个傻儿子去县城住上几天。

欧阳梅也知道,自己的男人其实深恋着青梅竹马,只是有情而没缘,他的那位青梅竹马嫁了一位丧妻的高官,而暗地里仍交往着。

我涉世太浅,对于男人与女人之间的事知之甚少,总觉得这男女之间有时情跟缘就缠不到一块,有情的唯唯我我一场不见得有缘相伴终身,有缘相伴的也不见得有多少情在,愿天下有情人终成眷属,确实是一句最美好的祝愿啊!就像那天上的月亮,总是呈着上弦或下弦,难得明丽的满月。

六

我重回灵官殿时,灵官殿又成了一座庙宇,严格地讲成了一个景点,那文昌阁的门和窗都敞开着,只是所有的墙面又从白色改涂成庄严的黄色。老树死了不少,又新移植了一些,那彼此相连的老房子整修了一下。其实,说实在的,我是冲着我心中的这片宁静的净土而来的,我觉得很疲惫,难得的休假,只想一个人找个地方静静地坐着,什么都不去想它。却没想到见到了陆志豪,他竟然是灵官殿景点的经理,其实是承包人,当年陈墩镇搞景点开发时,他下海了。更没想到的是陆志豪竟和汪颖配成了一对儿。汪颖仍教着书，只是在新的校舍。

中午，陆志豪留我小酌，且叫来汪颖。汪颖明显发胖了，小巧玲珑的女人发了胖，那模样着实很难恭维。

陆志豪仍能吹，他承包着灵官殿，既当经理又做导游，灵官殿的一草一木、一砖一瓦被陆志豪那么一渲染，全都成了稀世宝贝，我在此住了那么好几年也浑然不知原来我与这些宝物相伴。陆志豪亦善饮酒，席间，老是变着法子劝我喝酒，只是他自己酒越喝越少，话越说越多。

汪颖呢，则老在一旁损他，说他到现在了还念念不忘他那青梅竹马和他那亲生儿子。

而陆志豪也不示弱，僵着舌头反击她，你说吧，反正你的小万在听着，你说啥我也不在乎，一副死猪不怕热水烫的德行。

我一惊，没想到，我竟也被他们两口子叼在嘴上作为损对方的武器。哪门子的事啊，竟吃我的醋。我真闹不明白，念叨昔日的情敌有时也是一种乐事，一种缺憾的美事。突然，我又想，这婚姻其实就像一张网，不管你陆志豪、汪颖愿意还是不愿意，先把你们网住了再说。

正对着嘴，陆志豪的手机响了，一唤"兰兰啊"，夫妻俩顿时双目放着光彩，你抢着说几句，我抢着说几句，兰兰长兰兰短，陆志豪更是"好心肝、好宝贝"都用上了，全然把我当成外人撂在了一边。

半晌，汪颖告诉我，是女儿打来的，在南京读大学，二年级

过去日子的碎片

了。我想，这也许是他们这对欢喜冤家真正的心灵纽扣吧？！

确实，生活中总是会有幸福与快乐伴着你，而我却一直不懂。

七

我在文昌阁里静静地坐了半天，身边的手机突然响了，我真的很后悔带着手机。一看，竟是陆志豪，我不知他怎么会知道我的号码。他在电话里说，小万玩够了吧？晚上去大富豪酒家，我帮你逮着个冤大头，我们好好敲她一顿。

谁啊，我问，不认识的，那可多尴尬啊。

跟你认识，而且不只是一般的认识。你可要早点到，以示诚意啊。

我和陆志豪他们先到等人的时候，餐厅包间门推开，进来一个傻乎乎的男子，二十来岁，胖头胖脑，动作迟缓，脖子上悬着只大书包，手臂里抱着些晚报。我想总不会他是我们要敲的冤大头吧？！只见陆志豪从傻男子的手臂里抽了一张晚报，给了十块钱，说我也做回冤大头吧。一问，汪颖说，你不认识？欧阳老师的傻儿子！我赶紧也掏了一张十块钱，抽了一张报纸，傻男很有礼貌地朝我们鞠了一躬，虽说他已不认识我，但他还是知道好歹的。问起欧阳梅的近况，汪颖说，欧阳老师是个非常要强的女人，今年她退休了，她老公先前一直不顾家，后来据说他的那位青梅竹马的高官犯了事，进了号子。青梅竹马的儿子又不安分，大学不好好读，开飞车连撞了好几个人,为了赔钱,弄得家里的生活全乱了。她老公也不知哪根筋搭错了,一有钱就往那边送,心甘情愿地做着冤大头。后来,自己中风了什么都做不了了才被送回到了欧阳梅身边,而欧阳梅也是的,中风了的男人回来了,却反而对他特别的好。欧阳梅心好却人苦,不仅要一刻不离地照料着跟自己背着心的男人,还要一点点教会傻儿子学着自己去生活。

正说着,一个丰胸大臀的女人一边打着打手机,兴奋地说着麻将的事,一边进得门来。嗨,不是别人,竟是当年的校工文娟。

文娟仍是大大咧咧的,一见我,过来,拉着,老朋友一般一点也不见外,还顺手从包里掏了几张大钞给阿平,说今天手气特好,赢了一万多。那几个臭搭子想是知道我要请客,先做了冤大头。

酒家的老板进来照应,文娟让上全套野生河鲜跟大闸蟹。我一听,忙说,就我们四个,犯不着这么破费。

陆志豪说,不是我早说,今天我拉着冤大头,你尽管享用就是了,何况人家早给她先埋单了。

于是,一式野生的鳗鲡湖的鲑鱼、王八、河鳗、河蚌、白蚬……上了满满的一桌,继而是鳗鲡湖特有的大小鳌的正宗野生大闸蟹。

酒过三巡,文娟便有点微醉,端着酒杯敬我,竟然一语惊人,万哥,敬你,想当年,我对你还是挺有意思的。

我一时语塞,赶快搪塞,说,文娟老大姐,实不相瞒,当时小弟年幼无知,实在领悟不了大姐的好意,有愧大姐,借酒一杯,聊

过去日子的碎片

表歉意。

而文娟却一挤媚眼,说,万哥,你千万不可把我看老了,我可比你小多了,还等着嫁人呢!

陆志豪夫妇俩会意地浅笑着。哎,这生活就是怪,说是逮来个冤大头,我竟先成了个冤大头。想当年,你文娟纵然再对我有意思,我也不至于想闹个冤假错案呀。

汪颖说,现在的文娟早不是当年的文娟了。她的那位阿健,发财发邪了,先是在村办厂搞化工产品供销,后来自己办了一家私营化工厂,越办越红火,身价早已是好几千万了。

后来在洗手间门口,汪颖遇上我悄悄地跟我说,其实,她老公以前一直在外面置了房子,养了小蜜,生意越做越大,小密越换越勤,人家就喜欢城里的漂亮的,越换越年轻。开始,所有的人都以为文娟一直蒙在鼓里,是个冤大头。后来,突然有一天,文娟出其不意地逮住了阿健的一个把柄,把阿健和一个小蜜堵在自家的别墅里,这才跟阿健摊了牌:离婚。阿健也爽气,房子车子不算,现金股票存款给了她八百万,比她想要的还多。现在,谁都知道她是个富得流油的大富婆了。别看她敦实,追她的人还不少,自我感觉好着呢!

你不恨她了?我问。

我干吗要恨她呢,我若是恨她,也不会撺掇你再跟她碰面呀。你以为真的是陆志豪让你宰冤大头呀。文娟的心思我一看就懂,她对你想法多着呢!这么多年了,你也正好一个人,就像等着她一般!

后来,陆志豪拉我上洗手间时,说得更明白了,说,你掂量一下,千载难逢的好事,早点回人家文娟的话呀!

我心里一阵苦笑,这是哪跟哪的事呀,八竿子打不着一撇呀!

那晚,我们喝得很晚。他们渐渐入醉境。从陆志豪汪颖夫妇俩跟文娟说话的意思看,似乎他们正想在灵官殿搞个新项目,有意拉文娟入伙投资。

当晚,我连夜离开了陈墩镇。我是从路边随便叫了一辆没有牌照的旧三轮离开的。半道上,我巴望他抢劫我,但他没有,一直好几个钟头把我送到我呆的城市。在一个没人的十字路口,我跟开旧三轮的小伙商量,我说,其实,我身边根本没带钱,不信我翻空皮夹子给你看,我只有一部还算新的还算新款的手机给你,里面还有几百元话费,就算抵你的车钱,卡也给你,你是不会吃亏的。如果你运气好的话,明天有人会追着问你,问你愿不愿意。其实是一个有着八百万陪嫁的富婆要嫁人,陪嫁呢,远不止这些。你呢,愿意怎么说就怎么说。

开旧三轮的小伙用异样的眼神盯着我,肯定以为遇上了一个神经有毛病的人,迟疑着小心翼翼地取过我手里的手机,看看我没啥诈他,便加大油门开着自己的旧三轮飞一样消失在满是霓虹灯的街道里。

过去日子的碎片

轻歌曼舞

一

群艺馆在偌大的峒城，是个挺不起眼的小单位。要不是建了这么个名字唤作"轻歌曼舞"的演艺广场，要不是出了这么多事情，一般的峒城人真的还不知道峒城有这么个单位。

群艺馆原本在市中心有个大礼堂，这个大礼堂是在大跃进那年建的，建得很大，但是很简陋，早先市里还用来开开大会、放放电影，但因为实在太简陋了，后来便成了烂摊子，谁也不要，最后划归市群艺馆名下。

群艺馆宋馆长是个挺精明的人，不愿捧着个金饭碗讨饭过日子，便通过多方牵头，与一外商合作，把一个破烂的大礼堂拆了并建成全市超一流的、集演艺放映练歌蹦迪游戏餐饮于一体的综合性大型娱乐广场，"轻歌曼舞"四个耀眼的霓虹灯大字，成了峒城的标志，地下停车场的车位往往都是事先预约的，试营业半年，生意火爆。而演艺广场正式开业的第一天出的大事，更让轻歌曼舞演艺广场一夜之间家喻户晓。

正式开业只是为了赢得更多客人而设计的一个商业运作，那日，自然请了好多政府官员、企业老总、演艺圈红人前来捧场。可能是喝多了酒，也可能是连日的筹备身心疲惫不堪，凌晨时分，众人散去，宋馆长则亲自开车送沪上请来的一位年轻俏丽魅力四射的当红歌星回沪，不料想，半路上，撞上了集装箱车，当场双双殒命。一时节，传言纷纷，都说这说那，似乎这宋馆长也命中该绝。

然传言归传言，宋馆长毕竟为峒城做了不少事，救活了一个烂摊子，这是众人见着的，市里好些官员都送上了花圈，为他送行，告别仪式操办得也算体面。

二

宋馆长一死，群艺馆不能一日没头，况且自从演艺广场开业后，群艺馆馆长一职，便成了相当耀眼的位子，在好多人眼里是个肥缺。

宋馆长的告别仪式一结束，群艺馆的主管单位市文化局，就由

过去日子的碎片

一把手俞局长、常务副局长于新、组织人事科徐科对群艺馆的馆长人选进行考察。而论资排辈，自然得先考虑现职现位的两位副馆长。

常务副馆长闻敏是个老资格的副馆长，当副馆长的时间几乎与工龄相同，且有国家一级编剧职称，在峒城文艺界也算是著名人物。想当年，卢新华的《于无声处》在全国一炮打响，而同是在校中文系大三学生的闻敏创作的几个话剧剧本，竟也屡屡发表，其中一独幕话剧，在华东地区上演时，一举夺冠，后来在全国上演时，也获得了剧本创作一等奖、演艺二等奖，凭着这些耀眼的成绩，闻敏被峒城市群艺馆像宝贝一般迎进了门，几乎没有啥见习期，便被破格提拔为副馆长，主管群艺馆业务工作。自此，闻敏几乎每年都有好剧本，在省里乃至全国打响，只是后来发表的一个讽刺小品剧本，竟让市里的某位高层领导对号入座，以致大动肝火，原本很有可能坐上新成立的文化局局长或副局长宝座的闻敏一下子被打入了冷宫，那副馆长的位子还是好多文艺界的同仁力保，才没被撸掉的。自此以后，闻馆便看破红尘，专写些言情小说、传奇故事，挣些稿费，贴补家用，剧本小品不再涉足，剧坛上顿时消声隐迹，而言情小说、传奇故事之类也常常变着各式各样的笔名发表，以至于人们只知道这几年他稿费赚了不少，却并不知道他到底写了哪些东西。国家一级编剧的职称，到了眼下，也就成了一块过了时的招牌。

而另一副馆长叫郎伟刚，比闻馆小七八岁，正是年富力强的当口，只是资历要浅多了，其人也与其名一般，是个刚烈的汉子，说话说一不二，尤其原本是市剧团的武生出身，会武功，兼着市武术协会的秘书长，平时常常以武会友，在峒城也是个呼风唤雨的人物，公安、法院、城管、交通等一些执法的单位，他都有能够称兄道弟的朋友，以至于自称黑道上的人也忌他三分。他当副馆长时间不怎么长，却是有来头有背景的。想当年，他随剧团到市里最边远的一个山乡去演出，结果团里的一位年轻的女演员被当地一伙小痞子缠上，几场演出，剧团到哪，他们就跟到哪，表面上是捧场，实际上却是搅演出，团长气愤不过，与之理论，谁料得罪了这伙小痞子，他们操着家伙追杀团长，众人都被这场面吓得发抖，结果还是郎伟刚捋臂一挥，率先操家伙杀入重围，撂倒几个，且一个个伤得不轻，这才震住了众小痞子，方救得团长一命。而当时的团长，也就是现任的文化局一把手俞局长。俞团长后来升为俞局长，自然不忘郎伟刚的相救之恩，从即将解散的剧团把郎伟刚拉出来安排在群艺馆做了个副职。但是这郎伟刚自视上面有人，全然不把其他人放在眼里，宋馆长没死前，与他矛盾最深，几乎到了即将大打出手的程度，好几次闹到不可开交的程度，两人都到局里互相告对方的状。然宋馆长毕竟是一把手，所以这郎副馆长也没有多少好果子吃，其他不说，连闻副馆长都兼着演艺广场副总经理一职，唯不让郎馆涉足，这一点郎馆对宋馆可谓是咬牙切齿。

考察是公开进行的，馆里工作人员本来就不多，几乎所有的工作人员都被安排谈了话，而结果却不甚明了，对两个副馆长谁也不明确支持，模棱两可。一天考察下来，唯一的结果便是群艺馆工作暂时由常务副馆长闻敏主持。

考察完毕，闻馆、郎馆自然挽留俞局、小于局长、徐科共进晚餐。

俞局一副漫不经心的样子跟闻馆道，你酒也不喝的，我和小于局长跟你喝酒最没意思了。小于局长可是海量，你今天喝过他，我就正式让你当这群艺馆的家。

闻馆忙作揖，一副死猪不怕滚水烫的样子，说，局长大人，放我老闻一马吧，我宁可这馆长不当，这酒我也不敢碰的。

郎馆则一副揭竿而起的英雄模样，道，小于局长的酒我陪了！

小于局长却一副不屑的样子，一迭声说没劲没劲，还是回去吃泡饭有劲！说着拿起包就走，一点也不顾及众人祈盼的目光，俞局长竟也附和着起身道还是省点吧，不要有几个钱撑得慌！闹得众人一脸尴尬。

闻敏不紧不慢地拉着小于局长的手，慢条斯理地说，哪能说走就走的，我不喝酒自然有人会喝，小小群艺馆可是个藏龙卧虎的地方，美女帅哥也是一叫一大群。

俞局长一时兴起，说，好，今天我和小于局长就来见识见识。

闻敏便打电话，打了四个电话，有三个在电话里支支吾吾的看上去不愿意领情上酒场。而正当俞局埋怨闻馆无能郎馆正要自告奋勇去叫人时，门外闪进一女，不能说是绝对的美女，也是那种青春版的靓妹，身材高挑，估计在1米7左右，但很瘦削，脸庞白皙，细若新瓷，眼气很重，看人有点迷离的样子，鼻峰轮廓比较分明，显得有点洋气，嘴角稍稍上翘，像是满脸堆笑，初看看不出特别的美丽，细看却觉得五官还是挺精致的，是很有个性的那种美眉，染成浅黄色的散发挺随意地披散着，使略显扁平的脸庞同样神采奕奕，身材虽然瘦削，但胸脯坚挺，是那种有点让男人走神的坚挺，而两腿很是纤美，臀部扁平且收得紧紧的。

这靓妹一出现，众人便顿觉眼前一亮。小于局长的反应最敏捷，忙说，够了，够了，有这一个美女足也。

俞局长笑了，道，就这般定了，小尹，今天你就陪好小于局长，把小于局长干翻了也不怪罪你。

被俞局长唤作小尹的美眉，嘤嘤的，一迭声道，俞局你不要吓我，我不被小于局干翻就算万幸了。说着与小于局长握手，带点撒娇的样子说，小于局长你可要怜香惜玉啊，俞局是家长作风，最坏了。说得两位局长大人都笑了。

这小尹，叫尹琳，群艺馆的打字员，馆里的活跃分子。至于是闻馆妻子的侄女，两位局长是知道的。闻馆歉意万分地说，除了小尹还买点我这个姨夫的情面，其他的我可就请不动了。

俞局、小于局长一迭声说不要不要再请了，便各自上了车。郎馆眼捷，钻进俞局的小车，小尹却被小于局长拖进了自己的车里，只有闻馆叫上馆里的小面包拉上徐科紧随着去了城里最好的酒家。

一路上，郎馆心里不舒服，想不到闻敏会来这一手，把自己老婆的亲侄女拉出来陪酒，下三烂的做法。

过去日子的碎片

其实，这小尹，在这文化系统里也是挺出名的，不只歌唱得好舞也跳得出色，平时在办公室里打个字什么的，遇上什么活动，便作为文艺骨干，也常能为市里争争脸的。只是被唤来陪酒，这还是第一次。闻敏原以为总有三四个部下会买他的老面情，怎料想谁都推托着在有意躲他。

三

一路说笑，来到酒家，这边早已候着，便一一入座。俞局在主位上一落座，郎馆便相陪着紧挨着落座；小于局长拉着小尹，小尹自然也不推让；闻馆烟酒不善，一让再让只能在边上陪着徐科。那几个驾驶员则一人拿了一包烟，被郎馆赶到大厅，他们倒也落得个自由自在。

正待开宴，演艺广场那边打来电话，先打的是郎馆的手机，郎馆当着领导的面，为难道，歌厅出事啦？啥事？吃药？公安要查，记者要曝光！这事你得向闻馆汇报，他是副总。

俞局一听，嗔道，啥？！小郎，闹情绪啦？！这演艺广场的事就得你去调定，你把老闻推出去，不是给他难堪吗？他书生一个，这点事不为难死他了？！

郎馆还想申辩，俞局长没有半点余地地说，你给我马上找人，该找的人先找了。

于是，郎馆也就忙着打电话，先是打公安局城中分局副局长的电话，人家是跟郎馆一起练武术的。电话中首先证实公安部门查演艺广场的真假，得知其实是有报社记者卧底摸清情况才向分局报的案，现在是分局不可以不查，到人家报社要曝光了不查是不行的。于是，郎馆便向报社新闻部的李主任打探情况，李主任原来也是剧团的编剧，跟郎伟刚很好，常在一起喝酒。李主任在电话里很是肯定地向郎伟刚说了对演艺广场练歌厅极为不利的几个疑点和证据，足以证明演艺广场练歌厅里工作人员有人内外勾结、怂恿庇护吸毒人员在练歌厅里卖药吃药，而且稿子已送总编终审。郎馆急向报社的副总打电话，那副总就住在郎伟刚的对门，平时两家也挺不错的，而副总接了电话，一脸的为难，说是正想跟你打电话呢，只是总编过问了，他生怕弄僵了事情，而总编又是刚提拔上来的，郎馆和他不熟。郎馆只能跟在宣传部工作的妻弟打电话求助，如此一说，妻弟电话里说知道了。一会儿，妻弟来电话，说向部长汇报了，部长说，最近正在迎接创建全国健康城市检查，报纸上要尽可能正面宣传，报社曝光的事有部长亲自关照，只是演艺广场要马上着手内部整改，不能再有这类事情发生。

打过这些电话，郎馆便把结果向俞局做了汇报。郎馆的汇报自然多了些渲染，充分表现出自己在工作与社会关系协调方面的超群能力。同时，郎馆也为自己游刃有余的展示而自鸣得意。确实，一个节外生枝的电话，让郎馆交了一张出色的答卷，而最主要的是这一枪击中的正是那闻敏的软肋。

这边打着电话，那边小于局长已经开始对斟喝酒了，在有些

过去日子的碎片

需要氛围的场合，美眉往往是快乐的播种机。那晚的酒桌上，有了尹琳，喝酒也多了一些花样和气氛，说好了一边喝酒一边说些俏皮话，谁接不上自然谁罚酒。尹琳肚里的俏皮话太多了。

尹琳心直口快口无遮拦俏皮话一箩筐抖也抖不完，而小于局长只能认罚，酒罚了一杯又一杯，又都是高度的水晶坊，一大圈俏皮话下来，纵然有再大的酒量，也有了些醉意。

这边郎馆自电话里把演艺广场那棘手的事情调定后，便显出一副功臣的样子，放开架势陪俞局喝酒，一口一个老爷子，挺亲热地追忆着当年剧团的美好时光，陈述着自己的能耐，大讲着演艺广场今后发展的设想，嘴上不空手上又忙乎，又倒茶又斟酒，又点烟又上菜，把个老爷子伺候得团团转。只是小尹那疯丫头，与小于局长一浪高过一浪的放肆让他心里不舒坦，而有碍小于局长的情面，不敢有所不满。

闻馆则隐士一般，捧着个茶杯，如多余人一般，偶尔与那徐科敷衍几句。

酒渐渐喝多了，小于局长有点晕乎，在小尹的伶牙俐齿跟前，明显已经败下阵来，开始胡言乱语。

郎馆，随着酒劲开始发泄积郁在心底对前任宋馆长的不满，特别是对宋馆的好色和贪财，说了好多令人不得不信服的事实和细节。其实，最让郎馆心里不舒服的是宋馆没让他兼任演艺广场的副总经理一职，这不仅让他少了好多应该有的好处，更让他在那么多朋友面前失尽了面子。而酒桌上重提那些不满，自然有他郎馆的用意，显然是在跟闻馆争着高低，当着两位局长的面，自然是千载难逢的最好时机，于是说着说着就愤慨起来，殊不料坏了小于局长的兴致。带着几分醉意的小于局长，铁板着脸瞪着郎伟刚说，啥意思，你烦不烦，人家姓宋的人也死掉了，还捣鼓这些陈年破事，不觉得你无聊么？这么个大男人，叽叽喳喳的小女人也不如。说着手一挥说，不喝，我走了。

郎伟刚一下子愣住了，万万没想到，本想好好表现自己讨得老爷子的欢心也好给即将退位的老爷子加点压力，却不料冒犯了小于局长。一时无所适从，只能斟满一杯酒，说，于局，实在对不起，我自己罚一杯谢罪。而小于局长却不吃这一套，仍执意要走，郎伟刚急了，忙跟小尹递眼神，而小尹却只当没看见，郎馆只能低下姿态，以相求的口吻说，小尹，我求你了，请于局赏光留下，待会，去演艺广场，我已经安排好了最好的包厢，请于局过去指导指导。

俞局挥挥手，打了个圆场，说，小于是逗你玩的，喝酒莫谈公事，再喝！

小于局长其实并不想走，有小尹陪着，这酒还没喝尽兴，只是看着姓郎的不顺眼，你龟儿子一般讨着老爷子的好，不把别人放眼里，故有意当着老爷子的面，杀杀他的骄气。

喝酒喝到这份上，俞局便有意收场。郎馆便又忙乎起来，电话里呼幺喝六地跟那边演艺广场的说着什么，一会儿便汇报说那边都候着呢，请老爷子、小于局长千万赏光、指导。

小于局长这才拍着郎馆的肩，似乎在故意激他说，郎总，这才

过去日子的碎片

像个话，于是拉着小尹，找车径自去了演艺广场。下了车，对司机说，你先回去吧，便由小尹扶着进了练歌厅里最大的豪华包厢，一边跟跟跄跄一边有意无意地说，小尹你这丫头，一肚子弯弯肠子，把我干死了！小尹咯咯笑着，也有些醉意，用些身体语言回应着小于局长。

小尹接过调音小姐递过来的话筒，说，感谢俞局、感谢小于局长。小于局长插嘴，这里只有俞局，没有小于局长，接下来不许叫小于局长，叫于哥。于是，小尹说，衷心感谢丁哥，我献上一首《我心依旧》。这首电影《坦塔尼克号》的主题歌，尹琳用英语唱来吐词纯真、嗓音舒缓甜美余音袅袅，只一曲，大家都说不敢再唱了。小于局长站了起来说，大家不唱我唱，正版刀郎《冲动的惩罚》。音乐一起，便拉着小尹的手唱，"那晚我喝醉了酒拉着你的手，胡乱地说话，只想着自己心中压抑的想法，狂乱地表达，我迷醉的眼睛已看不清你的表情，忘记了你当时会有怎样的反应，我拉着你的手放在我手心。……"小尹很配合地奉献着自己的纤手，作为小于局长唱醉歌的一个完美的道具。"如果那天你不知道我喝了多少杯，你就不明白你究竟有多美，我也不会相信第一次看见你，就爱你爱你那么干脆，可是我相信我心中的感觉，它来得那么快，来得那么直接，就让我心狂野，无法将火熄灭。我依然相信是老天爷让我俩相遇。如果没有闻到你手上残留的香气……"那纤手一直握着，小于局长唱着唱着就把那道具捂到了胸上，又把它递到唇边，轻轻地啄一下，还给了小尹。小于局长嗓音清亮，性格爽直，唱起这种带有旷野味道的劲歌,很能找到一种久违的感觉,沙音仿得极纯真、传神,活脱一个正版刀郎,再加小尹的默契配合,再加上小于局长似醉非醉的神态,一下子让大家真正有了谁也不能再唱的感觉,于是大伙撺掇着让小尹和小于局长对唱,小尹却彻底放肆开了,说,于哥,谁对不上来罚谁的酒。

于是说规则,老爷子俞局长当裁判,一首一首地对唱,小尹毕竟是馆里当红的文艺骨干,只十来首歌,便把个小于局长对下阵了。罚酒可是事先讲好的一罚一罐啤酒,但小于局长却非让小尹每次都陪上一杯。

不几个回合,小于局长便愈发醉了,拉着小尹的纤手不肯放了,小尹也醉得不浅,走路摇摇摆摆的,眼色迷离,夸张的肢体语言已经明显多了,诰话也更放肆了。

大家什么时候散场,什么时候上的出租车,什么时候进了小区,小于局长已有点晕晕乎乎不尽记得了。只记得一直拉着小尹的手,要送小尹回家,结果却还是被小尹送回了家,一回家便就瘫在沙发上了。小尹脚软软的,自然也不听使唤了,一边跟跄着,一边向小于局长道别,我把你交给嫂子我走了,小于局长拉过小尹说,嫂子,谁是嫂子,她去新马泰了,你先别走,我们再唱一首。小尹说,你发神经啊,深更半夜的。那你就先睡吧,我不行了。一拉,小尹便跌扑在小于局长的身上,无数缕带着香气的秀发随即一下子撩拨起小于局长的脖颈,一个激灵让小于局长清醒了一下,就势把小尹晃动的身子搂在胸前,双手摸着,小尹就蠕动起来,沉浸在突

过去日子的碎片

然而至的抚爱之中，缠绵中，小尹突然推开小于局长愈发放肆地大手，嘤嘤地，半推半就地说着，不行，不行。

后半夜，两人先后从寒意中醒来，醉意朦胧中的缠绵残留在两人的心里。对视片刻，两人在回味中又相拥在一起，新的冲动让他们再度缠绵。

风雨过后，小于局长一反常态地试探着说，尹琳，你不会因为我们的事，让我把你姨夫推上馆长的位子吧？！

小尹马上一脸的不高兴，说，你干吗不干脆说昨晚的一切是我和姨父为了馆长的位子而蓄意的预谋吧？！随你怎么说去吧，反正我是我，我姨夫怎么想我不知道，但我倒觉得你很坏，表面上是一副道貌岸然，其实是个伪君子。说着找自己的衣物，一副挺委屈的样子。

小于局长一把拉过小尹，在她的脸庞上轻轻抚摩着，半响，说，我相信你，只是我有点怕。说着，看着小尹满脸泪水，心愧了，歉意说，小尹，请原谅。说着，拥吻小尹，久久的。

四

考察之后没几天，俞局长便来馆宣布，常务副馆长闻敏继续主持全馆的日常工作，第二副馆长郎伟刚兼任演艺广场常务副总经理职务并主持演艺广场日常工作。

明眼人说，两个副馆长第一轮会合打了个平手，而据知情人透露，局务会议上，局长之间没达成最后的统一，只能先中庸一下，缓一下，再作进一步的人事考察。

只是小尹自那次陪酒陪唱之后，变成了大忙人，局里有啥要紧客人或啥重大接待任务，小于局长总要点名让小尹出面相陪。到时，俏皮话一定要说的，而被罚酒的又常是那些毫无准备的客人，《我心依旧》也是要唱的，往往是赢得一片由衷的喝彩，而人家往往也是文化文艺单位来的自然也有能歌善舞的，于是，对歌也就常常是最精彩的节目，而小于局长的《冲动的惩罚》也要唱的，只是小于局长不再当着客人的面把小尹的纤手作为醉酒时的道具。每次客人总能很尽兴，而小于局长和小尹总不会喝很多的酒，客人走后，小于局长总能由小尹相伴着度过一段惬意的良宵，兴致高时，还能厮磨缠绵一些时辰，但一切都安排得挺诡秘。

小尹每天仍像往日一样打打字，说些俏皮话，有时有活动了便被抽出来排练、演出，小于局长也常常在日理万机当中不忘亲临演出现场慰问。

宣布以后，闻馆、郎馆之间似乎处得挺尴尬，馆里是闻馆主持，一切自然由闻馆做主。郎馆主持着演艺广场，但总觉得磕磕绊绊使不开手脚。

两月后的一天，闻馆长竟然在下班的路上莫名其妙被人给打了一顿，而且打得还不轻，伤了脾，动了个大手术，主持手术的医师说不静养个半年，是绝对不能上班的。

闻馆被打的第二天，局里又来人事考察。只是这次考察，局长

过去日子的碎片

副局长一个也没来,局组织人事科的几位科长科员分别找人问了些情况。不几天,局里的正式书面聘任也就下来了,只是出乎所有人的意外,所聘任的不是郎伟刚,而是尹琳。其实,她的条件说说也是不错的,二十八岁,本科在读学历,多次荣获全国、省群众文艺会演的各种荣誉,完全符合眼下提拔年轻干部的政策,相比之下,馆里还没有比她更出色的人选。郎馆仍明确为第二副馆长兼演艺广场副总经理。只是总经理已经由尹琳兼着,而闻馆长仍是常务副馆长。

聘任一宣布,最受打击的自然是郎伟刚,想不到自己这么多年捧着老爷子,像孙子一般一心一意地孝敬着他,结果是空欢喜了一场。

最让郎伟刚心里难受的是这新上任的丫头,似乎没被局里看错,能说会道,能唱会跳,不多久,便把个演艺广场调理得红红火火,成了夜峒城待客的最好去处。市里好多政府机关官员、企业老总成了尹馆的座上宾,演艺广场上有那么多官员、老总照应着,生意自然红火,营业收入,月月翻番。而经营得规范,又是有口皆碑,市公安局在演艺广场专门设了警务组,配备了协警员,扰事、吃药等等所有的事情不再需要尹馆亲自出面协调。这让郎伟刚起初想看尹琳好戏的念头也破灭了。

然不多时,小于局长与尹馆长关系暧昧的传闻便在峒城传开了,省和市里的纪检部门接连收到一些有鼻子有眼的匿名检举信。小尹并不在乎,而小于局长家里夫妻之间虽说多了一些不和谐然表面上仍风平浪静,这些传闻反倒使得于新和尹琳之间多了一些收敛。

不多久，市里来文化局人事考察。除了这些无法求实的传闻外，小于局长在局系统的口碑是最好的。老局长俞局退了二线，市里的任命也下来了，小于局长荣升局长。

这一下，郎伟刚更吃吓不小，事至此时，方大梦初醒，他万万没想到的是自己跟错了人压错了宝。老爷子退二线其实早成定局，而自己却想得太天真，一直躺在有恩于老爷子的梦想当中做着好梦，结果反被个黄毛丫头轻而易举地捷足先登，千不该万不该得罪这位新局长。郎伟刚想想，其实自己也未怎么得罪过于局长，只是千不该万不该早些时候，一直拣佛烧香。在于新才来工作时、在他任科长时，甚至他当副局长时，一直自视有老爷子罩着，没把他好好地敬着，尤其是跟老爷子一起时，他常常顾此失彼。第一次考察过后，他曾咬着牙给老爷子送过五千大洋，不料竟被这小于局长撞着，料想这小于局长已看出了他当时的把戏，千不该万不该，假如再咬咬牙破费个五千大洋，铺好小于局长这条路就好了。然反过来一想又释然了，自己铺的路再好，总不及尹琳这骚女子的手段有杀伤力。

想到这里，郎伟刚的心彻底凉了，一气之下，想想自己在姓于的和姓尹的手下，终无再出头的日子了，便一纸辞职报告，远走深圳，去找那位眼下在深圳正发展得很红火以前也是剧团里出去的铁哥们。

五

到了2004年秋里，轻歌曼舞演艺广场一场莫名其妙的大火让峒城想想也后怕，那场烧了好几个钟头的大火，不仅烧毁了整个演艺广场，还烧死了几个困在楼里的值班人员，好几个救人的消防队员还受了重伤。

市里、省里都成立了专门处理大火的专案小组。只是让峒城人万万没想到的这场大火竟是远在深圳的郎伟刚一手操纵的报复大案。

郎伟刚锒铛入狱。一审，闻馆被打，竟也是他幕后操纵的，原来是那些哥们为帮他顺利接任馆长一职而扫清道路。

只是作为文化局主管领导的于局长和演艺广场法人代表的尹琳都受了牵连，立案工作已经展开。

身体还没痊愈的闻副馆长，只能支撑着上班，新任局长找他，让他接任市群艺馆馆长的位子。想想已成了一副烂摊子的群艺馆，还有那座已成废墟的演艺广场，闻馆长漠然地点头应诺。掐指算算自己也就一二年，到市里规定的退休年龄了。只是，演艺广场新招的那些通过方方面面关系进来的工作人员如何安置，是要伤些脑筋的。至于人家外商的投资损失，他一个小小的馆长也是无能为力的。再想郎伟刚自己走上了绝路，不会再害自己了，心里有点释然。

闻馆正式上任的第二天，跑了趟建设局，硬缠软磨竟央建设局长把废墟推平了铺上道砖，再在四处种上树木。

一个月后，废墟成了一片不小的广场，人们也就习惯地叫轻歌曼舞广场。

每到夜色笼罩时分，闻馆便带着群艺馆的一帮人过来忙碌，有的安音响，有的架喇叭，有的则穿着靓丽的运动服，前后左右各居小小的高处，伸展身姿，热着身。音乐一起，总领舞便随着节拍领起了群舞，馆里的文艺骨干们则前后左右默契配合着。开首几天，教的是《吉祥三宝》，学舞的中老年男男女女，不几天就有上百，说好是免费的。几个月后，只要天不下雨，广场上总有上千男女合着一首又一首的时尚音乐在群舞中陶醉，那么一大片的手臂，慢慢地移过去，突然间又齐刷刷地转过来，真的很美。腰扭扭，脚踢踢，音乐是那么的柔美，舞步是那么的舒缓。舒心和美的气氛像一阵阵暖风在广场上飘过来荡过去，荡漾在每个舞者的脸上。

开初，馆里还有些小钱，闻馆象征性地给大家发些加班费。后来，广场热闹了，商家也看到了新的商机，都争着在广场四周投钱做电子大屏幕、做水幕投影、做霓虹灯，做了广告的商家自然不忘给群艺馆一些费用。这钱，闻馆是事先没想到的额外收入，群艺馆也不差这钱，于是便拿来增加些加班费。晚上加班，本来就轻轻松松的，既逼着大家锻炼了身体愉悦了身心，还能得些加班费，于是大家都说闻馆长的好，连最初不愿加夜班的也全都来了。再后来，峒城哪单位、哪家来了客人，到了晚上，东道主总要邀上客人来轻

过去日子的碎片

歌曼舞广场看市民群舞,感受着峒城市民娱乐健身的特有氛围。

第二年春上,市里、省里都要开人民代表大会,好多市民不约而同推选了群艺馆馆长闻敏。最后,闻馆长竟然高票当选了省人大代表。这在峒城历史上是从来没有过的事情。

只是,这时,闻敏离市里规定的退休年龄也只有一个多月的时间了。

半校之长

田楠是陈墩镇中学的女校工。田楠,出生校工之家。田楠爷爷是个老校工,1946年陈墩镇筹办私立中学堂时,乡绅们看他做人实在,又读过几日私塾,力举他做校工。她爷爷告诉田楠,他那时当那校工,得管一个中学堂近百号人的吃喝拉撒,顶半个校长,校长不管的事,全他管,平日里,得手勤、脚勤、嘴勤。田楠的爷爷,跟老校长关系特亲密。田楠的名字还是老校长给起的,只是这名有点男孩味。田楠爹也是校工,18岁就开始到中学校里当临时校工,在田楠她爷爷的精心调教下,田楠她爹手脚勤快,敲钟、扫地、烧水、煮饭、值夜,样样干,样样都干得挺好。干了一阵子,学校离不开他了,便留他下来让他当了正式校工。到了田楠18岁那年,她爹提前病退回家,让她顶替端起了校工这个好多人羡慕的铁饭碗。

过去日子的碎片

其实，她爹身子没病，病退则完全是为独生女儿谋个好差事。

当时，老校长给田楠起个男孩名字，其实也不是瞎起的。看了一眼襁褓中的孩子，老校长根本不相信这是个女孩。确实，一日日长大后的田楠，没多少女人相，大手大脚，黑脸盘，冲鼻孔，若是扯着嗓子在学校大院子里一喊，全校每个旮旯都能听见她的脆亮的喊声。

校工世家出生的田楠，耳濡目染，清楚校工在学校里该如何做事。她做校工，只管两桩事，敲钟、印考卷。田楠敲钟，敲了十来年，从来没有一次出过差错，只是后来田楠好不容易大了肚子回家养小囡，上下课的钟常常被人敲错的时候，校长老师们才惦记起她这个平时从不起眼却非常守时的校工。平时，田楠老是蹲在学校厕所边一个黑乎乎的偏屋里印着全校每个年级各个学科不同类型的考卷。田楠印考卷，从不过问考卷的内容，她只管考卷的上下左右是否对齐、考卷的每一页用墨是否均匀。那些年，校长逼着老师上成绩，老师们就催着田楠印考卷，白天来不及，晚上赶。印考卷，在学校里可算一桩保密工作，为保密，田楠常把门窗都关得严严实实，就连上厕所也把大门锁上两道锁。有时天闷热，田楠也不开窗户、开电风扇，常常热得头发根里全是汗，尤其是汗湿的的确良衬衫，前胸后背贴着鼓鼓的身子，人前走过总是一身汗酸与油墨夹杂的怪味。一年到头忙着印考卷的田楠，上班时很少出现在师生们的视线里，偶尔厕所门口撞见，总让人哂笑不已，那田楠不是衣衫歪斜，就是满手满脸的油墨。

到了三十多岁，田楠养了小囡回来上班后，突然没有钟敲了。学校的钟，改成了电子音乐，一个学电脑的老师，把钟和电脑连起来，编了个啥程序，到了上课和下课时间，学校里的喇叭就会自动响起来，上课放上课的音乐，下课放一句"老师您辛苦了"，清晰而又舒缓，不差分毫。过了四十岁，田楠没考卷印了。卷子都是上面统一印好发下来的，那印刷厂里出来的考卷，清清楚楚、干干净净、漂漂亮亮，连答案都是统一印好了一起发下来的。

没有钟敲、没有考卷印，田楠整天坐在誊印室里发呆，誊印室坐不住了，只能在校园里游荡。整天游荡的田楠，突然觉得日子过得特别无聊。看着忙忙碌碌的老师和学生，田楠开始觉得自己是学校里多余的人。原先每次敲钟，田楠总有一种领地的归属感。每次敲钟，她总是运足力气，让钟声传得尽可能的遥远。如谁说，很远的地方都能听到学校的钟声，她会觉得非常有成就感。她一直很享受自己的钟声向远处穿透的震撼力量。原先每次印考卷，田楠也总有一种荣誉感。每次下课时，田楠总喜欢隔着封闭的窗户，听一批批学生谈论一次次考试的惊险历程以及考试以后的喜怒哀乐，这让她很享受，似乎自己是变幻莫测的魔术师，用手中无形的魔术棒差使着全校老师和学生，让他们废寝忘食，让他们围着她的魔术棒变的一份份考卷团团转。

而一下子不敲钟、不印考卷，田楠变得无所事事。无所事事的田楠突然一反常态，常常无事生非，闹得校长心堵堵的。最让强校长心里堵得慌的是田楠跟学校的保洁工，竟然闹出了矛盾。学校的

过去日子的碎片

保洁工，都是镇上有脸面的头头脑脑介绍过来的乡村中年妇女，进了学校，似乎也端起了铁饭碗，人变得慵懒了。校长不说她们，谁也不愿去说她们。毕竟人家是临时工，拿的钱没有老师那么高，也没有正式编制的校工高。而无所事事的田楠看不惯了，每日一早到学校里的头一件事就是拿了扫帚扫操场，扫操场不算，还把散落在各个角落的塑料瓶、纸头纸脑通通收拢起来。田楠突然发现，校园里每天收集起来的饮料瓶总是很多一堆。这些饮料瓶统统收拢起来，又能够换不少现钱。更何况，现在的学生，手头上都有些小钱，每天买几瓶矿泉水、饮料，是挺随意的事。喝了矿泉水、饮料，塑料瓶也是随手丢。常人不了解，保洁工圈子里的人却心知肚明，这是她们不为人知的富矿。每天都是一笔额外的收入，虽少，积少成多。然在保洁工的圈子里，同样是有领地的，每人的领地是大家相互之间默认的，每人只能在自己的领地里收集饮料瓶。这是保洁工之间多年来反反复复争斗磨合后渐渐确定的潜规则。田楠的越界，一下子打破了这种潜规则，惹恼了所有的保洁工。明眼人晓得，这是抢她们的外快。她们合起伙来跟她吵、跟她闹。谁料想，田楠天生一副天不怕地不怕的男人脾气，要是骂人打架，谁都不是她的对手。闹到临了，所有的保洁工都见她怕，不上班，时不时打几天病假，赖在家拿工资。强校长，其实内心不强。碍于镇上方方面面的关系，强校长又无法与保洁工们顶真。反过来看田楠那种以校为家的姿态，强校长心肠也软了，不忍心去无缘无故地伤害田楠。

做着保洁工的田楠又是整日忙碌，不是衣衫不整，就是满脸汗水。

那时候，陈墩镇乡下，原本还有一所带帽子中学，后来这所学校撤了，并入陈墩镇中学。这样，来学校的学生比原来多了。学生多了，校园里空饮料瓶更是丢得到处都是，这就忙坏了田楠。一天到晚，田楠追着学生的屁股拣空饮料瓶。

每天下班，田楠的小QQ车上，总是堆满了空饮料瓶。老师下班了，学生放学了，田楠便送废瓶去回收站。每天送过去一大堆，田楠成为废品回收站的大客户。田楠的QQ车一到，老板、老板娘总是亲自过来招呼。田楠总跟人家斤斤计较，点瓶数，讲价钱，点少了，还要重点。就这样，田楠每天总得很晚才回到家，常常比毕业班补课老师回家都晚。

乡下中学撤并后，学生的接送成了附近一些人赚钱的新门道，只是那些揽活的车又旧又破，不是抛锚就是晚点。有些家长也是没有办法，为了省钱，合伙交一笔车钱，让人家接送自己的孩子上下学。

这些接送车，为了争生意，又相互之间争客源，揽了学生。一趟跑不了再跑一趟，两趟来不及就拼命地朝车里塞学生，把车子开得飞快。没多日，一天早上，一辆从银泾村接学生出来上学的旧面包车侧翻在了河沟里，伤了好几个学生。伤得轻的，送镇医院，有几个伤得重的，送到了县医院。医院抢救，需要交押金，电话打到学校，急得强校长团团转，这公家的钱怎么取现，又如何入账？强

过去日子的碎片

校长一时没了主意。田楠知道了，跟强校长说，我去吧！说着，田楠开着自己小QQ车径直去了县医院，二话没说，在急诊窗口，一下子交了二万块现钞。

抢救现场，大家都在找事故方能够做主的人，有负责抢救的主治医师，有护士长，有救护车司机，又有赶过来的交警。田楠说，找我吧。说事时，大家都把田楠当成校长。田楠也不谦虚，笑笑，说，我么，半个校长吧。人家便想，半个校长，那肯定是副校长了。田楠也很爽快，该付的钱照付，该签的字照签。抢救现场的事情应付得差不多了，田楠便抽身直闯医院院长办公室，一本正经地跟院长说，现在都是独生子，出车祸的学生，一个牵着一大家子，求求你们，请你们全力抢救，钱的事，找我。院长说，钱不是问题，医院一定会全力抢救的。说着，院长拉着几个科室的专家到抢救室会诊。本来心里有气没处发泄的家长一见这阵势，拉住田楠，校长长校长短的千恩万谢。田楠说，没事的，我在这，有事跟我说！

抢救半天，几个学生都脱离了生命危险，进了监护室。

就这样，前前后后半个多月，都是田楠在几头打理。现钞也花了不少，只要需要，田楠就付，很爽快，爽快得有时家长也不好意思了，说我们自己在小面馆里吃饭的钱，就我们自己付吧。田楠一副大大咧咧的样子，说，没事，那是小钱。谁都知道，田楠代表学校，在为学校打理。其实，只有强校长清楚其中的深浅和弯曲，田楠把这么大的事，主动揽在自己身上，常人是无法想象的。车祸处理稍有结果，强校长私下里带着歉疚跟田楠说，这次你贴了好些钱，可能没法补还你了。田楠说，没事，这钱本来就是我平时卖废饮料瓶的钱。这话传出来，大家这才知道，为啥田楠抢了保洁工的活，原来这里面是有很多好处的。

出了事，市里交警过来查，不让社会上的旧车子接送学生。没有车子接送学生，乡村里的学生就无法上学。学校又没有这么多的宿舍，自己也没有这么大的校车。强校长愁得吃不好睡不好，一次次跑镇政府、跑教育局，申请买校车。申请，当然同意。只是申请，还是第一步，凡事还得一步步来，今年政府经费的立项，按理应该是隔年前就要进政府预算的，突然冒出来的大笔经费，谁也定不了。买校车的事一时定不下来，还只能寻其他办法来过渡。

田楠跟校长说，这事你别管，我来。其实，教学上的事，压力那么多，这时再让校长管，他也管不过来。

田楠找熟人介绍，到客运公司找人家老总。老总忙，一次次通过电话却照不上面，田楠便一次次去客运公司找各个部门的经理游说，弄得客运公司上上下下都认识她，都田校长长田校长短地称呼她。结果，老总主动找她，同意支持教育事业，签了半年的租车协议。协议签了下来，价钱是最优惠的。

田楠跟强校长请了半年假，强校长跟她说，你这些年为学校做了这么多好事，我校长欠你的情。这回，我做主，你尽管去忙。田楠请了半年假，不再与保洁工抢事做了，校园里一片片领地重新回归了各自原来的领地主，保洁工那边又重归了安宁。田楠不在学校

过去日子的碎片

的日子了,大家似乎习以为常,只是学校有些棘手的突发事情出来时,大家又总是不约而同地想到田楠。尤其是一些学校校长和老师不知如何插手的事情,大家总期盼着田楠会突然出现。

半年转眼到了,田楠再来上班。那天,学校的操场上居然开来了一辆全新的大鼻子校车,三十多座的,黄色的车身上喷着"陈墩镇中学校车"鲜亮的字样。老师学生全都聚在窗边门口、操场上看。待大家看清驾驶室里出来的竟然是田楠时,一下子全都傻眼了。

后来,学校门口贴出了校车接送的时间和线路表。田楠的校车接送学生,全是免费的。

田楠又是到客运公司租了廉价客车,又是自己开了免费接送车,那些原本私底下赚学生钱的车主们急了,用破车围住新车,跟她较劲,不让她的校车出校门。

田楠二话没说,操起电话就报警,一辆辆的车号报过去。警察没到,那些破车全溜了。

与此同时,有人到交警队去举报,说田楠无证开校车。交警查了,回复说,人家田楠是 A 照。大家这才知道,这半年,田楠考 A 照去了。

田楠成了正式的校车司机,每天比谁都起得早、回得晚,接学生们上学,还得送学生们回家。遇上绕路的单个女学生,她还得联系上接送的家长,对接上了才真正放心。

过了几天,学校里突然有上面纪检委信访调查组的两人过来找校长。

校长室里，强校长接待了他们。

强校长说，我就是校长。

纪检委同志说，信上反映的校长姓田，女的，叫田楠。我们过来了解几个问题，一是你们学校有没有这个田校长，也许是副校长；二是她有没有私设小金库；三是她有没有动用公家的钱，买车子，赚学生的钱。

强校长苦笑着说，我们学校没有副校长姓田。田楠，是女的，但她不是校长，她有没有小金库，我不清楚，你们还是自己问她。车子是她买的，学校的接送校车，哪来的钱，我也不清楚。但田楠用这辆校车接送学生，是免费的，不收学生一分钱，这我非常清楚。

纪检委同志说，写信举报人反映，田楠她自己在外说是半个校长，那应该是个副校长吧。

强校长笑了，说，她是个校工。

征得纪检委同志的同意，强校长让人把田楠叫过来。田楠过来后，强校长去隔壁的副校长室暂且回避。

纪检委同志问田楠，听说你自己花钱买了一辆校车。

田楠大大咧咧，有些得意地说，就停在操场上，你们自己瞧。

买车，哪来的钱？！纪检委同志说。

可以不说，还是一定得说？田楠不解，问。

我们是来调查情况的，这事，一定得实事求是地说。纪检委同志说。声音很轻，然很严肃。

过去日子的碎片

田楠说，我把自己住的房子给卖了。

纪检委两同志，反问，这是你自己的房子？！

田楠说，是的。房子，是学校以前分的，卖了房子，买校车，还多了一笔现钱。

纪检委来人，觉得不可思议，问，你卖了自己的房子，住哪呀？

田楠毫不在意地说，住我爷爷、爹爹老房子里，他们说好百年后给我的。等他们一个个百年了住过去，还不如现在就住过去，图个热闹，也好互相有个照应。

纪检委来人问，听说，你手上有一笔学校的钱。是不是？有多少？

田楠爽快地说，有，现在还有三万多。

纪检委来人问，你已经用了多少？

田楠想想，说，用了大约三万多。两个学生车祸，用了两万多。接送学生，汽油费，用了一些。

纪检委来人一边记录一边再问，你自己用了多少？

田楠摇摇头，说，我没用。我自己有钱。这次卖了房子，钱也存着。我爷爷退休工资高，老给我钱。我爹，退休工资，也高，也常给我钱。

纪检委来人最后非常严肃地问，学校小金库资金来源是什么？

田楠没听明白，纪检委来人又换一种语言重复问，那些钱是哪里来的？

田楠终于听明白了，说，我捡饮料瓶卖的钱。

纪检委两同志面面相觑，觉得眼前调查的事，实在有点不可思议。离开时，纪检委一同志对强校长说，你们这位半校之长，看来得让宣传部派人来好好调查调查。

又过了一段时间，上面宣传部真的派人来调查了，还带着电视台的记者。

对着电视台的话筒，田楠大大咧咧地说，我其实也没啥可说的，就是想请你们市里来的记者回去跟市长讲一下，我们这里还缺两辆校车，请他早点给我们买，我们也好接送学生。在场的学生家长听了，都笑着鼓掌。

然这次兴师动众拍的电视，后来市电视台一直没有播放，自然也没有人能够看到。

田楠仍开着她的接送校车，早出晚归，比校长还忙。

过去日子的碎片

钻　戒

一

余兰推着老爷子拉上大门的那一瞬间，脑际一个念头一闪，唷，手机没带。心里顿时有一丝失落的感觉。

迟疑权衡了一阵，余兰最终还是放弃了返身开门取手机的念头。迟疑的当口，余兰仔细把出门前自己来来回回的行踪筛滤了一遍，料想手机定是搁在二楼卫生间里。余兰很想去取手机，只是怕把老爷子搁在楼下自己跑二楼取手机那么一个小小的关口，被老爷子女儿撞见。那老爷子女儿眼白多于眼黑的眼神定会狠狠地剜她一下。余兰最怕被东家的眼睛剜，说实在的，要是当面说她几句她还受得了,她至少知道自己错在哪里,这样无端被眼睛剐一下,她有点受不了,不知道自己错在哪里,常常闹得心里挺郁闷。

手机不是非带不可的。手机带在身边只是个挂念。余兰喜欢晓林手机里说话时哈气的声息,就像平常里在她后脑勺悄悄说话时让她觉得耳根痒痒似的。手机是晓林给她买的。晓林为给她买这部手机整整跑了半天,最终花了两百零八块钱从一个大手机店里淘来的。手机是全新的,款式老些,功能不多,余兰没嫌弃,专门跑小区裁缝铺刘姐那里讨了块绸子边角料缝了个手机套子,很小心地套着。刘姐眼神挺毒,说话又直,说这定是男人给的信物。说得余兰脸颊烫烫的,心底的那一点点小秘密似乎都被人拆穿了。确实,晓林送她手机时,挺诡秘地跟她说,待自己有了钱,他一定要给她买只戒指,到时就跟她爹提结婚的事。晓林的话,让余兰心里痒痒的。晓林是个实在人,像这样实实在在的话,晓林定会说到做到。晓林也牵着余兰到首饰店里去看过。只是最便宜的戒指,他都得积好长日子。晓林倒是挺有男子汉气的,说,要买就买好的。说不定会买只钻戒,到那时,村里的姐妹们一定会羡慕她。只是那就得积上更长的日子。余兰愿等。

余兰有了手机,其实也从来不打晓林的电话。她确实舍不得卡里存得不多的话费。晓林打余兰手机,也只是告诉她自己每日干活跑的地方。有时是市政府后面,有时是费尔蒙大酒店边上。晓林是水电工,每日干活的地方老是在变,这都是余兰没有去过甚至没有听过的地方。这就让晓林在余兰的心里很有阅历,有时余兰就在手机里跟晓林撒娇,说,下次你要带我去你去过的地方。晓林自然答应。晓林的电话让余兰每日有了挂念,这让每日原本伴着老爷子的枯燥落寞的日子变得有了生气。

二

余兰推着老爷子走在小区里的绿化道上。道两旁,绿树成荫,缀着花草。这是老爷子的女儿专门指定她每日要走的道,为的是尽量避开汽车道上的尾气。

绿化道与小区内的小广场是连通的。当余兰推着老爷子来到小广场时,晨练的人们已经散去,小广场上空荡荡的。空荡荡的小广场上,似乎还残留着晨练人的某些气息,高雅、闲逸、暖洋洋的。一座鱼尾石狮立在当中,浑身湿漉漉的,刚喷过水,变得有些鲜活。看见鱼尾狮,老爷子顿时来了精神,嘴里咿咿呀呀的,似乎触到记忆深处的某些残存的神经。

余兰乐了,逗老爷子,说,这鱼尾巴狮子你认识的?!

老爷子咿咿呀呀。

这是老爷子每日里唯一有感觉的地方。余兰曾跟老爷子女儿说起这档子事,老爷子女儿就让余兰每日多在鱼尾巴石头狮子边呆呆,也好多吊吊老爷子的神经。

在小广场上无所事事的余兰,每回都想,石头狮子的尾巴干吗要做成鱼尾巴。余兰只晓得小区是新加坡商人投钱造的。造了小区，新加坡商人发了一笔大财。余兰听人说，鱼尾巴石狮子是神物，是能够保佑人的。余兰就想，这鱼尾巴石狮子一定跟她们银泾村村头的龙头怪柏一样。老人都说，龙头怪柏是神物，是能够保佑村里人的。只是敬神物的人，心得诚。余兰常想，待人其实也跟待神一样的，心得诚。只是这诚看不见摸不着的。余兰临离家进城前，她爹曾跟她说，像你这样吃东家饭的人，东家人前跟东家人后，都得一样。若是一次被东家看破了，你吃东家饭的饭碗也就摔了。

三

余兰推着老爷子，不敢偷懒。走到哪，手总不敢脱了推车的车把。她应过老爹，也应过东家，就得本着心思去做事。其实，瘫在推车上的老爷子，从推车上跌落下来的可能性不大。可能性不大，不保证绝对不会跌落下来。不怕一万，就怕万一。特别是背着东家的万一，更讲不清。

老爷子冲着鱼尾巴石狮子乐的时候，一部漆光锃亮的轿车，在余兰的身边滑过后停了下来。余兰没防备，吓了一跳。余兰认得这车，是部宝马。余兰也知道，开这种车子的都是挺有钱的。车子牌号也好记，1818。

车子停下后，右手车门缓缓推开，两条女人的腿，很优雅地参差着伸了出来，纤长、坚挺，其中一只高统皮靴的高跟先轻轻地搁

过去日子的碎片

在窨井盖上,一个三十来岁的女子,贵气、光鲜,露出半个身子,拉扯着肩头的羊毛披肩,埋怨着开车人,说,你每回停车都不看好地方。就在女子大半个身子探出车门时,女子"唷"了一声,像是啥东西落了。余兰似乎也感到有啥极其细微的光亮在眼前一晃。

开车的男人,下车,绕过车头,低头寻找。问,能看到吗?

余兰推着老爷子靠过去。

车门下是一个硕大的窨井盖,缝隙挺宽。

余兰好奇,问,掉啥了?

男人迟疑片刻,说,没啥。

要是真的是啥,那肯定从那么宽的缝隙里掉下去了。

女子嘀咕,我看它弹了一下。

男人把车子朝前移了移,说,估计掉下去了。算了吧,捞出来也是脏兮兮的。

我挺喜欢的。女子说。

下次到香港帮你再买一只。男人说。

女子依依不舍的样子。

男人去一旁的面包房买了两份早餐,托着回到车子跟前,一份递给正在郁闷的女子,自我解嘲道,就当买了两份高价面包,示意女子上车。

女子沮丧着拉门上车。

男人咬了一口面包对一旁的余兰说,你有本事把它捞出来,就算你的。

余兰问，到底是啥呀？

男人说，一只钻戒。

余兰不敢相信自己的耳朵，说，不不，我不敢。

男人说，有啥不敢的，给你了，就是你的，就看你有没有这个运气。说着，男人上车，开着宝马走了。

余兰站在窨井边上，半天没缓过神来。回过头来，把眼前的那幕重新筛滤了一遍，余兰还是有点不敢相信眼前发生的一切。她知道，要真的是钻戒，那她就是不吃不喝做一年也不一定能够买上，那不等于天上突然掉个大奖下来么。

只是推着老爷子，她不可能打开那硕大的窨井盖，把那么一只小小的戒指捞上来。余兰只能给晓林打电话。

余兰这才后悔出门时没带上手机。

四

余兰心怦怦跳着，推着老爷子，到大门口的传达室借电话。传达室离窨井不怎么远，能够远远看着。传达室门卫，是物业公司的。门卫说物业公司有规定，不让外人借用电话，违规是要被处罚的。

余兰怏怏的，返身回来，在窨井盖边上呆了好半天。犹豫再三，便去小广场另一边的缝纫铺借电话。开缝纫铺的刘姐，是陈墩镇的老乡，平时有事没事，余兰总会过去站站，跟刘姐说说话。刘姐的男人是送水的。

过去日子的碎片

缝纫铺的电话是公用电话。缝纫铺里,只有刘姐一个人在里屋忙着。余兰没带钱,忸怩地叫了一声刘姐,说,打个电话,钱先欠着。

刘姐应着,说,给晓林吧?一夜没见着,就惦念上了?欠着吧,到时给喜糖时多给一包吧。

余兰顿时觉得脸烧烧的,像做贼似的,手不怎么听使唤,按了好几遍,才听到电话里的声音。

唉,余兰轻轻地说。

电话里,杂声挺大,晓林的声音有点不真实,好像很遥远。

有桩要紧的事,你马上过来一趟。余兰不敢大声。

啥事呀?……你大声点,我一点也听不出。晓林在喊。

让你过来。余兰仍不敢大声。

听不见呀!晓林声音挺大,让我做啥呀?我挺忙的,走不了。

你马上过来,……余兰把声音放大一点,又尽量把每句话间的间隔拉长。说,有人……把钻戒掉窨井里了,……是小区里开1818宝马的那个老板,……,人家嫌脏,……不要了,……,真的,……,我没骗人,……,你马上过来呀。余兰一句句说,尽量把话说得断断续续。电话那边,杂声仍挺大的,这边,刘姐踩缝纫机的声音也挺响的。晓林还在说,我听不明白呀。余兰急得直跺脚,眼泪都急出来了。

余兰只能搁了电话,喊了一声刘姐,我走了,就推着老爷子匆匆走了。

五

余兰推了老爷子回到家门口，一摸口袋，惊出一身冷汗，钥匙竟然也没带。这是余兰从来没有过的事，平常生怕丢钥匙，总把钥匙揣在裤兜里。只是今日早起后，身子不干净，小肚子老是疼，在茅房里蹲了好长一段时间，小肚子仍没缓过来。老爷子的女儿恼了，她急着要出门，拍了两回门，第二回便真的恼了，喉咙也响了，惊得余兰慌忙提着裤子奔出茅房，想上去，这钥匙是这个时候滑落的。

余兰没了钥匙，电话也没办法再打，心里两头顾不上。又不敢怠慢老爷子，六神无主。心里揪着。她只是想，不管怎么的，先让晓林把那钻戒捞上来。真的给不给她，她没仔细想。要是人家后悔了，她也无所谓，毕竟是个非常金贵的物件。

一直到了十点多，东家请的钟点工薛阿姨提着菜过来做午饭。余兰这才像是碰上了大恩人。

薛阿姨也没问余兰做啥在门口院子里转悠，快人快嘴地告诉余兰说，我刚才进小区时，小区里好像有人出事了，救命车、警车都来了。

出了啥事体呀？余兰心不在焉，问。

啥人中毒了。薛阿姨说，讲是跌窨井里了，我看看时间来不及

过去日子的碎片

也不敢在外面耽搁。

啥人呀？余兰又问，似乎觉得有些不祥。

像是缝纫铺的啥人，缝纫铺的女人在哭。

余兰顿时觉得眼前一黑，心不由得怦怦直跳，忙喊，薛阿姨，你帮我护护老爷子，我去去就回。说着，人已经飞出了院子。

余兰奔到鱼尾巴石狮子小广场，这里已经乱哄哄一片，窨井盖被打开了好几个，一个男人已经被抬上了救命车。余兰挤过去一看，正是缝纫铺刘姐送水的男人，只是脸已经变了模样，黑得像乡下被人丢掉的死猪肺，黑得怕人，嘴里还不住地吐着白沫。

一旁的刘姐哭得昏天黑地。

余兰晓得自己闯了大祸。想定是自己刚才打电话的时候，被人听见了。刘姐的男人定是找钻戒，跌在窨井里，出了大事。

余兰一下子慌了神，脑门涨得要裂了。

刘姐哭喊着爬上了救命车。救命车闪着灯，叫着，出了小区。

警车上的灯也在一晃一晃闪着，揪心。一个年岁不大的警察，正拿着一个刺眼的红塑料夹子在找人问话。

余兰不敢靠近，呆呆地在一旁瞧着。薛阿姨推着老爷子过来，快快地问，你怎么啦？！脸色死死的。你要耽误我烧饭了。

六

余兰一直提心吊胆的事，到了夜里便爆发出来。缝纫铺刘姐从医院里出来，便寻上门来。一起过来的，有刘姐的两个兄弟和几个送水工。

刘姐哭。

刘姐兄弟吼。

东家从来没有经历过这阵势，原本为了日子过得安静些，他们才花了那么多钱置了这个独栋的别墅房。没料到，上门寻衅闹事的人一下子就找到了门。

老爷子的女婿，把他们拦在门外，问，到底是啥事？你们一个个说，这么哭这么吼，啥人知道啥事体？！

老爷子的女儿，跺着脚，责问余兰，因为白日里除了余兰，没人在家，不料想心脏病突然犯了，吃了几粒药只能躺着，呻吟着，余兰慌了手脚，小心伺候着，大气不敢喘一声。

刘姐兄弟吼了半天，才让人听明白一两句话，他们家男人废气中毒人醒不过来了，要让余兰赔人。

老爷子女婿说，这赔人，怎么赔。刘姐的兄弟吼，她余兰没钱，你们东家也逃不脱。

他们说，余兰骗了他们。开1818宝马的老板，他们也打电话问过了，人家说根本没有掉过钻戒。余兰是专门骗他们的，因为今天是4月1日，是愚人节，是骗人节。小骗骗是可以的，只是你余兰不能这朝死里骗人呀！

余兰泪流满面，余兰真的不知道，4月1日是愚人节。愚人节跟赖她骗人，有啥关联，余兰一百个也闹不明白。

过去日子的碎片

老爷子的女婿看看事态闹复杂了,似乎已经到了不可收拾的地步,便打110报了警,倚在门框上拦着候警察上门。

一会儿,110警车来了,又是白日里过来的俩警察。警察把刘姐家来的人和余兰一起叫走了。

到了派出所,警察让刘家人一个个录口供,逐个签字按手印。录了口供,签了字,按了手印,然后让他们一个个回家等消息,他们自然不甘。警察完成了程序,没再理会他们。刘家人就在派出所大厅里哭、吼,大厅值班警察过来开导他们。

余兰是最后一个被问话作笔录的。问余兰的时候,已经很晚,刘家的人已经被值班警察劝走了。

年岁不大的那个警察,让余兰坐着,问话。显然忙了一天,警察已经很疲惫了。

警察说,我问你答,你要对你说的每一句话负法律责任。你能够保证自己所说的每一句话都是真实的吗?

余兰哆哆嗦嗦地说,真实的,我能够保证。

警察问,你说你有没到刘姐公用电话上打过电话?

余兰说,我打过的,但我没骗人。

警察说,你有没有告诉别人有人钻戒掉在窨井里?

余兰说,我跟我男朋友说的,我确实没有骗人呀!

警察说,你有没有亲眼看见人家钻戒掉在窨井盖缝里了?

余兰迟疑了,没有回答,唔唔地哭了。

警察有问,你到底有没有亲眼看见人家钻戒掉在窨井盖缝里了?

余兰说，我不知道，我真的没有骗人呀！余兰哽咽着。无助极了。

七

派出所出来，余兰无处可去，她生怕东家怪罪。她打开手机，按通了晓林的电话。

电话里，晓林急急的，问，你在哪呀？

余兰一句话没说，只是哽咽着。一切来得突然，让余兰喘不过气来。

晓林问，你到底在哪？我马上过来。

余兰没说，仍哭，一边哭，一边跌跌撞撞朝小区走。

在鱼尾巴石狮子边，余兰被正在那里急得团团转的晓林搂住了。余兰满脸是泪。

晓林劝，别哭，你候着，我把那只钻戒找出来，看谁还会说你骗人！

几个窨井盖都已经盖上了，晓林一个个让余兰指认到底哪个窨井。

余兰突然说，我不让你下去，窨井里有毒的。

晓林说，你不要忘了我是吃哪个行当饭的，我每日都在钻窨井，哪天有过事？你看，我把干活的工具都带来了。防毒面具还是新的，管材料的哥们那里，专门借的。你帮我点对位置就行了。说着，晓林换上防水裤，腰里拴着保险绳，头上戴上防毒面具，亮着

过去日子的碎片

大号电筒，麻利地下了窨井。窨井挺深，晓林慢慢下到了窨井底。腰间保险绳的一头，余兰牵着。

余兰不哭了，有晓林挺着，她心里顿时觉得有了支撑，看着窨井口里晃动的光亮，满肚的委屈、郁结渐渐地化淡。余兰冲着鱼尾巴石狮子，心里默默地念，鱼尾巴石狮子，保佑开宝马的男人说的是真话，保佑晓林能够找到那只钻戒，保佑缝纫铺刘姐的男人早点醒过来，保佑晓林……

正念着，余兰觉得手里的保险绳突然一沉，绑得紧紧地，感觉不好。冲着窨井直喊，窨井里竟然没有一点动静。

余兰慌了，大喊救命。门卫是最先听到的，奔了过来。一会儿，半个小区被惊动，又是110警车，又是120救护车。白天的一幕再度重演。

余兰脑子里一片空白，瘫坐在地上，拼命地拽手里的保险绳。不会儿，晓林被救出抬上了救护车。余兰也被拉上了救护车，一路飞奔。

抢救最终还是失败了。急救主治医生毫无表情地走出急救室。急救室护士把晓林的遗物交给了蜷缩在急救室门口瑟瑟发抖的余兰手里。

一件是防毒面具。护士说，这只是个假把戏，害人！

还有就是一只钻戒。护士说，他手里攥着的。

余兰看到了一只制作精美的钻戒。

余兰一见钻戒，顿时昏了过去。

蟹　道

一

在我将要拿我父亲说事之前，让我先说说我家门前的那条河，那河叫双泾河，也许在好多人的眼里，它只是一条普通得不能再普通的河，可对我父亲来说，则不然，在我父亲的心目中，这双泾河，是一条神河，一条魔河，一条闭着眼睛也会在心里流着的河。他能透过河面上微微袭来的微风，嗅出阳澄湖大闸蟹特有的蟹腥。在我父亲五十多年的生涯里，几乎是一天也没离开过这条河，我可以毫不夸张地说，双泾河的每一朵细碎的浪花里都闪烁着我父亲的喜怒哀乐。

过去日子的碎片

在我懵懂的记忆里，我很小的时候，父亲就已经常常拖着我到河里捕鱼捉蟹。双泾河是金泾河和银泾河的合称，是两条若合若分的河流，宽处上百米，烟波渺渺；窄处只二三米，水流湍急。东西走向的双泾河是阳澄湖的泄水道，河水，从阳澄湖流过来，两岸沿水是一长溜的宅基，形成两个小村落，靠金泾河这边的是金泾村，靠银泾河那边的是银泾村，两村最近的地方是只几十步就能一跨而过的小石桥，拱形的，我父亲说这是老辈里传下来的。两个村的村民向来靠水吃水，祖祖辈辈靠半耕半渔为生。我们那里，也有人把金泾村叫作上村，把银泾村叫作下村的，听我父亲说先前有田有地的大户人家大多住在上村，而我家住的是下村。

从我有点记事的那时起，我就记得我家有一条小鞋一样的小木船，平常就拴在我家门前的河埠头，双泾河两岸上、下村的家家户户的河埠头，都有船拴着，只是或大或小。我父亲每每解缆出去的时候，总是抄着我的胳肢窝把我放在小鞋船的船头上，自己则站在船的后半艄，让小船微微地翘着，用一支橹悠悠地摇着，日子长了，我也练出了水上平衡的工夫，小小的人能生根似的在那小船板上坐着，任小鞋船在风浪中晃荡。

父亲出船，常常是傍晚时分，或借着月色，或借着波光，把小鞋船划进双泾河的深处，这时我常常觉得父亲是在把村庄巨大的黑轮廓推远，越推越远，在水里，只感到村里人家的灯光朦胧成星星点点似萤火虫一般闪烁着，村里的狗吠声也远远的。

父亲是个闷罐一样的男人，不多说话，大凡要说的话，好多在他看来是金玉良言，是非跟我说不可的。

"记住，双泾河是条蟹道。"父亲在一个深秋的夜晚捕蟹时对我说，我不懂，我父亲说："蟹道有蟹道的规矩，蟹道里有祖辈传下来的规矩。"我仍是不懂。

在我很小的时候，我从村里人对我父亲的态度，知道父亲原先是一把好手，就好像大头的父亲是耕田的一把好手，村里唯一能驯服那长角凶牛的是大头的父亲，而我知道村里水性最好、捕鱼捉蟹绝活最多的便是我父亲，这在半耕半渔的银泾村里当然是最让人敬重的。老子英雄儿好汉，自然而然的，在我们同龄当中，我和大头，便因此要高人半个头似的，成了银泾村小孩的王。

其实，我父亲和大头的父亲是村里的王，当时一个做着生产队长，一个做着民兵营长。村里大小事凡要人出面的都由他俩出面，大头的父亲是个石灰爆脾性，一着水就爆，整天骂骂咧咧，而我父亲却沉闷得像只大鼓，平常不说话，一说话闷闷的准把人唬住。我父亲和大头的父亲还是初中的同学，很铁的哥们，平时有事没事总约上喝些老酒，扯些老辈里的事，扯些农耕渔事。跟我父亲他们初中同学的同样很铁的哥们还有金泾村李奎，喝酒，他也常来，他可是话匣子，说起话来一串一串的，常挑话，常逗人笑。每每，我父亲打了鱼，大头父亲从地里拔了莴苣，割了韭菜啥的，李奎便会从上村的代销店里赊了老酒提着赶下村来，喝酒说事。

从我父亲他们喝酒说事当儿，我知道，金泾村和银泾村原先是有冤仇的，我父亲的父亲也就是我的阿爹和李奎的父亲原先也是

过去日子的碎片

有冤仇的,这仇就结在双泾河上,他们曾带着两个村的青壮年打过架,我阿爹曾把李奎父亲的胳膊砍伤过,我阿爹也被李奎父亲打折了小腿,我常见我阿爹走路颠颠的,后来我才知道那是为了有一年的秋上到了每年双泾河例行的捕蟹的季节里,有人暗地里设了"死簖",挑起了事端,两村人谁都要证明自己的清白,于是就开仗,还险些出了人命,结果是设"死簖"的人良心亏了,暗地里把"死簖"给拆了,便让两村人最终消除了冤仇。而我阿爹和李奎父亲虽说成了两村的英雄,可也成了老死不相往来的冤家,阿爹一直到死还为瘸着一条腿而怨愤,只是我阿爹做梦也没曾料到,我父亲会跟李奎成为同学,暗地里又成了很铁的哥们。

秋天里,是一年一度双泾河上最忙碌的时节,这种忙碌是有序的,不紧不慢的,让人祈盼的,悄然无声的。男人们忙碌着,设网、设簖、搭竹棚;女人们忙碌着,帮着搬运竹料柴料,送被褥送饭菜送茶水。几十里长的双泾河上,小竹棚一个紧挨着一个,依次排开,金泾村和银泾村的人们都按着各自固有的习惯在河上或设网或设簖,或先搭个竹棚,大体的位置,一般都是以前习惯上待过的位置。从我懂事起,我父亲设簖的位置一直没变,两村上的人人都知道各自的位置,谁也不会去抢的,更没有为了抢位置而争得脸红耳赤的,这也许就是父亲说的蟹道上的规矩。

我父亲设的蟹簖,只是一条粗大的柴棕编的大绳,大绳一头拴住了然后从河的对岸沉下去,斜斜地拉过来,再在河的这岸拴住。这边顺着大绳,在浅水里垒一个平台,用竹片圈成一个竹围子,围口用竹篾设有一种叫"仙人跳"的机关，"仙人跳"后挂盏诱蟹的风灯，上面再搭个小竹棚，供"守蟹"的人安身。这种设法的簖我们叫"活簖"，这簖设得好不好，顶关键的是在一些节节骨骨的地方要顺溜，让蟹被人诱着改了蟹道进了人设的圈套而浑然不知。

秋风一日比一日紧了，阳澄湖的蟹脚也开始痒了，脚一痒蟹便会沿着河底斜着身子朝东爬。我父亲说，蟹们是些邪货，它们居然会知道每年的秋里自个爬到东边的海水和河水交界的地方去产籽的，产了籽，籽在海水和河水交界的地方长成了小蟹，再从东边的海水和河水交界的地方逆着河水游回阳澄湖，这也是我后来才知道的，知道为啥我父亲要跟我说双泾河是一条蟹道，无非是让我在心里看重或感恩这条特别的河。秋风更紧的日子，我父亲便日夜守在小竹棚里了，用一盏防火煤油灯诱着那些被父亲称作邪货的大闸蟹，待蟹们见了灯光一只只沿大绳爬进围簖，穿过"仙人跳"进入浅水里，便可抓住放进蟹篓，双泾河两村的人管这种捕蟹的办法叫"守蟹"，我父亲喜欢用"守蟹"的办法捕蟹，大有跟蟹们斗智斗勇的感觉。

双泾河上也有人用蟹网捕蟹的，两个人一人站河的一边。过段时间，来回牵拉一回，那蟹便缠在丝网上，双泾河两村的人管这种捕蟹的办法叫"牵蟹"。"牵蟹"需用一种很长很轻的丝网，丝网是很贵气的物件，好多人家是不舍得花这冤枉钱的。

到了深秋，特别是晚上，双泾河是让人心旌荡漾的，随处可望见两边河岸上亮着灯火，星星点点的，摇曳着，而我们看自己小竹

过去日子的碎片

棚里的灯火却是晕晕的,深秋的双泾河是安逸的,似乎空气中也荡着平和的气息。后来,我才知道不管是"守蟹",还是"牵蟹",是有好些规矩的,这些规矩是两个村的祖上一辈辈一年年传下来的,所有人都默默地守着这些规矩,凭着自己的能耐、运气,通宵达旦不知疲倦地捕获着河里的大闸蟹,谁也不用去眼馋别人,但谁也不能作难别人,更不能为了自己,对过蟹道的蟹们下狠手赶尽杀绝,故不管是"守蟹",还是"牵蟹",谁都显得悠悠的,没有抢收稻麦时那急吼吼的样子。谁都知道,季节会一瞬即逝,唯有这个季节,蟹们最壮实、最丰腴、最美味,也最傻,傻到自己往人设好的圈套里爬,但谁家都是手下留着情。

我父亲是"守蟹"的高手,但父亲每年都设"活籪",这便是父亲守着蟹道上的规矩。大头的父亲和李奎,能耐也不错,每年他们三个最终捕捉到的大闸蟹的数量都是挺让两村人羡慕的。

只是有一年,到秋风最紧的那些日子里,双泾河两岸捕蟹人中谁都有了一些异样的感觉,"守蟹"人、"牵蟹"人都在传说,有人坏了规矩起了贪心下了"死籪",而且还不止一家人家设了"死籪"。大头的父亲过来跟我父亲说这些事的时候,暴怒着,我这才知道事情原来已经很严重。蟹道上设了"死籪",无疑是断了蟹们来年的活路,对其他人家来说也是下了狠手。那捉的蟹撑了一家,就苦了一河人,这是昧着良心做的贪心事,坏了所有祖上传下来的规矩。我这才知道,我阿爹那阵为啥要跟上村人打架。

大头的父亲过来以后,我父亲便没有心思再在自己的籪上"守蟹"了，事实上，过我们籪的蟹已经少了好多，父亲早就嗅出了火药味。父亲去召集人，召集了一些人，和大头的父亲一起把银泾村人设的所有的籪网一个个查了个遍，银河村人谁都信誓旦旦，拍胸脯说自己没设"死籪"。查遍了银泾村，我父亲就去找李奎，让他出面查金泾村人的籪网，这回李奎却头一回不讲兄弟情分，说啥也不愿意管这闲事。我父亲恼了，当即跟他闹得翻了脸，骂他是小X养的，骂他软蛋，骂他金泾村人是贼坯子，回来后还跟我娘说："我不把这些贼坯子挖出来，我就不是我爹养的。"

我父亲把设"死籪"的人称作贼坯子，足以显出他对这些见不得人的行径的憎恨。

娘说："你爹当年出头，寻人家'死籪'，结果腿被打折了，腿瘸了半辈子，多犯不着呀。"

我父亲说："这规矩一坏，不是让老实人吃亏么？！"

娘说："就你有能耐，做出头椽子！"

我父亲头一别，就出去了，这一出去，整整两天两夜，没见个人影，娘慌了，央大头父亲去叫人分头找。后来，我父亲是在出去的第三天早上被大头父亲发现的，在双泾河靠阳澄湖上游那段河里，我父亲身上缠满了丝网奄奄一息。众人急急把我父亲抬镇上医院抢救，救了几天，人是救了过来了，但浑身是伤，尤其是头上的伤，让他一阵阵神志不怎么清醒，有时睁着眼睛说几句胡话。我娘问他，是谁把你打成这样的？我父亲盯着我娘，说不出个子丑寅卯来。

我父亲出了事以后，双泾河上到处在传说，上游好些人家的蟹

过去日子的碎片

簖被人拉掉了，又大多是对面金泾村的，于是有人猜想是我父亲干的，我只想父亲如此好水性也不至于会把自己弄成那般，定是被金泾村人打的，怪不得李奎不愿意过问这闲事，说不定他早知道谁在暗地里做害人贪心的勾当，害于乡里乡亲的面子，不肯出面做恶人。

二

我上面说的这些事，大体都是十几年前的事情，自父亲那次被人打后，父亲就不再跟李奎来往了，平时见了也跟陌路人一般。十几年，双泾河两岸"守蟹"的忙碌的情景已经日渐冷落下来了，可能是河上设的"死簖"多了，也无人能管得。到了后来，双泾河再也不是蟹道了，成了死道，蟹道上的一些规矩再也没人在乎了。

断了蟹道，洄游到阳澄湖里的蟹苗年年见少，有人便开始围网养蟹了。湖里养满了，双泾河里也有人一块块围着网养蟹。河的中间只留一条窄窄的水道供小船来往。

养了蟹，就要销，双泾河边上便有人筹钱建起了蟹市场，一长溜，好几百个摊位，也可泊船。养了蟹，就有人来尝蟹鲜，双泾河边上又一家家建起了蟹舫，一到蟹季，便灯红酒绿的。

这些年当中，河里第一家围网养蟹的是李奎，后来越养越多，包了好几里的水面，第一家造蟹舫的也是李奎，五层楼高的"水上人家"蟹舫金碧辉煌，红地毯一直从岸边平地上铺到船舫大厅的底端，奢华高贵，雅间里一式红木桌椅，气度不凡。

眼下的双泾河，所有情形已经跟十几年前不一样了，五十几岁的我父亲，这时候，竟然成了闲人，村里的土地被外来的一家大公司开发建了一个大型的生态农庄，大头的父亲是庄稼田里的一把好手，被农庄请去做了田间管理员，带着一帮农工赚着工资，他也过来找我父亲，但我父亲疏于农事，不愿跟他去赚工资。像父亲这样过了 50 岁年龄的半老人，每月是能到村里取到 360 元土地补偿金和老年补助金。双泾河里全是围网，捕鱼已伸展不开手脚，父亲再也不能去河里捕鱼捉蟹了，自家的小鞋船也早烂掉了，船板搁在河岸边上，像一架远古的出土文物。

　　成了闲人的我父亲，又不愿待在家里，每天天一亮就拎个茶杯朝外跑，我娘也巴不得他出去，只要一待家里，父亲就要跟我娘拌口舌，艮得很。

　　我娘有时激他："你有这身本事，也去包块水面养养蟹，犯不着老在家里跟我怄气！"

　　我父亲一听养蟹就来气，说："阳澄湖蟹自古就是从蟹道里爬出来的，养出来的蟹算啥个蟹？蒙人瞎骗人！"

　　每天出去后，父亲常常很晚才回到家，有时夜都深了我还不知他回来了没有。我真不知道，每天父亲都在忙乎些什么。于是，有意无意之间，我总问问人家一些关于我父亲在外的行踪，有人善意地跟我说："你是要好好过问你父亲了！"话中带话，我预感父亲在外似乎是有些不妙。

　　这天，父亲又一次跟往常一样头也不回一下，也不跟娘吱一声

过去日子的碎片

离开了家门,拎着个大茶杯,不紧不慢地沿着双泾河走着,准时得像到工厂上班的老工人一样。

与十几年前比双泾河早已经变得面目全非了,河面上竖满了高高低低的毛竹,布满了大大小小蟹围子和网箱,即使是最宽的河面,再也没有满目的烟波渺渺的感觉了。河面仍是那么的平静,平静得像一幅展开了的水墨画,水是浅浅淡淡的,波澜不惊的,只是似乎少了些神秘多了些慵懒。

我父亲停下了脚步,在银泾村头的那棵古樟树下,在沿河散落的石条上坐了下来,我父亲坐在石条上对着河中的独屿鸭蛋角发愣。

鸭蛋角屿是以前父亲每年秋上"守蟹"的老地方,父亲喜欢鸭蛋角屿,这里让双泾河合而分流,这也是我阿爹辈里早就相中了的上好的"守蟹"的河段。这特别的河中独屿,有时让习惯于一路横行的蟹们一时也转不过弯来,但也许是途中这些赶着道的蟹们累了饿了,需爬上岸喘口气填饱肚子再有劲往前走。我父亲是知道蟹们的习性的,每每西风特猛的时候,蟹们走得越欢,歇脚的蟹也越多,而那鸭蛋角屿上已经收割了还残留着谷穗的稻田,正是蟹们觅食歇脚的好去处,每每这时辰,父亲只需拎着蟹篓在稻田沟里拣蟹,拣起的蟹都是特别壮实腿脚有劲的。这是父亲以前多年来一直严守的秘密,然时过境迁,那鸭蛋角屿拣蟹的秘密若今日里再跟人说,便会成为众人的笑柄。双泾河里已经没有横行的大闸蟹,蟹们都成了网箱中的困物,这些困物,在父亲的眼中,再也不是邪货,再也没有了邪劲。蟹道没有了,双泾河自然不再是一条神河,双泾河在父亲的心目中已经失去了原有的魔力。蟹们再也不是邪货,父亲便少了斗智斗勇的对手。坐在河边看河的父亲,心变得空荡荡的,双泾河对于父亲来说似乎已经没有什么可牵挂,可祈盼,可让他热血奔涌了。

父亲像一个失恋的老男人,心里木木的,河面上的风,对于父亲来说,早没有了蟹腥,即使是满眼的蟹围子。

这天,我父亲几乎对着鸭蛋角屿静静地坐了大半天。秋里的太阳还有点热烘烘的,让父亲觉得有点慵懒提不起精神来。

到了日近中午的时辰,我父亲饿了,掏出早晨出门时揣在袋里的干面饼,就着大茶杯里的茶水,吃了几口。一边吃着,一边站起身,沿着双泾河朝前走,朝前走的方向是双泾河边的蟹市场。

蟹市场一长溜占了一二里河岸,河边是专门供摊位的长廊,一个摊位对应着河里一条蟹船,蟹船的四周几乎挂满了蟹箱。蟹市场表面看上去是不温不火的,卖蟹的人一个个静静地守候着买蟹人的到来。而买蟹人大多是自己开着车子来的,一溜烟来了,大多冲自己相熟的或由熟人事先介绍的摊位,拎上大包小包,再一溜烟走了,这让所有的摊位看上去似乎生意都很清淡的样子。只有一些初来乍到不知深浅的买蟹人,在这个摊位与那个摊位之间徜徉、迟疑,迟迟下不了要买的决心,卖蟹人大多不敢啰唆,生怕吓跑了这些探头探脑不知深浅又生怕陷入圈套的买蟹人。

父亲在其中一个摊位边上的石条上坐了下来,一副漫不经心的模样。父亲坐在那里,似乎在所有的人眼里都是若有若无的。可

过去日子的碎片

这天看似若有若无漫不经心的父亲,却在人家讨价还价了好长一段时间,最后终于谈妥了价格的时候,说了一句让所有的人吓一跳的话:"一雌一雄,进价才40块一对。"父亲说的时候,自言自语,但却还是被狐疑的买蟹人听见了,买蟹人是上海大城市里开车来的客人,都很精明,精明的人是最善于察言观色的,听得我父亲的话便惊跳了起来:"阿拉勿要了,侬哪能可以斩阿拉90块一对?!"

那摊位正好是我的同学大头,听我父亲插话、打横炮,搅黄了好不容易自己跑上来的生意,心里窝着火,只是顾着面子,用一句句话剜我父亲:"多谢你,我家前世欠你的,来讨债呀!"边说边摔手里的家什。

后来,大头一遇见我,便向我诉苦,喊冤命,说你父亲怎么现在这么缺德,我哪惹他了?!

我只能为我父亲打哑哑,说:"我父亲头上的老伤常发,一发脑筋就不灵清,你可不要跟他计较什么。"

大头说:"你说得轻巧,你父亲搅黄起人家生意来,比啥人都灵清,只是叫人家还哪能做生意了?!"

我说:"大头,这回你晓得钉头碰到铁头了吧?你做的蟹生意,实在是不地道的,啥人都晓得,只是没有人来拆穿你罢了。"

大头说:"啥不地道,不就是进些萧湖的黄泥蟹,不就是用些药水汰汰,哪家蟹摊不是这么做的,不这般做生意,吃西北风啊!"

反过来,被我父亲救了驾的上海客人,便把我父亲当成了蟹道真人，围着父亲讨教蟹经，而父亲正好巴不得有人跟他搭腔，跟他们摆起阵势吹起牛来，我父亲可有的是时间，不管上海客人要不要听，父亲就跟他们讲起阳澄湖大闸蟹的蟹道蟹经蟹事来。

"这阳澄湖的大闸蟹是个邪货。"父亲说。

这话出语不凡，很吸引人，上海客人自然要听，这等于免费上了堂启蒙课。

父亲说："看阳澄湖大闸蟹，如何看？先看体形，这阳澄湖大闸蟹天生傲气，像古时候的披甲将军，撑得开，整日威风凛凛。若把它放在玻璃板上，它照样撑着，横行着，武生一般。再看，要看体色，青背白肚金黄色的绒毛，是大家常说的毛色，蟹背颜色要像铠甲一样有暗暗的光亮，有生气。肚白，现在的蟹做假的多，是要看凹槽细微的地方。为啥阳澄湖大闸蟹威风，原因在湖底，阳澄湖底少淤泥，是硬底，这蟹从小就在硬湖底上练就的一副好脚力。为啥阳澄湖大闸蟹肚白，水好蟹也好，湖里水草茂盛，水草边上是有细刺的，天长日久，水草在蟹肚皮中来来去去地刷，不白才怪呢。只是肚白不一定凹槽细微的地方也是白的。"

父亲是读过初中的，教初中语文的先生是城里犯了错误下来的，水平很好，故而父亲说起蟹事来，也多少显出了这老初中生的水平。

上海买蟹客人一个个听得津津有味，听到精彩处，竖起大拇指赞一声，赞得我父亲便有些得意扬扬。

"人有人路，蟹有蟹道。"原本沉默的父亲，一说蟹事，便像开了牙键,话也滔滔不绝。父亲说:"眼门前这条河,叫双泾河,是条蟹道。啥叫蟹道?蟹有一个习性,就是到了秋里,蟹腺成熟了,要到东边海水跟河水交接的地方产卵,如何过去,一路横着爬过去的,产了卵孵成了小蟹,第二年这些小蟹便会自己顺着蟹道游回来,没有人引,没有人教,从来不会走错蟹道,走错日脚,千百年一直如此。"

"这河里是有蟹的啰?"上海买蟹客人惊奇地问。

"这个么,"我父亲卖了个关子,说:"先前是有的,可眼下没有了,被人下了'死箭',做了缺德事,蟹道被闸断了。"

说到这,我父亲觉得没多大兴致了,突然站起身来,走了。纵然上海买蟹客人不住地喊老先生,让他介绍几家正宗的蟹摊把把关,我父亲只当没听见,自顾自走了。走过了几家摊位,便又找了个地方坐下来。这回是正对着阿六头的蟹摊,阿六头夫妻俩正招呼人从一部大卡车上御蟹,一见我父亲一屁股坐下了,先是阿六头老婆慌慌的,尽给忙碌着的阿六头递眼神、打手势。

阿六头停下手里的活,过来,跟我父亲打招呼,喊一声爷叔,递支软壳子的红中华说,吃根香烟再走。双泾河上下村的人管吸烟叫吃香烟,阿六头递烟的话下之意是用一支好烟打发我父亲走路,明人是一听就懂的,说来也怪,精于蟹事的父亲,像这样的客气里带着不客气的话是听不懂的,香烟照常吃,人就是不走。两根香烟吃下去,阿六头老婆开始骂山门了,骂是骂自己的老公,是冲我父亲,骂道:"十三点呀,老不死的,香烟发霉了,供牌位啊。"双泾河女人骂男人,开口闭口十三点。

自己女人骂男人,这自然跟我父亲无关,我父亲照例坐着,神情专注地看着阿六头的蟹摊上御蟹、称蟹、结账,再看阿六头夫妻俩把蟹分类放养到摊位后小船边的网箱里,一语不发。

即使父亲一语不发,阿六头夫妻俩照样浑身不自在,阿六头老婆不住地在埋怨阿六头:"叫你赶早赶早,偏要不听,偏要不听。"

父亲坐着,像看着戏,大凡看戏人不看出个名堂来似乎是不甘心的,父亲就抱着这样的感觉,定要看个名堂似的,纵然戏里有啥波澜自然与他没关联。后来,阿六头夫妻俩,蟹也御完了,山门也骂完了,父亲坐着也觉得再也无啥名堂了,便又朝前走。

才走几步,恰恰遇上刚才那帮想买蟹的上海客人,喜滋滋拎着于里才买的蟹,拖着让我父亲鉴别,父亲只看了一眼,鼻间嗤嗤的,没说话,自顾自走路。上海客人从我父亲鼻间的嗤声,又嗅觉到了大事不妙,料定内中一定有玄机,死缠着偏要我父亲给个断语。

这回兴是我父亲脑筋灵清了,晓得多说话是要惹事的,一言不发自顾走了。

只是我父亲愈是回避,上海买蟹客人愈是生疑,返回原先买蟹的摊位,跟他们论理。那摊主是外地蟹贩,我曾听人家叫他留哥。这留哥生怕说一口外地话让人生疑,便雇了个金泾村人帮他打理摊位。人家上海买蟹客人回过去一论理,雇的人三句接不上,眼看着要露出啥破绽,留哥便横眉斥问:"你们是想招些不舒服吧!?"上海买蟹客人自然不买账,言语冲撞之间,便推搡起来,这留哥可是码头上到处跑的主,外套一抛,上海买蟹客人一看不妙,纷纷上车,可这蛮恨的留哥却追着那些上海买蟹客人耍开了拳脚。

这几位上海客人眼看着要吃亏,一个个招呼着逃上车,飞也似的跑了,买的蟹洒了一地。

幸亏我父亲离得很远,这事也跟我父亲连不得啥干系。说实在的父亲当时也不知道他身后发生的这一切,有的时候,父亲更多是处于一种茫然或懵懂之中,对于四周发生的一切缺少应有的敏感。

这时的父亲,更多的是沉浸在双泾河的慵懒空气中,他的心漫无目的地在双泾河边逛荡。

三

有的时候,我一直想跟父亲对于某种现实的问题作些交流,但父亲除了蟹事凡事都提不起兴致。他曾跟我说大头,把萧湖里的黄泥蟹贩过来,用药水洗了冒充阳澄湖大闸蟹,他也跟我说阿六头跟买蟹客人们玩的把戏,更跟我说留哥的蟹,没有一只是阳澄湖里养出来的。

我跟他说:"爹,你就好好在家歇歇吧,不要出去老惹人家生厌。"

父亲反过来问我:"你阿晓得人家三鹿奶粉加了三聚化学药吃煞小囝哉?"言下之意便是用化学药水洗蟹也是要吃煞人的,然父亲没说,父亲说话喜欢说半吊子话,最要紧的话,父亲都是把它烂在肚子里的。

我说："爹，你这一天到晚不着家，到处晃荡，也知道三鹿奶粉呀？！"

父亲说："外边都在传，弄三聚化学药的人都要吃官司了。"

我这才知道，平时闷罐似的父亲有时比谁都知道得多、明白得多。

也就是这天，我父亲照例回得很晚，我所担心的事情也终于发生了。我母亲这日一早就说眼皮跳，要出事，到了晚上，我母亲还说眼皮跳，让我出去找父亲，叫他早点回家。

自从父亲头上受伤脑筋一阵一阵有些不灵清后，我常常出来找父亲，引他回家。这回夜里，天是有些星光的，双泾河上星星点点亮着灯火，是看蟹箱人点的，晕晕着。

在鸭蛋角屿对面的老樟树下，也就是我父亲早上出动时坐过的地方，我终于找到了父亲，只是老远就听到一阵阵痛苦的呻吟，后来在依稀的星光中我终于看到了因痛苦而像一只烫熟的虾一样蜷缩着的躯体。我估计是我父亲，我扳着那虾一样蜷缩的躯体问："爹，你怎么啦？！"

跟上回出事一样，我父亲自己也不知道怎么回事，只痛苦地呻吟着。我半驮半扶地把父亲拉扯到家，就着灯光一瞧，真的吓了一跳，只见我父亲脸上和身上青一块紫一块的，不像是自己摔的。

我母亲问："你咋了，谁把你打成这样的，你出去招谁惹谁啦！？"

过去日子的碎片

我父亲只一脸茫然。

我父亲在床上躺了十来天,青紫褪了,走路也重归利索。一利索也就重又朝外走,我到外面去走走,听人家怨我父亲的怨言似乎仍不少。我只能一候着父亲便跟他说:"爹,你不要老跟那些养蟹卖蟹的作对!人家做生意总归是想要赚钱的。"

我父亲似乎不认可我的劝说,老是那句话:"谁跟他们作对啦?!"

从我父亲重又朝外走的那段时间开始,我老是听人传说着一些事情,人们传说的事情,似乎有些蹊跷,有些怪异,让人,尤其是蟹户心里慌慌的。

那些养蟹户大多是河里有蟹围网的,摊位上有船有网箱,尤其到了眼下蟹季时节,围网上需人守着,蟹摊上更需人守着,且都需日里兼着夜里的,请帮人,各家各户都在请,自然很难请,请知根知底出衷心帮主人家管好事的更难请。于是,有的夫妻俩一人忙一边,忙得半个月十来天照不上面的也有。众蟹户都憋着一股劲,想再拼上一个蟹季,巴望着来年可有更大的本钱,可做更大的蟹事。季节越来越近,蟹味越来越诱人,从上海、苏州、鹿城过来吃蟹买蟹的车子,在通往双泾河的公路上排起了长龙,车灯一串接一串绵延几十里。养蟹卖蟹户的心每时每刻在跳着、痒着。会做蟹事的人家,早已在河边筹划着边开船餐边卖蟹,让远道来的客人先尝蟹鲜,再大包小包地拎走。所有的蟹户都眼馋着李奎的"水上人家"蟹舫,偌大的停车场歇满了宝马、奥迪、别克、广本,五层楼的金碧辉煌的蟹舫灯火通明，谁都知道，李奎拥有双泾河最多的水面和围网，蟹舫上桌的一直说是最纯正的阳澄湖大闸蟹，客人带走的或回家自用或送人的蟹都一律用细致的竹笼包装着，又贵气又精美。所有的蟹户都在暗地里算着李奎"水上人家"蟹舫的每日进账，心里痒痒的，况且第二家新的"水上人家"蟹舫又已装修完毕，也可对外营业了。

就在这节骨眼，两岸暗地里传说的事情让蟹户们心慌。越是心里痒痒的，越是想把当年蟹的生意做大做旺，越是生出些事情来，蟹户们的围网或蟹箱常常在不知不觉之间被人割开豁口，蟹户们谁都知道，这蟹们，尤其是到了蟹季的蟹们，一个个都是通灵性的，千防万防着，只要有一点破绽，蟹们就会结队而逃，有时一围网上千只即将上市的蟹只一个小小的豁口，便会在一夜之间逃得无影无踪，蟹户懊恼之间，便会仔细琢磨豁口的由来。一家豁了口，逃了蟹，有时蟹户主人家还不敢张扬，几家蟹户都出了豁口，都逃了蟹，便有人暗地里传说，有人开始惊慌起来。

双泾河两边的上下村，这些年因蟹事兴旺，早不像以前一样夜不闭户了，偷盗之事，防不胜防，尤其是这河里的蟹，每家都不是光那么一个小摊子，谁家都是顾了这头，顾不了那头。

于是所有的人都在叹气，蟹早让双泾村昔日的淳朴的乡风不再有了。

传说中的蟹贼似乎像个幽灵一样在双泾河上飘忽着，来无踪，去无影，这让所有的蟹户心里恨恨的，都说逮住了这蟹贼，一定要

过去日子的碎片

把他的手给砍了。

我父亲照例一早出去,沿着双泾河漫无目的地走走,坐坐,心里一片空荡荡的,以往这季节,也是父亲最忙碌的季节,收获的季节,"守蟹"、拣蟹,忙得不亦乐乎。

那时蟹是不怎么值钱的,双泾河人也是不怎么稀罕这东西的,没什么菜下饭的时候,才弄几只大闸蟹剥剥。以前,父亲捉的蟹,一般是上鹿城或去上海装河泥时带出去,卖几个小钿,贴补家用。父亲卖蟹,很少跟人计较钱的多少,总是看着城里人给他,便心满意足,他常常把蟹当作双泾河的赐予,因为季节上随时随地都能抓到,所以父亲也就不把蟹当作什么金贵的东西。

这些天,看着父亲整日无所事事的样子,我跟他说:"爹,你少往外面跑,外面蟹贼老做事,弄得人心慌慌的,你不要老往外跑,免得人家疑心你。"

我这话不说还好,一说竟激怒了父亲,父亲愤愤地说:"谁是蟹贼,他们才是蟹贼,好好的蟹道,筑了这么多'死簖',这叫蟹如何去产卵,绝了蟹的子孙,比贼还贼!"

我劝父亲:"你不要瞎讲,眼下都是网箱养殖,早科学了,你那蟹道早行不通了。"

我父亲不服,说:"双泾河是老辈里传下来的蟹道,没有蟹道,蟹像啥蟹了?!瞎骗骗人的。"

就在我劝父亲不要朝外乱跑的这些天,父亲却没有了影,有的时候到了天亮还没有见父亲的影子,我问母亲,母亲只是叹气,说:"又不知野在哪里。"

我只能四处出去找,有时说来也好笑,找来找去找不到,母亲突然在自家的灶屋里看见了他,正酣酣地躺在柴垛上睡着呢,谁也闹不清他啥时回的家,兴许是饿了,回了家,扒了口冷饭又困了,才睡在灶屋里的。

我母亲窃下里跟我说:"一到蟹季,你爹的脑子就不灵光了,看来你爹的脑筋真的坏了。"

我跟母亲说:"谁说我父亲脑筋坏脱的,定是自己脑筋坏脱哉。你出去看看,听听他跟人家说蟹道、说蟹事那个精明劲,整个双泾河做蟹事的人都不及他,他只一眼,就能辨出这蟹是阳澄湖里从小长大的,还是半吊子放下去寄养大的,还是根本就是冒充的外地蟹,他也只消一眼,就能辨出这蟹有没有用药水浸过。更不要说那蟹的分量了,他说的每一只蟹的分量都是一口准,不差分毫。"蟹是论分量的,一分分量就有一分价钿。

我母亲说:"你不要帮他瞎吹了,你越是帮他吹,他骨头越是没有三两重了。"

就在我跟母亲夸父亲的那些日子里,外面传说的事情更邪乎了,一天早上,阿六头夫妻俩在呼天抢地地哭喊,他们存养的几大网蟹被人割了,所有的蟹都在一夜之间逃跑了,蟹户们都知道他们都是从萧湖进的蟹,这确实花了他们不少的本钱,他们早巴望着赚了这一季蟹上的差价,明年也可以花钱造蟹船舫了,却不料蟹网被人割了。

过去日子的碎片

双泾河出了事,谁的心里都不安宁。我自然也小心地打探着。大头遇上我,拉着我悄悄地跟我说:"这下,你得千万小心你爹了,我一直怀疑这蟹贼跟你爹脱不了干系,你再不放心上,你爹要出大事的!"

我反问大头:"我爹怎么会是蟹贼呢?!我爹已经十几年没有捉过蟹回家了。"

大头说:"这双泾河两个村里,除了你爹,可能没有谁能有这个能耐!"

我说:"我爹脑筋不灵清,能自己找回家来吃饭睡上觉,已经谢天谢地了。"

大头说:"你爹一说起那蟹道,双眼就放光,神采奕奕,什么叫神采奕奕,大智慧呀,谁说你爹脑筋坏了,谁的脑筋才是坏了。"大头丢下这句我曾经跟母亲说过的话,走了。

我有点怕了,我是怕,我父亲最终会被人认定是蟹贼而再遭暗算。十几年前,父亲莫名其妙地裹着渔网而险些遭遇大难,十几天前浑身青紫而又奇迹般地康复,这不能不说我父亲命大。我是怕,若是父亲再遭不测也许不会如此幸运了。

入夜了,我游走在双泾河边,父亲像个幽灵一样,时不时在我眼前飘忽,然当我定睛追寻时,父亲又似乎突然消失一般。我常常从双泾河人的嘴里,听到人们在叨着父亲的名字,但我一追问,大家似乎都回避着有关我父亲的一些话题。

入夜,我游走在双泾河边的时候,我惊讶地发现,河里竟然有人筑了蟹簖在"守蟹",像十几年前父亲他们一样,间隔着一个又一个蟹簖,亮着星星点点的灯火,也有人置起蟹网,在河的两边"牵蟹"。我似乎感到了一种幻觉,或者在想,这些人也许跟父亲一样脑筋坏了,想蟹想痴了,因为,自从有人设了"死簖",这双泾河的蟹道已十多年没有蟹走了,一只也没有,"守蟹"的行业早已成为昔日的记忆了。

我去看了几家"守蟹"的,令人不敢相信的是双泾河的蟹道里,确实有蟹在走,"守蟹"的人、"牵蟹"的人果真有了收获,这一消息几乎是不胫而走,远近的不是双泾河的村民都带着工具赶来双泾河"守蟹""牵蟹",竟也多有收获。只是被割了蟹网的一个个在骂街,话语之中,都说那双泾河爬着的蟹应该是他们的。

然我仍旧候不着父亲,父亲仍像幽灵一样,跟我捉着迷藏,在偌大的双泾河流域,在父亲视为神河的"蟹道"两岸捉着迷藏。

母亲急了,私下里跟我说:"你父亲再寻不着,看来真的要出大事了。"

那天半夜,真的出了事,而且是大事。那晚,西北风很强劲,很强劲的西北风里,竟然有蟹船舫起了火,火势借着风势,只不长时间,那火龙便从船舫里窜了出来,映遍半个天空。那火整整烧了一个多小时,待消防车过来冲出水来,那船舫也烧得基本上没形了。

我出去一打听,人家竟说烧的是李奎新打建的那第二家"水上人家"蟹舫,谁都在猜想一定是有人嫉妒了,下了狠手,于是便有人与近段时间闹得很邪乎的蟹贼的事联结起来,闹得人心惶惶的。

过去日子的碎片

那天一早,父亲没候到,却候到了早年因"死蟛"的事父亲跟他翻脸一直没和过好的昔日的好友这次烧了蟹船舫的李奎。

一见李奎,我便说:"难道你也相信我爹会做这般狠毒的事么?!"

李奎说:"你爹出事了,出大事了!现在在医院。"

我惊住了。

当我们赶到医院,只见观察室里的父亲半身缠着纱布,尤那头,全缠满了只留着几个孔,父亲还处在神智迷糊当中。

我说:"这怎么会这样的呢?我一直在找,自蟹汛起,他就一直没好好在家待过,可那些缺德事我想不会是我爹干的。"

李奎说:"等你爹醒来,你就跟他说,李奎来看过他了,李奎谢谢他,他所有的医药费都由我来。还有,等哪天你爹康复了,你帮我跟他说,李奎想请他过去帮忙。"

我不解,只说:"我爹不会到你那里去的,他还在恨你。"

李奎说:"你就跟他说,我是让他去我那里找茬的,我现在摊子太大了,每天进来出去的蟹太多了,我想让他来把把关,那些蟹如果他说次的,我就挡在门外,他说好的,我才做。让他过来,这活最合他意,他会来的。"

我反问:"你不怀疑我爹?!"

李奎说:"怀疑什么呀,谁会相信如果是他使的坏,那他还会拼着老性命跟人一起断了火路,没让火烧着水里的蟹箱,还伤了自己。其实我得感谢你爹这位高人,这么多年来是你爹跟我较着劲,让我脑筋一直清醒着。是他逼着我让我在这蟹道上守着规矩。"

李奎走后,我听说还算庆幸的是由于救得及时,那些存养在网箱里的蟹,没遭受多大损失,这一季蟹做下来,蟹舫的损失是能补回来的。

红肚兜

阿雨是个曾经被红肚兜灼伤过的男人。

十岁的时候,阿雨懵懂知道金泾村的女人喜欢红肚兜,谁都有红肚兜,谁都戴红肚兜,而且一个比一个料子好,一个比一个做工精巧。阿雨常常见金泾村的大姑娘小媳妇们老是背着大男人一针一线绣着自己的红肚兜,还比着,炫耀着,只是男人前藏藏掖掖的。她们不在阿雨眼前藏藏掖掖,阿雨在她们眼里,还是个小孩子。

大姑娘小媳妇不光从不背他,还常常奚落不戴肚兜的女人不安分、装样、卖弄风骚,阿雨知道她们其实是转弯抹角地奚落他娘不安分、装样、卖弄风骚,他娘,不戴肚兜。

阿雨觉得,奚落他娘远比骂他还让他难受、郁闷。村里的小孩曾骂他"拖油瓶"(当地人把再嫁带过来的小孩称"拖油瓶",这是一种蔑称），他便操着镰刀，追着要跟人拼命，人家也就不敢再骂他了。

阿雨想回银泾村去，那里的女人不戴肚兜，那里的小孩不骂他"拖油瓶"，那里的人也不奚落他娘不安分卖弄风骚。只是，他娘告诉他，他爹死后，他大伯把他们家的房子占了，他们已回不了银泾村了。

回不了银泾村，这让阿雨很伤心，这还不算，在金泾村还要把陌生的男人叫爹，这男人整天喘得像拉风箱似的，没法在他面前顶天立地，这更让阿雨伤心。

阿雨的新爹骨瘦如柴，做不得地里的活，唯一能挣的工分，是帮队里记些流水账。他是高小生，在村里已算得上是个识文断字的人了。

地里的活，自然只能由阿雨娘去做了，男工工分高，阿雨娘有时就做男工，罱河泥、挑猪粪，啥都能干。阿雨娘身子大样，大乳大臀大手大脚，做男工常常不输其他男人。只是男人堆里扎，也常被男人们嘴上讨些便宜，荤的素的，常跟她开些玩笑。男人们都知道阿雨新爹是个窝囊废，于是便愈加放肆，这便惹得满村的女人们都鄙薄起阿雨娘来，一个个醋劲实足。然阿雨娘也不是好惹的，谁惹她，她就举着扁担追打谁。

见村里的男人惹自己的娘、女人笑话自己的娘，阿雨回去便跟娘生闷气，饭也不吃。阿雨清楚，男人女人跟娘闹，都是娘跟其他女人的不一样，憋着气非要娘也戴肚兜。娘闹明白儿子为啥生气，

过去日子的碎片

心里好笑,自然不能说自己家里穷得连置块肚兜布料的钱也拿不出,娘只说不戴肚兜好,娘喜欢,胸口好透气,不然也要像你爹一样整天喘个不停。

阿雨不信,冲着娘愤愤地说,你瞎说,人家骂你……阿雨咽住了。

阿雨娘自然不买账,说,谁骂了,骂啥了,看我去收拾这些王八蛋。

阿雨喃喃,人家骂你,喜欢摸奶奶。

娘笑了,说,傻小囝,不摸奶奶你能长大么?!

阿雨想想也对,嘀咕一声,反正人家骂你!

娘不戴肚兜成了阿雨的心病,村里人笑话娘、奚落娘,让阿雨在人面前总觉得抬不起头。

以至有一天,他在新媳妇巧贞家院子里看见晒着的一只漂亮的红肚兜时,阿雨竟痴痴地想:假如娘也有这么鲜红漂亮的红肚兜,村里人就不会笑话她奚落她了。他站在那,整整看了一袋烟的工夫,被巧贞撞见了,巧贞见"拖油瓶"阿雨两眼愣愣地瞧着她的羞物,心里很不快,拉下脸面,吆喝了几声,把他赶走了。可就在那日,那红锦缎绣着鸳鸯戏水图案的红肚兜竟然丢了,巧贞自然一口咬准阿雨使的坏,便在院门前指桑骂槐地骂开了。

阿雨才回家,巧贞夫妻俩便追过来,硬逼他还出红肚兜,一边逼还一边辱骂。

阿雨娘追问他,阿雨自然犟嘴,我没偷,我没偷!

巧贞一口咬定，我看见你就是想偷。

阿雨被逼急了，声嘶力竭地大叫，我没偷！

阿雨娘恼了，说，那你为啥去看。结果，阿雨瘦削的脸颊上挨了娘重重的一巴掌。娘骂，我叫你不争气！

阿雨挨了巴掌，一声不吭，竟把个牙骨咬得咯咯直响，一直到夜，那紫红色的巴掌印还依稀可见。娘见了暗自掉泪。

那晚，阿雨娘熬了个夜，也做了个肚兜，没红布，肚兜不是红的，布料早已旧得看不出本色。做了肚兜，阿雨娘便开始戴，只是那布料早已磨烂了，没戴几天，肚兜就一道道开裂了，松塌的双乳这边那边滑溜出来，而娘常当着阿雨的面半裸着上身，戴着这开裂的旧布肚兜。阿雨的脸上终于露出了难以捕捉的笑容。

事实上，村里人并没有因为阿雨娘戴上了肚兜而消除了对她的不屑与奚落，反而因为阿雨新爹的病死，村里人对阿雨娘多了不屑与奚落，都说阿雨娘克夫。

阿雨在这些不屑、奚落中慢慢地由小孩子长成了愣头小伙。阿雨不合群没有言语，整日阴着脸操着个作活的家伙，好像一直在老远窥看人家说话，让人看着胆怯。也曾有一些跟他娘一起干活的男人，嘴上占了便宜，心里痒痒的还想手上沾些便宜，但一见阿雨这架势，生怕这愣家伙干出什么骇人的蠢事，虽说看着阿雨娘尚有几分姿色，且寡妇一个，但终究只是有色心没贼胆。表面上，村里没人敢对他娘俩有所不恭。

不觉间，阿雨已经到了该娶女人成婚的年龄。为让儿子能够在

过去日子的碎片

金泾村站稳根基，阿雨娘决意给阿雨说个本村的女人，然金泾村这村子就这般大，年纪小的女人就这么多，结果挑来挑去，唯一能合上的，只有村头老轻骨头家的末拖丫头。那丫头模样长得蛮俏，女红也做得很绝，只是从小就是哑巴，嫁到外村家里有点舍不得，村里挑又没人家去说媒，看着也快老大不小，再不嫁快要耽搁了，于是阿雨娘请媒人一说老轻骨头便同意了。拣了个不错的日子，订了婚，再拣了个好日子，叫上村里人吃了几十桌，也就成了婚。

新婚的头晚，阿雨先陪娘说了一阵子话，待村里人喝完了酒，渐渐散去，再待帮忙的人忙完了手里的活，陆续回了家，阿雨还磨蹭着。待关了院门进了新房，见哑巴已忍不住困懒先睡了，阿雨小心地钻进新娘为他留着的半个被窝，新娘斜着身子，光着滚圆粉嫩的玉臂，肉肉的后背裸着，阿雨见哑巴已睡熟，便放肆起来，把新娘扳平了，蓦地掀开被子。就在这被子被掀开的那一瞬间，阿雨被自己的放肆惊坏了，就着幽幽的灯光，只见新娘丰满光亮的胴体上，箍着个鲜艳的红肚兜，他不禁浑身战栗起来，因这肚兜的模样、色泽、图案，他常常在噩梦里见到，那红肚兜常常箍在溜滑的大花蛇身上，那大花蛇还吐着毒信。他终于记起来了，那红肚兜竟然跟他小时候在新娘子巧贞家门口见到的一模一样。顿时，一股莫名的怒火油然而生，阿雨把那白嫩的身躯看成了巧贞，胡乱拉扯一通便杀猪般地扑将上去，不料哑巴似醒非醒中把他紧紧搂住，他抽搐起来，那幻觉中的巧贞一会变成大花蛇，一会又变成了龇牙咧嘴的妖魔，使他透不过气来。惊恐、愤怒之际，他终于开始反击，一把扯断了红肚兜的系带,掐哑巴裸腰。哑巴被他掐痛,只呆呆地望着他。

第二日一早,阿雨早早地醒来,然哑巴已在他之前起了床,正在灶间做着早饭。微明的灶间,没有亮灯,灶肚中红红的火光映红了哑巴的脸。阿雨不敢正视哑巴的眼睛,不声不响中洒扫庭院。

阿雨娘乐了,又是说话又是比画,让阿雨再陪哑巴去睡会儿,然哑巴却怎么也不肯。

阿雨一来就是个言语不多的汉子,平时只知道下死力干活,结婚,讨了个哑巴,也不用说话,正合他脾性。白天里各忙各的,吃午饭吃晚饭时,夫妻俩跟娘聚在一起,也只有阿雨娘说话。

只是一到晚上睡觉,阿雨便开始浑身焦躁不安,尤其是每每看见哑巴穿着红肚兜的半裸胴体,或者钻进哑巴小心铺就的被窝,碰着哑巴溜滑的身子,阿雨会愈加控制不住自己的焦躁与不安。

阿雨老是做梦,总是把哑巴真实的身子与花蛇、巧贞幻化成各种迷影,一股复仇的烈焰,在他壮实的身躯中蓄势待发,但他复仇的心愈切,男儿的本能愈弱。哑巴只是惊恐地承受着他变态的举动。时间久了,也变得木然。久而久之,哑巴的肚子没有隆起来的迹象,而阿雨娘却在一次无意之间,发现了哑巴身上的片片紫痕。

阿雨娘便跟阿雨算账,挑明了非要让阿雨有个说法。每每,阿雨娘总是恨恨地压着嗓子说,阿雨,你欺侮一个哑巴是罪过的。

哑巴,也是一个好女子,她从不在人前透露什么,即使娘家离得很近,也很少往自个家里跑,即使是大热天,也穿得严实,长袖

过去日子的碎片

衣衫长裤把阿雨留给她的紫痕捂得严严实实。

只是，阿雨娘的心病转成了身子上的毛病，去镇上医院一瞧，竟然说是犯了大病，医院里住了一阵子，钱花了不少，人却一天天变瘦，阿雨娘心痛那几个钱，便闹着非要回家不可。回了家，阿雨娘离最后的日子也就不远了。弥留之际，阿雨娘把阿雨叫到床前，喃喃说，我等不及了，阿雨，你爹死得早，什么都没看到，你可不能让你娘空欢喜一场。娘做主，跟哑巴离了后，讨个能生孩子的女人，外村的、离婚的、死了男人的都不要紧。

没几日，阿雨果真与哑巴办了离婚手续。哑巴走的时候，倒也没事一般。

哑巴一离，便有外村死了女人的男人托人来说媒，那男的原本有一个女孩，能不能再生，那男的也无所谓，哑巴便嫁了过去。

媒人也为阿雨说了一个女人，那女人是个寡妇，叫彩娟，高乡的，男人贩烟发了大财，不想竟酒后骑摩托摔死了。这女人生过一个男孩，男家允许她改嫁，条件是留下孩子。于是，择了一个日子，彩娟带了一笔不小的私房钱嫁到阿雨家。只是没再办什么喜酒，发了一些喜糖也就算办了婚事。

新婚之夜，阿雨也到娘处说话，娘催他，他才进了新房。阿雨进新房，彩娟已钻进了被窝，但没睡着，正等着他。他一进房，彩娟便假装睡着。他磨蹭着歇了好久才轻手轻脚地钻进被窝，只是身子蹭着新娘光溜溜的肌肤，觉得有点异样，上下一摸，他竟噌地跳起来，惊叫，你……没戴肚兜？！

说实在的,彩娟是高乡人,自然不会戴肚兜。又是过来之人,怎么穿怎么戴,自然没多大在意,原本是戴着乳罩,只是纽扣绷了,也就搁在了一边。然而新找的女人没戴肚兜,阿雨一点也没想到,突然的惊恐,使得他战栗不已,嘴里喃喃,不戴肚兜!……你怎么能不戴肚兜?……不戴肚兜,人家会骂的……惊恐、烦躁、战栗不已的阿雨,站在床前怔怔的,两眼发呆……

彩娟原本就因为阿雨家对婚事草草的而心里有一种说不出的滋味,再加上阿雨突然间的变化,原本不多的一点情绪,一下子烟消云散,一裹被子,背过身子便自个儿睡去了。

到了半夜,也没见阿雨钻进她的被窝,她也不知道阿雨发的是哪门子神经。

天一亮,彩娟收拾起自己的东西,招呼也不打一个,便径自走了。这一走,再也没有回来。

半年后,哑巴挺着个大肚子回了村,一脸的幸福。

只是,哑巴回村的那天晚上,病入膏肓的阿雨娘咽了气。

后来,阿雨离开了金泾村,到城里打工,在城里到处找活干的阿雨一直不敢回村,生怕一回村,还老是做一些大花蛇裹着红肚兜在眼前游动的噩梦。

在城里打工的阿雨,一直在建筑工地干活。

一日,阿雨所在工地旁边商场的大门前,大红大绿地搭了个大戏台。台上一阵劲歌狂舞,台前便围了好多路人。男的比女的多。

阿雨在架手上干活,戏台上的一切看得真切。主持人起劲地叫着什么，几个好看的女人在戏台上扭动，身子白白的。扭了一阵子，主持人便撺掇着让台下看的女人也上去做"秀"，谁做了，那些物件就归谁。于是，就有年轻的女子上去做"秀"，身子也是白白的，只是做得很忸怩。做着做着，突然有几个戴鲜红肚兜的女人走上戏台，阿雨脑门中便轰地一下，两眼怔怔的，一股莫名的烦躁、愤怒，油然而生，随手抓起手边的砂石猛地向戏台上的红肚兜乱掷，挨掷的狼狈不堪。顿时，有人起哄，也有人骂街，有人拍照录像，有人打110报警。阿雨被人扭住，一路扭着被送进了附近的派出所。

第二天的晚报上，整版是"内衣秀"挨砸的消息，评说纷纭。

之后一连几天，城里几个报纸都以醒目的版面做深度报道。"内衣秀"招来的骂名汹涌而至。也有名人站出来为"内衣秀"摇旗呐喊的，其他城市的报纸也开始纷纷转载、评说。微信朋友圈里，都是这方面的消息。据消息灵通人士说，半路杀出个程咬金，"内衣秀"的出乎意料的轰动效应，让"内衣秀"举办方暗自欢喜。

关了几天，阿雨被放了出来。

放出来后，阿雨仍回工地做活，只是他的名字和照片已经上了好几家报纸，他全然不知道。

"内衣秀"主办公司找到工地。工头半道拦着，跟他们磋商了好几个轮回，拿了一笔人员转让费，同意放阿雨。可就在"内衣秀"主办公司开车来接人时，阿雨从架手架上摔了下来，摔得不轻，进了医院。

工地上的工友都说,阿雨回工地后的几天里,整日恍恍惚惚,晚上做梦也常常喊,有蛇,有蛇!

医生看了阿雨,对工头说,他精神上受了不小的大刺激。

过去日子的碎片

心　锁

好几十年了，偌大的陈墩镇上一直只有一家锁匠铺子，唯一的一家。"刘钥匙"便是那唯一的一家锁匠铺子的金字招牌。锁匠姓刘，六十开外的年纪，身材非常魁梧，或者也可以说非常臃肿、肥胖，说一口略带苏北口音的上海话，镇上人都管他叫刘钥匙。其实，刘钥匙到底哪一年在镇上开的锁匠铺子，镇上能掐指算得出的人已经不多了，反正刘钥匙在镇上立牢脚跟的那段时间，还没有小炯妹。

小炯妹是刘钥匙的女儿。早年，刘钥匙的锁匠铺子里是有一个女人伴着他过日子的，镇上的人都把她叫作刘钥匙娘子，只是到了后来那女人给他生了个女儿便杳无声息地走了，再也没有回来过。从此，刘钥匙再也没有女人跟他过，这之后漫长的日子里，刘钥匙一直带着女儿小炯妹过日子。女儿到了十二岁那年，刘钥匙便再也不让女儿上学读书了，拉在身边让她学开锁配钥匙。小炯妹开始自然一百个不愿意，哭着闹着要去学校读书，小炯妹的老师也几次三番到锁匠铺子来跟刘钥匙磨嘴皮子。刘钥匙把女儿反锁在铺子里，当着老师的面对女儿说，你要出去读书，自然可以，只是你啥时候自己能把这把锁打开了，我就让你去学校读书，决不拖你。

小炯妹便想这有啥难的，铺子里有成百上千的钥匙，总有一把能把这锁打开，但当小炯妹把所有的钥匙都试了一遍以后就失望了，铺子里所有的钥匙都打不开这铺子上的挂锁。

终于有一天，刘钥匙从小炯妹的头上取下一只普通的发卡，拉直了，只在锁眼里拨弄了不长一阵子，那锁便魔幻般自己打开了。

刘钥匙对小炯妹说：小炯妹呀，人活着是要吃饭的，你把爹的这套手艺学会了，保你这辈子不会饿着，也不会冻着。

小炯妹自然是似懂非懂，接着便一门心思沉浸在学配钥匙学开锁的营生中，再也不提到学校读书的事了。

小炯妹，天资聪颖，原先在学校读书时功课一向是很好的，人个儿长得小，洋娃娃一般，老师们都挺喜欢她的。学手艺后，刘钥匙惊喜地发现女儿悟性极高，天生是个做锁匠的料。

结果在刘钥匙的传授下，女儿小炯妹半个月就学会了配钥匙，一个月就学会了用万能钥匙开锁，半年后就能闭着眼睛把一把弹子锁拆下来，再装配起来，两年后终于也能像她爹一样用一只普通的发卡把一些常见的锁轻而易举地捅开。小炯妹也是个肯钻研的聪明

过去日子的碎片

姑娘,读书不多也没碍她钻研一些新锁的开法。

在这"刘钥匙"锁匠铺子里,一老一少父女俩各怀绝技,陈墩镇上已经没有他们打不开的锁,即使再复杂的保险箱,到了他们俩手里,凭他们自制的工具也能比较轻松地打开,他们的铺子跟镇上派出所挂上钩,好些涉及锁上的难事,只要他们父女俩有人到,便成了易事。

只是常年伏案的劳作,刘钥匙的身体大不如以前了,最恼的是由于他体型魁梧、肥胖,两腿的关节在日久承重时受了挫伤,又长出了骨刺,走路很艰难,尤其是爬二层、三层以上的楼房,对他来说简直太受难。

这样一来,这刘钥匙锁匠铺子便形成了爹主内、女儿主外的格局,有时女儿在外实在忙不过来时,一些就近、二楼以下的活,刘钥匙才自己过去做做。

在那些上门开锁的活儿当中,镇中学里有个姓葛的老师最忙,常常心急火燎地打电话过来,说是钥匙弄丢了,又进不了门了,而他家又高居六楼,自然只有小炯妹一次又一次过去帮他开锁,而且一去就是老长的小半天时间,闹得刘钥匙心里郁闷。一回二回,刘钥匙没吱声,次数多了,刘钥匙自然也就忍不住埋怨了。小炯妹每回都是那么一句话,又不是人家不给钱。

刘钥匙不满女儿的作为,每回都要唠叨几句,说你也用不着去那么久,别人家的急生意都在等着。

小炯妹自然也不屑爹的唠叨,有点漫不经心地回爹的话,说谁让那锁怪怪的，挺难开的，不信，以后你自己跑去帮人家开。

刘钥匙便骂起小炯妹的不孝来，说你翅膀长硬了？！眼睛里也没有你爹了！我辛辛苦苦白养你一场，白教你一场！

父女俩平时不拌嘴，每次葛老师叫去开锁后，总要拌一回嘴舌，这已经成了锁匠铺子里时不时重复着的节目。

常常为了这个人拌嘴，刘钥匙也就有意无意地留意起这个中学里的葛老师来了。锁匠铺子里，平常里也常常有中学里的老师和学生过来修锁配钥匙，每次有老师学生过来，刘钥匙总是旁敲侧击地打听葛老师的事情。

时间久了，刘钥匙的脑子里便有了一个与葛老师有关的大体轮廓。年纪三十来岁，是从邻县乡下考大学考出来的，人长得很帅气，尤其是有好些女学生说她们的葛老师有点像华仔，华仔到底是谁，刘钥匙不知道，女学生就讨好地跟他说，华仔么，电视上一直有的，唱《朋友》的。刘钥匙因此也就知道了，帅气的葛老师娶了个漂亮的校花，开初的小日子过得非常和美，只是有一回两人去海南度假时，遇上了车祸，葛老师漂亮的女人成了植物人，好多年了，一直不声不响在家里躺着。葛老师每年教的都是高三毕业班物理，学校家里两头忙，一下课便要朝家里奔，去伺候躺着的已经成了植物人的自己的女人。

知道了葛老师的事情后，刘钥匙便开始防着女儿小炯妹再往葛老师那边去，铺子里电话响，刘钥匙总是抢着先接，为了接电话方便，刘钥匙干脆把电话机放在做活手边的桌子上。

过去日子的碎片

镇上的人,都是认得他们父女俩的,尤其是小炯妹,可以讲是在镇上熟人的眼皮底下长大的,时间一晃,掐指算算,小炯妹也已经有二十六七岁了,小炯妹其实长得算是标致的,水灵灵的,可以说从小炯妹十七八岁开始,镇上就有好几家很体面的人家托人来说媒。开初,刘钥匙不舍得女儿过早嫁人,挺着不允人家。后来开始想帮女儿选几个好一点的人家、好一点的男小囡了,小炯妹自己又不肯松口,也挺着。

到了这时,刘钥匙心里也开始觉得急了,可就是他急女儿不急,就这样,父女俩在铺子里拌嘴舌的时间比以前多了。常常拌,先是为帮葛老师开锁时间长要拌,后来为了女儿不理人家说媒的人也要拌,再后来为了一些讲不清楚的小事情拌,拌嘴已经成了刘钥匙锁匠铺子里父女两人每日上演的小节目。

这日,女儿小炯妹接了个救急电话上人家门上开锁去了,正巧葛老师又心急火燎地打电话来求援,说是刚下课,才回到家,可钥匙又不见了。刘钥匙冷冷地说,我们这里没有人手,小炯妹刚刚出去帮人家开锁去了。葛老师说,那您老能不能亲自帮我跑一次么,求求您了,时间可不能耽搁呀,我还有课呢!

葛老师只求了一回,刘钥匙便决计自己动身上门了,他倒不是经不起人家的求,而是想趁女儿不在的机会,上门去看看葛老师门上的那把锁究竟有多么难开,刘钥匙清楚这多年的磨炼,女儿小炯妹的开锁技艺已经不在他之下了。

上六楼对患有腿关节损伤和骨刺的刘钥匙来说是非常艰辛的,

每爬一级，都是一阵阵钻心的疼痛，刘钥匙只能挺着。好不容易爬上了六楼，刘钥匙已经是大汗淋漓。

葛老师正在六楼的家门口转悠，像热锅上的蚂蚁，刘钥匙努力与女学生说的什么电视里唱《朋友》的华仔比对，便觉得女学生是在有意糊弄他。

为了防备锁打不开，以至砸了他刘钥匙一世的好名气，刘钥匙临走前随身携带了所有规格的开锁工具。只是万万没有想到的是那门其实只是一扇非常普通的门，那锁也只是一把非常普通的锁，甚至谈不上具有什么防盗功能，刘钥匙几乎没用什么特殊工具便把那门锁捅开了。

刘钥匙愣住了，他这才明白，女儿在跟他使小心眼。刘钥匙望着眼前并不像女学生们说的那么帅气，而且显得有些老相、衣着也不怎么讲究的葛老师，深深地叹了一声，心里开始隐隐作痛，心想自己枉为一世美名，开遍了镇上所有的门锁，就是开不了女儿心里那一把小小的心锁。

哺乳期

一

阿芳进产房的时候,阿雨已到了马六甲。在马六甲的阿雨,让花店送来了一大捧鲜花。这让手忙脚乱的阿芳妈多了不少埋怨,说:"讨讨厌厌,碍手碍脚,瞎花钞票。"

阿芳妈把阿芳送到产房门口,宽慰说:"挺一挺就过来了。"产房里,帮阿芳接产的是林姨,林姨是阿芳妈非常要好的邻居阿姨,阿芳生的时候也是她接的产。林姨就像阿芳的小妈妈,阿芳小时候,妈妈老住院,很多时候阿芳就被寄住在林姨家中。

林姨一边帮她接产,一边跟她说她生出来时那小小的样子。林姨是个记忆超强的女人，竟然在接生的几百几千个新生儿中，还能说出二十多年前阿芳生出来时的景象。林姨的话对阿芳是个宽慰，因为她妈也是这么痛苦地生她的，也是在生命的折腾中挺过来的。林姨的话，似乎软化了一些阿芳长期以来对妈妈的积怨。

在自己的肚子突然塌陷的瞬间，阿芳听见了婴孩的哭声。

托着满是滑腻羊水的婴孩的林姨冲阿芳说，是个胖小子，头颈里还缠满佛珠呢。

浑身汗湿疲软的阿芳仰脸躺着，挺着脖子看了一眼，但只看到婴孩肉嘟嘟的小屁股。瞬息而至的小小生命，让阿芳不知所措，心里空空的，两行热泪从阿芳的眼角淌了下来。

产后的阿芳似一架软软的皮囊，临产前的紧张亢奋已经让昏昏沉沉的疲惫取代。不知自己睡了多长时间，阿芳醒来时才迟疑了一会喃喃说了声，"妈，我饿死了。"

阿芳妈说："饿好呀，饿了才吃得下，吃得下才能开奶呀。"

阿芳妈让阿芳换个躺姿，让她喝汤。汤是阿芳妈用文火下功夫炖的，浓浓的比第一洗的米泔水还乳白，氤氲的，散着醇厚的鱼肉的香气。阿芳急不可耐地咽着妈炖的浓汤，顾不得咀嚼就把一些酥嫩的蹄髈肉吞了下去，满满一煲的汤水肉汁似乎还没填满阿芳空洞的肚囊。

阿芳妈问，"还对胃口不，嫌淡不？"阿芳感觉到自己的狼狈。阿芳吞得太快了，啥滋味，她也没多大在意。

临床是同一天剖腹产的阿萍，生的是个女孩。两人在待产的日子里，曾悄悄地交换过想法。阿萍说："我宁可剖腹产，我死也不开奶。"阿芳说："我顺其自然。"阿萍说："你傻呀，生个孩子，弄得自己像个大肥婆，当心老公甩你。"阿萍说："我可不怕，一年里，他难得回来几天，我不甩他，就是他的福分了。"

第二天，邻床阿萍真的没奶，阿萍正在跟电话里的老公吩咐着买啥牌子的奶粉。

阿芳却跟妈说："妈，我胀得很。"阿芳妈自然知道阿芳哪胀，说胀好呀。又过了一个多时辰，阿芳说："妈，洇出来了。"阿芳妈说："洇出来好呀。"说着，轻轻拉开阿芳胸前的薄被，只见阿芳胸前凸起的衣襟已洇湿，淡淡的乳香随着被子的掀开飘散开来。阿芳妈说："待会我去跟你林姨说可以开奶了。"

一会儿，林姨过来，掀开阿芳胸前洇湿的衣襟，按了按她因鼓胀而显得硕大的乳房，说："你那小子真有福分，像养在地主老财家里。"一会儿，护士抱着孩子过来了。孩子正睡着，护士便开始教阿芳该怎么喂奶不该怎么喂奶。阿芳只觉得胸前胀胀的，没待护士教完就急急地摸索着把自己的乳头朝孩子嘴里塞，却不料手一使劲，那乳汁竟瓜熟蒂落丝线一般从乳头尖上的细孔里喷射出来，射得孩子满脸都是。孩子一个激灵，兴许那特有的香气，诱他微微睁开了眼。乳头才塞进孩子的小小的嘴唇。阿芳便欢快地咯咯笑起来，说："他在吸，他会吸的呀。"林姨笑着在一边提醒说："慢点慢点，当心噎着孩子。"

看着孩子吮奶的样子，阿芳妈笑着说："这孩子挺结实的，不像我们。"

林姨让阿芳两边换着喂,喂过一阵,再按按,说:"按理你该生个双胞胎。"阿芳知道林姨的意思,心里暖暖的,有了一种成就感。

开了奶,阿芳的胃口更好,浓浓的老母鸡汤、鲫鱼汤和蹄膀汤,轮换着喝。阿芳越吃胃口越好,那奶水也日见增多。

阿芳的病房里整天弥漫着鱼肉和乳汁的香气,氤氤氲氲的。

邻床阿萍看见阿芳一喝汤就恶心就想吐,说:"阿芳你是在糟蹋自己呀。"

阿芳说,"小人吮奶的感觉挺好的,你不试试呢。这小人也真奇怪,你说他也没人教就怎么自己会吮得呢。胀的时候,小人一吮,全身有一种酥酥的走电的感觉。"

阿萍说,"你走火入魔,不可救药了。"

喂着奶的阿芳突然觉得自己很敏感,自己第一眼看到那小小的婴孩时,其实她心里有一种说不出的飘忽,与小小的人似乎有点生疏,甚至还萌生出了一丝怨恨,是他给她带来了身体的不舒、心的烦躁与肉体的痛苦。还有,自己整个的生活都被这小小的人给搅乱了。而到了这小小的人竟然能无师自通地吮着她的奶给她全身酥酥感觉的时候,她才发觉这小小的人儿竟是她无法割舍的一个结,绾在她的心上,血脉相承。只是阿芳一直闹不懂,这小小的人怎么会无师自通的呢?为了印证这小人与生俱来的天分,阿芳试了他一回又一回。即使在睡梦里,只要把自己的乳头轻轻触到小人的唇上,他便会一嚅一嚅地吮吸着。有一回,阿芳用自己的唇去抵触小人的

过去日子的碎片

唇,小人也一嚅一嚅地吮吸起来,小人的嘴还挺有吸力的,把她的唇吸得啧啧的响。更有一回,阿芳用自己的舌尖去抵触他的小小的唇时,竟然也被他吸着,一嚅一嚅地吮吸起来,阿芳第一回品味到了小人满嘴奶水的甜糯。

阿芳想到了阿雨,阿雨也常常吻她,吸她,她喜欢阿雨吻她吸她,她也喜欢吻他吸他,那是她最甜蜜的时刻,他们是对等的,只有这个时刻,他们在共同交流,在共同分享,心灵也在碰撞。

阿雨是她的青梅竹马,他的一句"我想和你走遍世界的每一个角落",让阿芳动心,把爱情托付给了他。现在,即使他真的在世界各个角落航行而与她相隔万里,她也无怨无悔。

现在,小孩突然降临,最大的变化是阿芳喜欢小小的人来吮她,乳头、唇甚至自己的舌尖。她知道那种吸吮是不对等的,是小小的生命对她的依赖、依存。这种依赖、依存始于喂奶。这种依赖与依存是一边的,她只有付出、赐予,那种酥酥的感觉可能是给她最好的回报。小人吸吮的时候,她顿时觉得自己是一棵树干,小小的人只是她这棵树干上一个小小的蓓蕾,依存着她的生命而生动。她想如果她那树干突然没了,那她的那个小小的蓓蕾也将随之枯萎凋谢甚至消失。现在,她已经感到自己不是在为自己一个人而活着,她的生命里已经有了另一个小小生命的依附。这种感觉其实是来自于她把自己的乳房塞进小人的嘴里开始喂奶的时候。到了这个时候,她才觉得自己是真正意义上的母亲。她要让自己的树干粗壮,她要让依附她的小小的蓓蕾茁壮成长。

阿芳开始感到欣慰,她一直想把那种自己所体味到的说不清道不明的感觉,说给阿萍听,想去感染她,影响她,也让她去分享自己的那种快感。然阿萍不屑这个,她节制着饮食,计划着出院以后如何实施的产后健身计划。阿芳只能把自己的感受放在心里,一个人默默地消受。

一周后,阿芳出院了。阿芳阿萍交换了手机和QQ号。阿萍说,"要买奶粉的话,我帮你参谋。"阿芳说,"不用的。"

二

出院的几天,阿雨比预期提前半天赶回家。阿雨是远洋轮上的海员,返航中,他想象着新生小孩的模样,还让轮上的同事帮他为儿子起名字。到了家推开门,阿雨竟然一下子没缓过神来,冲着阿芳说,"哇,你怎么弄了一房子的奶花味来迎接我呀。"说着便拥住阿芳,阿芳跳起来,夸张地急叫,"你把我的奶都挤出来了。"

阿雨这才发现,阿芳竟在衬衣里塞了厚厚的毛巾,使自己的前胸显得有点臃肿。

阿雨不解地问,"干吗弄成这样?"

阿芳假嗔,"你嫌我难看啦?!"阿芳可是先前班上公认的美眉。

阿雨忙道不是,忙找儿子,睡梦中把他弄醒。小人没睡醒,咧着小嘴直哭。阿雨没防备小人会这么哭,抱在手里哄又哄不了。

过去日子的碎片

阿芳凑过来把个乳头朝小人的嘴里一塞,小人便安静了。阿雨把阿芳拥着,吻着,虽说两人之间多了一个小小的人,但难得的相聚让他们仍很投入。阿芳显得很歉疚,阿芳让阿雨细细瞧儿子吸吮时嘴唇一嚅一嚅的样子,她想告诉他儿子吸奶时带给她梦幻般的快感。

阿雨惊讶着阿芳喂奶时那惬意的神情。阿雨发现阿芳的乳房突然变得硕大,他知道里面鼓鼓囊囊的都是奶水,怪不得满屋都是奶花的芳香。

阿雨渐渐适应了奶花包裹着的生活。

阿雨与阿芳短暂相聚的日子,因为一个小小的人,多了好多的忙碌。阿雨一直想给儿子起个好一点的名字,又上口又有蕴意,每天写了满满的一张纸就是定不下来。

阿萍几次打电话过来,想约她一起去金夫人俱乐部做产后健身。阿芳说,"我每天挺着这么多奶水的大水囊,叫我怎么健身呀?!"阿萍就责怪起她了,"我叫你悠着点,你不听,看你有得苦了,哭的日子还在后头呢。"

阿芳想人各有志,你不想自己喂孩子,还有人不愿生孩子要丁克的呢!你跟他们比,还差得远呢。

说着丁克,那天果真遇上了丁克着的阿巍和阿卉,他们同住在鱼尾狮小区,他们刚驾着新买的SUV旅行归来,去的是新疆,半个多月,用的是休假时间。

阿巍和阿卉他们是门对门的邻居,阿卉跟阿芳还是从小学一直到高中时挺要好的同学。

那天，阿芳正抱着儿子在大院里散心，遇上阿卉正牵着自己心爱的小狗在散步。

阿芳说自己每天喂孩子的事，阿卉说自己SUV穿越戈壁的事。

阿卉说，"你儿子挺漂亮的。"说着接过去，逗着玩。

阿芳说，"你那小狗也挺可爱的。"说着也接过去，逗着玩。

阿卉说，"我这狗狗其实很馋奶，当初被我们背着从他妈妈身边偷着抱走的。不舒服了好长日子。"其实，阿卉说这话，是有所指的，阿卉一照面就闻到了阿芳母子俩身上裹着的浓浓的乳香。

小人跟阿卉挺有缘，抱在手里不哭不闹。

阿芳难得有这片刻的闲暇，便蹲下身来开心地逗小狗玩。阿芳是非常喜欢小狗的，养小人前，养过一条很听话的小狗，只是要养小人，才非常不舍地送人了。小狗似乎跟阿芳挺有缘，甩着尾巴冲着阿芳发起人来疯。阿芳把狗放在石条上，弯着腰去逗它。阿芳硕大的胸，在弯腰直腰的起伏中甩动着，似在逗着小狗，逗得那小狗有点癫狂。人来疯的小狗冲着阿芳的胸口跳。阿芳似乎发觉了小狗的企图，不真不假地在骂，"小流氓，小色狗。"可就在阿芳起身直腰的刹那间，小狗突然跳起来咬住了阿芳硕大的胸部。因为咬得猛，竟然把自己吊在阿芳的胸前。新长出来的牙齿像钉子一般。

阿芳惊叫起来，她根本没有想到这小小的狗会跳起来咬她，而且还咬住她硕大的乳房。

阿卉自然也惊呆了，一迭声说这如何是好这如何是好，似天要塌下来一般。而手里又抱着阿芳的小孩，没法腾出手来帮阿芳。

过去日子的碎片

两个要好的女人被这突然而来的一瞬惊得手忙脚乱不知如何是好。也许是吊的时间长了,小狗自己松了口,随着一长声惨叫,小狗重重地摔在坚硬的水泥地上。阿卉和阿芳同时噙着泪。阿芳心疼自己的乳房,阿卉心疼自己的狗狗。

急急地叫车,两个女人拥着去了防疫所。防疫所坐门诊的是个年轻的男医生,见两个女人拥着个小孩小狗进来,他也不知哪出了事。阿芳迟疑着比画着叙述刚才发生的一切,小青年医生望着阿芳上衣包裹的硕大乳房为难了。最后还是很小心地检查了被小狗咬过的部位。

小青年医生说,伤得不是很严重,可能是小狗的乳牙还没有长齐全,一般情况下注射一个疗程是不会有什么问题的,可是,你是哺育期妇女,情况就不同了,注射治疗是必须的,孩子是千万不能再喂了。

小青年医生的话不响却像晴天霹雳一下子把两个女人打蒙了。

阿卉哭着:"阿芳,我对不起你,我害你了。"阿芳心里堵堵的,不说话只是哭。怀中的小人,受了惊,也哭。大小三个人哭成一团,闹得小青年医生更不知如何是好。

防疫所出来,阿芳心里空空的,还是想去医院产科找林姨。

待林姨闹清是怎么回事又帮阿芳细细地检查过乳房上的伤口以后,得出了跟防疫所小青年医生一样的结论。

阿雨来了,他也蒙了。

他们还得面对现实,孩子的奶粉要急着买了。阿芳跟阿萍打电话，问买啥牌子的奶粉好。阿萍说，"你终于想通了？！改天过来跟我一起健身吧。"阿芳合上了手机，哽咽着。

三

阿芳按医生的吩咐，每天去防疫站打防疫针。

阿雨按照行家的指点买了一大堆奶粉奶嘴和吸奶器。阿芳调了奶粉，生怕把小孩烫着，反反复复地在自己手背上试着奶温，笨拙地给小孩喂奶。突然换了奶嘴，小孩变得有些生疏，寻着奶花的芳香一次次朝阿芳的胸前拱，阿芳躲，小孩哭。好不容易才慢慢地接受了新奶嘴。不料想，小孩喝奶粉的头一天竟然拉起稀来，一会就拉了好几次，一边拉一边犟着哭，一叠尿不湿，没半天就用完了。拉了稀，一次次地擦，小小的屁股弄得像猴子屁股一样红红的，阿芳阿雨看着只能干着急。

那边阿雨在忙乎，这边阿芳不仅在忙乎还心里烦躁着，自己的奶水本来就多，小孩不吮了，奶水变得更多。就像原本充沛的水库，泄水闸突然关住了，洪水便一下子集聚起来，满得快要溢出来了。用吸奶器不住地吸，防的是溃坝。最恼人的是这奶水，就如受了污染的水一样，不能饮用、不能灌溉、不能储存，只能白白地排掉。然排水常常不及来水。阿芳太会生奶了，本来是挤过奶水的，不料想，夜里睡过去，半夜里就被暴涨的奶水胀醒，原本只消把乳头塞进小孩的嘴里。在迷迷糊糊中，感觉到开闸放水的爽快淋漓。

过去日子的碎片

现如今只能不停地挤不停地吸。奶水暴胀带来的疼痛，让阿芳苦不堪言。

阿雨伺候了十几日小孩和阿芳，累极了，船期到了，只能拖着疲惫的身子又匆匆出航了。如今，阿芳只能一边照料小孩的吃喝拉撒睡，一边对付自己奶水的暴涨。每日晚上，被奶胀醒，支撑起疲惫的身躯，弯着身子，耷拉着眼帘，无意识地用手挤用吸奶器吸，实在累得不行了干脆趴在水池边睡着了。过了一些日子，阿芳发觉自己用手挤奶跟小孩吸奶是完全不同的。小孩吸，乳汁是通畅的，而手工挤了以后，总觉得乳房的旮旮旯旯里积聚了不少挤不出来的陈奶。日子一久，那些陈奶就在乳房的旮旮旯旯里发酵膨胀积聚更大的能量，让阿芳本来硕大的乳房显得更加肿胀，就像两只大气球，一不小心就会爆裂。阿芳白天黑夜被乳房的暴胀搅得心神不宁痛苦不已，后来，无休止的低温困扰着她，一天天拖着硕大的乳房，支撑着疲惫的身躯，去医院看林姨。阿芳问，我这低温是小狗咬出来的吧？林姨不敢说是也不敢说不是，让她跑其他门诊检查。每次，林姨都教阿芳一些法子，对付奶水的暴胀，叫她如何挤，教她如何吸，还很严肃地跟她说，这你不可大意的。阿芳最终没有挺住，低烧不止，医生让住院。

住进医院的阿芳，请了个保姆带着小孩。稍稍退了烧，便让保姆推着小推车把小孩送到病房。那小孩其实是天生贪奶的，好多天没吸奶了，被送到病房，一近阿芳的身子就朝阿芳的胸前乱拱。推开来，便扯着喉咙拼命地哭，哭得阿芳心里酸酸的，眼泪噙在眼眶里。阿芳和小孩,都在炼狱中煎熬。

煎熬的日子是漫长的。阿芳低烧退了以后回了家,与暴涨乳汁的搏杀还一直坚持着。试想,一条原本发育得特充沛的河流突然截流,那水位一定会突然暴涨,弄不好就会决堤。要想人为地使河流干涸,那得花上多少倍的努力。

半年,在这样的搏杀中慢慢地过去了。阿雨远航去了又回来,回来了又出去了。

这天,阿芳带着小孩正在小区里溜达,听见有人围着正在悄悄地传说着一件可怕的事。说是后面别墅区有个外地来的女子生了对双胞胎,一男一女,本来是开心的事,却不料想一年后被检查出乳房里生了球球,发现晚了,开了刀却转移了,没有多久就过世了,过世的时候,双胞胎才刚刚会叫妈妈。

那俩双胞胎,阿芳好像见过,原本幸福的一家子。听了这事后,阿芳开始心神不宁,她知道,这几天小区里好多女子都有点恐慌,整天摸摸自己里面有没有球球,心里不放心的,排着队去妇科检查。那回,阿芳回家在摸自己的乳房时,也吓了一跳,里面竟然也是好多球球,软软的。其实,这些球球原本疼过,时不时的,有时睡梦中因疼而惊醒。阿芳原本不在意,现在知道不能再拖了。又去找林姨看,阿芳问会不会是小狗咬出毛病了。林姨说,你得去外科看看,不要耽搁。

待阿芳检查时,医生跟她说,你最好开刀。阿芳说,"我男人远洋就要回来了,我想等他回来商量商量。"医生问,"你男人是医生吗?"阿芳说,"不是医生。"医生说,"那你等男人回来干吗?这种事是等不得的。"阿芳再去问林姨,林姨问,"抗原高不高?"阿芳说,"医生没说。"林姨说,"外科医生让你开刀你就开刀,这事还是谨慎点好。"阿芳跟林姨说,那请你为我保密,我妈经不起这事,我还得妥然安置好我的孩子,起码在阿雨这次航程回来之前。林姨说,"我理解你,不要有顾虑,会没事的。"

四

阿芳回家后,把家里所有的事想了一遍,把所有需要交代的事都写在一本精致的大笔记本上,然后锁在保险柜里。保险柜的密码,阿雨是知道的。那大笔记本上写的,有对母亲说的,有对阿雨说的,也有对长大后的孩子说的,一条条一项项写得清清楚楚。她清楚,母亲身子不好,阿雨满世界跑,孩子还非常小,自己万一有个万一,那这家里的一摊子事就将成为一盘散沙。她不敢往下去深想,她不能够有万一。她是支柱,她是树干,只有她的树干粗壮,她的小孩才会茁壮。

第二天,阿芳迟疑再三,终于给在上海的阿擎发了一个QQ短信。阿擎也是她的青梅竹马。非常微妙的是阿雨喜欢阿芳,而阿芳却喜欢阿擎。最终阿芳把爱情给了阿雨,是因为阿擎一直没有开口表白。在阿雨和阿芳结婚的时候,阿芳让阿雨非要请阿擎做伴郎不可,那时他刚博士毕业在上海做外科医生,专攻女性乳腺这一路。

有女同学开玩笑说，开乳腺可以找他了。阿芳没想到，第一个找他的竟是自己。

阿芳给阿擎发QQ短信，这是她想了一个晚上的最后决定，她相信这辈子她把爱情交给阿雨没有错，同样的，这次把自己的生命托付给阿擎也不会错。这就像是冥冥之中注定的一样。傍晚时分，阿擎回了话。阿芳在QQ上说了自己的事。阿擎说，那你过来，马上过来，我来看看。

当晚，阿芳把小孩送到了妈妈处，她请的保姆也过去了。妈妈说腰椎不舒服，正在床上躺着。阿芳没有跟妈妈多说什么，就像她小时候妈妈突然离开一样。她不想第二天走的时候才送小孩过来，万一小孩哭闹了，她心软了，就走不成了。这次，她只跟妈妈说自己有些感染，生怕传染给孩子。妈妈相信了。

第二天一直到下午，阿芳转了好几趟车才来到了阿擎的医院。在一个大办公室隔成很小的围屏里，阿擎让阿芳撩起胸前的衣襟，阿芳迟疑了，脸一下子红了。穿着白大褂的阿擎非常淡定，伸出葱白一样的长指依次在阿芳的乳房上摸了一遍，说先做全身检查，最后也是那句话，最好动手术。里面的肿块实在太多太大了，以防万一。

三天后，阿芳被推进手术室，阿擎是主刀。手术后，阿芳被推进病房时，她还在麻醉昏睡中。一直到傍晚后，阿擎到病房时，阿芳才微微睁开眼睛，依稀听得阿擎在说，里面一共七个，都像软壳鹌鹑蛋似的，全都剥离出来了，初步切片结果没问题，最终的化验

过去日子的碎片

结果三天后出来。听着听着，阿芳觉得说话的人渐渐远去，似乎在说一个跟自己完全没有关系的人的事情，最后实在睁不开眼睛了，也听不见声音了。

第二天，阿芳睁开眼睛的时候，又看到了巡视病房的阿擎，身边是几位一起巡房的医生和护士。阿擎问阿芳，"身体感觉如何？"阿芳说，"像是身子里的东西越来越少了。"阿擎说，"好好养些日子，就会好起来的。"阿擎说的时候，仍然是那种淡定的神态，这让阿芳感到有了重生的感觉。

阿擎每天早晚来病房两次，静静地站在病床边，静静地问话。阿芳在阿擎的问话中渐渐恢复了生气，更恢复了昔日的自信。阿擎过几日给阿芳检查一下创口，说一两句安慰的话。每每这时，阿芳再也不迟疑拘谨，默默配合着。

终于有一天，阿芳按捺不住在无人的卫生间镜子前偷偷地解开纱布，清晰地看见自己两个乳房上留下的两道创口。阿芳事先最担忧的事情没有发生。这两道创口没让阿芳觉得很丑陋，两道手术创口，长短、角度、针脚，无论从哪里看都是无可挑剔的精致，像两件精心制作的工艺品。阿芳终于放下了最后吊着的心。

阿芳出院了，阿擎正好休息。阿芳说，我要好好地谢你。阿擎陪阿芳在医院隔壁的一家西餐馆吃了顿西餐。阿芳说，这是我请你的，谢你的。

告别时，阿擎淡淡地说，"你是一个非常坚强的女子，三到五年，手术创口会恢复如初，美丽还是你的。"阿芳笑笑，眼神中略带着伤感。

阿芳回到了家,才到家的阿雨正在家里候着。

阿雨欣喜地问,"你猜,我们有什么大喜事?"阿芳一脸茫然。

阿雨说,"宝宝会叫爸爸、妈妈了。"

"妈妈教宝宝叫的,宝宝真的会叫了。"阿雨说。

阿芳终于止不住热泪盈眶,顾不得胸前的创口,紧紧抱住自己的孩子,在孩子的小脸上亲个不停。一家三口拥在一起,阿芳流出了热泪。

半晌,阿雨说,"妈妈病了,住在医院里,让你过去。"

五

阿芳到了医院。妈妈正疲惫地躺在病床上,身上插了几根管子,但神情还好。阿芳噙着泪问,"妈,你这是怎么啦?"以前,妈妈常常犯病住院,好像没有一次比这次来得糟糕。

妈妈说:"妈累了,想歇歇,补一点能量。"

林姨过来,把阿芳叫到一边。

林姨稍稍地说:"其实,你妈一直在瞒着你一件事。在你才出生两个月的时候,你妈乳房上突然发现了一些不好的东西,前后动了三次大手术,后来还做了好长时间的化疗和放疗。最初的时候,正是暑天,你妈突然不能够给你喂奶,没想到你竟然会得了奶痨,奶粉吃不了,老犯病,人瘦得皮包骨头,还好几次犯急病送上海抢救，用了好多钱。你妈把你爸过世时留给你们的抚恤金全部用完还不够。当时，你妈在医院里做会计，走投无路时，她偷拿了医院里的钱给你看病，一直想等有钱了把偷拿的钱垫上，结果一直没有能够垫上。后来，事情败露，你妈被开除了公职。只能把你外公留下来的房子卖掉一半还掉那些挪用的公款，才最终被轻判了，吃两年家庭官司。"

阿芳知道妈妈以前一直身子不好，时不时要住一段医院，没想到妈妈竟然是动了那么大的手术。阿芳知道爸爸是支援内地筑铁路时隧道塌方送的命，但不知道妈妈还为她看病吃过家庭官司。阿芳这次突然明白，为啥妈妈以前一直在她眼前总穿得像修女一样，即使很热的暑天，也是长裤长衫。况且，阿芳从来没有看见妈妈在她跟前裸过一次胸，即使她还是一个不懂事的小女孩的时候，原来如此。

林姨又说："你妈妈知道你瞒着她去上海开乳腺，想告诉你，其实这病并比可怕。她犯病前后二十七年了，严重得多，还活着。没事的。开始一段时间，为了救你，为了给你买奶粉，她没钱给自己后续治疗，她就看着中医药书，自己采药，自己配药。煎了，坚持着吃。这不，这么长时间都挺过来了。每次复查，都好好的。还有，你妈妈没有工作，一直在做临时工。她身子不好，人家又不大愿意用她。她总是把事情做得比人家身子好的人还要好，来打动人家。"

阿芳听着，止不住哭了。以前，她心里一直在怨恨自己的妈妈。人家开家长会，或者爸爸去，或者妈妈去。而她呢，爸爸去世了，妈妈总是很难得去。她这才知道了，从她出生以来，从给她喂奶开始，伴着她的，是妈妈的艰辛。与妈妈相比，她所付出的，要少得很多。

林姨掏出一本房产证，说："这是你妈妈为你转户的房产证。那是你外公留下来的另一半房产。转了，她觉得这一辈子尽到责了。"

阿芳捧着崭新的房产证，抽泣起来。

过去日子的碎片

昨夜，我被值班院长喊起来做了个宫外孕急诊，三点多回的家，一直到闹钟响起身，算是眯着六个小时。上午预约的第一台手术在十点。

开车出门，车载电话响了，大姐的声音："小弟，老爹那里不知又怎么啦，你能去看看吧？"大姐打的是越洋电话，这样的事常有。我说："大姐，不碍事，你挂吧。"大额电话费是大姐隔着大洋尽的孝心，而爹的电话费，却是我每个月要付出的一笔额外的开支。我拨过去的电话通了。好半晌，电话里传来老爹干枯缓慢的声音，颤颤的，我的心一下子揪了起来。自己实在太忙了，老爹有时只是电话里一个含混的声音。

"屋角里，有个黑乎乎的东西。"老爹颤着声音。老爹白内障，先前看啥都模糊,前时才动了手术,说是能看见一些东西了。我"嗯"了一声,做着每日都要做的长时间跟他打哈哈的功课。"黑乎乎的,肚子圆嘟嘟的,挺大。"

听爹说话,开车分心,然我得耐着性子听。

"躺在角落里,像大老鼠,又不像,挺吓人的。"老爹还在说。

"那老肖呢?"我问。老肖是我为老爹专门新请的陪护。前段时间抢救他女儿时才认识的,为人实在,一晓得我的难处,就过来了。其实,到底已为老爹请了多少个陪护,我自己也弄不清了。不是被老爹吓跑就是气走。按老肖的小灵通,没通。

老爹一天天老了。才退休时,他独自一人在小镇上住。他在那里当了几十年的物理老师,是学校里最资深的物理老师,镇上的人都认识他。后来,溜达时闹了次小中风,人摔倒了,也是镇上人及时叫了救护车,捡了条命。我就乘机把他从镇上接出来,住我处。我那屋,在鱼尾狮小区,也算是幢独栋的小别墅,楼上楼下七八间房,老爹过来后我就随他的便,住哪间都行。才住了半月,我那老爹不舒服了,闹着要回镇上老屋去。我想,可能是我那小别墅的来源伤了老爹的自尊。那房是开厂子的老丈人十几年前用人家抵债过来的地,让我们自己造的。也许老爹觉得自己没出过力,住着心里不舒坦,竟然自己做主在附近小区买了个三楼的中户。可能钱不够,竟然把镇上的老房子卖了。老房子卖了,也就彻底断了念想。老爹买了那房,说是待他百年以后给我女儿的。搬过去才住了两年,老爹腿上脉管炎闹了起来,上不得楼,只能住在下面的车库里。

过去日子的碎片

驶进医院，北京二姐的电话也来了，又是大姐那几句话。老爹常把大姐二姐搞混，这是常事。他的手机只用储存键，一按就成。想着十点钟的手术，我想要稳住大姐二姐得先把老爹稳住，电话打过去说："爹，你把门敞着。活的，让它自己开溜。死的就不要紧了，等我手术结束后过来，我来弄。"

"这么大的东西，谁敢弄呀？！弄不好，它突然蹿出来，咬人就麻烦了。"老爹说。

"你不是说老鼠么，老鼠怎么会咬人呢？"

"我看看也不像，胖乎乎的也不知啥活货。"老爹含混着不知说啥。

我耐着心听老爹说话。我说："行，要是活的，我回家逮着当宠物给你养着。"老爹笑了，干咳了几声，气很短，有一种敲击陈年破鼓的感觉。

我让护士小周记得给老爹送外卖，这才进了手术室，一直到傍晚，我才做完预约的几台手术，草草地洗了洗便去了老爹的车库。老爹还在纠结车库里的活物，我顺着老爹指点的方向找过去，根本没啥活物，细瞧事先铺的白纸上的饼干，确实被啃了好多，足以推断这活物个头不小。

我仔细把车库里外找了个遍，确实没有啥发现。大老鼠的事算是告一段落，然老爹还是没有消停，说房子里蚊虫特多，又是点诱蚊灯，又是点蚊香，还喷了些必扑，似乎都不管用。我这才问，老

251

肖呢？老爹爱理不理的，好像老肖根本没有存在过。

一天手术下来，我确实很疲惫，再加大老鼠、蚊虫一折腾，更是累得很，我叫了两份外卖，是老爹喜欢的肉末炒面。等着面送来，我蜷在老爹的躺椅里养神，任凭着老爹折腾，一会竟迷迷糊糊睡去了。

一直到第二天早上醒来，我还在疑惑自己怎么睡在老爹的车库里。一看时间，竟然忘了调闹钟，急急赶医院。才坐定，老爹的电话又追进了办公室。电话里，老爹的声音变得异样，说："屋里出怪事了，到处是虫子，咬得腿上都是红块，痒痒的，一按，特别痛。"

老爹不说还好，一说，我也顿时觉得小腿和脚踝上到处是痒痒的，不尽红，还有水肿，几乎一抓就破。我跟老爹说："你先不要待在屋里，搬个椅子在院子里坐坐，等会我有空了过来想办法。点些蚊香关紧门窗，好好熏熏。"老爹说，蚊香已经点了，好像一点也不管用。我说："那等我回来，打些药水。"

一会儿，老爹又打电话过来，说正在药店买药水的柜台前，问："打啥药水好呢？"我吃了一吓，说："你怎么跑小区外面去了，车子这么多，你来回路上的汽车摩托车电瓶车可千万当心。"说实在的，我已被老爹搞得心力交瘁，我真的相信老爹脑袋已经出了问题。老爹原先可一直自我感觉好又挺有主见的。我无奈地说："你拣对虫有用对人没害的药水打呀？！"老爹说："人家说，现在的药水，都不怎么毒的。"我说："随便拣一种吧，现在的蚊虫也成

过去日子的碎片

精了。"

过了只一会,大姐的越洋电话来了,惊诧说:"小弟,爹在小区外买啥毒药呢?"我说:"没事,我正跟爹说着呢。"一会,老爹打来电话,说:"买的药水打了,还是没用。那些虫,咬人往死里咬,赶也赶不掉。痒得啥药涂都不管用。"

我脑门里嗡的一下。捋开自己的大腿,也被咬了好些。我心里狠狠地骂了声:"这些鸟虫。"我不禁疑惑,现在到底怎么了,虫也成精了,都是些啥鸟虫?

我真的弄不懂,老爹屋里怎么会有那么顽固的小虫呢?这些天,网上几个地方都在说蜱虫害人的事。我知道,那蜱,是虫魔,网上有据可查的可怕事件已经好几起了,那都是要人命的,这不会假。但我又觉得奇怪,老爹的眼睛真的变好了,连小虫也能看到了。

我不敢把我猜想的跟老爹说,我想也有可能是跳蚤。不管啥虫,熏蒸效果还是最好的。我便突然想起一个人,环卫所的邹所长。我找出名片,电话打过去,邹所长接了。一报自己的大名,人家所长还记得我。我说不好意思,有事了才来打搅,于是说了家里闹虫的苦恼事,邹所长是个热心人,说:"没事的,药水,我立马派人给你送去,只是药水挺毒的,要是在家里用,千万不能留人在家里。"

一会儿,邹所长让人把药水直接送了过来,包裹得严严实实地放在我的车厢里。我一边小心看着药水的说明书,一边给老爹打电话，说："爹，你先从家里出来，关好门窗，我拿到了'毒死蜱'，这药水要是还不管用，那就没办法了。"

一会儿，老爹给我打电话，说："我已经从家里出来了，带了些衣裤在小区门口等你。"我有火不敢朝老爹发，心里暗暗叫苦，你这不是逼我么？我要是一天没空过来，你不会背着个包裹在小区门口候一天么？这要是让人家管闲事的人知道上了微博，我还不是要被人骂死么？！

看来老爹的事不料理妥当，我是没法再进手术室了。没等下班，我就去邢院长说老爹的事。邢院长是我的师姐，我们跟的是同一个导师，也是她死缠着非要让我接她，做妇产科的主刀。我说我被老爹的事实在纠结得不行了。师姐说，那你去吧，预约的手术我来顶吧。我说："师姐，你真哥们，你可救了我了。我代表我老爹给你磕头了。"我拿着毒死蜱匆匆赶到了老爹的车库。老肖仍不在。老肖哪去了，老爹不说，我只能假装不知道。药水毒，我不敢大意，像做手术一样从头到脚把自己全副武装起来，调好药水，一喷，不料喷嘴反了，正对着自己，那药味忒刺鼻。我心里那个懊恼，真的没法说。硬撑着，把所有的角落都喷洒了一遍。一边喷一边咬着牙喃喃，"叫你们闹，叫你们害人！"那药水，确实挺毒的，老爹只在边上做助手，已经抵不住那毒性，恶心得要吐。

所有的角落喷洒了一遍，我已经被熏得头皮发麻，肠胃翻腾。匆忙中，把所有的衣裤换了，把老爹的行李丢进后备厢，锁上大门。

坐进小车，我一阵茫然。老爹问："怎么办呢？"我说："走

过去日子的碎片

吧，走到哪是哪！"

我开着车，进了附近的超市，抱了一大包吃的，丢在车上，漫无目的地出了城。

开了一段路，到了金鸡湖边，老爹说腿上奇痒。我便在湖边停了车，用随身带着的搽痒药水给他涂抹，有几个红块已经水肿得厉害，即将溃烂。我说："你小心一点，溃烂了发炎了就不好收拾了。"老爹忙说："不痒，不痒了。"我说："你干脆把身上的衣裤脱了好好抖抖。"

我把车上所有能抖的东西全都彻彻底底地抖了一遍。老爹拖着脉管炎的伤腿晃晃悠悠地站在湖岸上，把身上几乎所有的衣裤都脱了下来，迎着风，吃力地抖动着，说："干脆跳湖里洗一下"，听了老爹的话，我真的也有了下湖的冲动。我已经十几年没下湖了，不知道下了湖还游得动不。老爹自言自语说："这湖，我能够一下子游到对面。"我说："老爹呀，这是哪个年代的事情了，别吹了。"我不让老爹说下去，一说他准说到娘，爹是在湖边游泳时认识我娘的，我娘说那回她在湖边埠头洗衣服，衣服漂走了，是我爹游着追回来的。我外公家是外来逃难的茶商，我外公不让我娘抛头露面，不让我娘见我爹。

湖岸上抖了衣裤，再加温湿的湖风一吹，我顿时觉得脱胎换骨一般。夕阳西下，落日的光艳映在湖面上，水天一色，橘红一片。老爹弯驼的身杆在夕阳的余晖里显得很瘦削很羸弱，早已不是当年站在学生面前能够顶天立地叱咤风云的样子了。

　　暮色渐临，我重新开车上路，把车上所有的窗口都打开，风刺刺地吹在脸上，似一只有力的大手在摩挲。打开车上的音响，近期流行的"凤凰传奇"那富有磁性的歌声，回荡在空旷的乡野里。我随着音乐，不禁跟着大声喊唱起来："是谁听着歌，遗忘了寂寞，漫漫长夜一路芬芳岁月曾流过，在那人潮人海中你也在沉默，和我一起漂泊到天涯的交错，在你的心上，自由地飞翔，灿烂的星光，永恒地徜徉，一路的方向，照耀我心上……"

　　唱累了，我问，"老爹，流浪的感觉怎么样？"

　　"唱得心里痒痒的。"老爹说。

　　电话响了，老婆问，你在哪？回家不？我说，出差了，说不上啥时回来。老爹偷偷地笑了，说："撒谎，老撒谎！"

　　我不知开了多少路，油箱里原本很多的油已经用得差不多了。我停车加了油，仍朝前开，第一回觉得生活没有了任何牵缠。

　　老爹问："你这是朝哪去呀？"

　　我说："你想朝哪，我就朝哪。"

　　又过了一会儿，我说："不如我们去看电影吧。"我知道，老爹最不喜欢的是看电影。那时，我在上海读大学，爹为了省钱搭了便车来给我送家里自己做的米粉和咸菜。我跟爹说看一场电影吧。爹恼了，说："看来看去就这么些花头，瞎花钱！"自此，我再不敢在老爹跟前说看电影的话了。这回提看电影，我就是有意刺激他。不料想，这回，老爹却挺爽气，说"去呀！"

过去日子的碎片

我按通了车上的"安吉星"导航台。接线的是位小姐,接线小姐问:"请问有什么需要帮助?"我说:"我想在车子附近找一个最近的电影院。"接线小姐搜寻了一遍,说:"电影院没有,有影剧院,在独墅湖,行不?"

"可以的。"于是,我跟着音控领航系统跑了十几公里,在独墅湖边找到那家新建的影剧院,这地方,我从来没来过。

夜已很深,看电影的高峰自然已过。我随场买了部3D片,叫《夺命深渊》。进场时,老爹问:"为啥发眼镜。"我说:"3D么。"老爹没看过3D。进了场,偌大的场内,只有俩小伙。我略带自嘲地说,估计就我们四人了。一会儿,电影开场了。那巨大的银幕一开始就推到了世界上最深最大最险的洞穴,在巴布亚新几内亚的密林深处,顶天立地的潜水专家佛兰克带着他的探险队包括他初入道的儿子正在深渊中探险。又一会儿,电影场里终于又进了俩人,像是一对小情人。佛兰克他们的探洞冒险,遇上了生死抉择,一场超级暴风雨引发的山洪,把佛兰克父子他们一步步逼上了死亡的绝境。

我问:"好看么?"老爹说:"冷死了。"洞里的水冷,电影场里的空调更冷。探险队员一个个在绝望中死去,唯有佛兰克的儿子乔士凭着过人的毅力钻出了死亡的深渊,成为唯一幸存的人。影片就这么结束了,我心里还在默默地想,人的生命是那么的脆弱,又是那么的顽强呀。想到这时,我的心突然咯噔了一下。其实这电影我是看过的。我竟然没有顾虑到一些容易让人纠结的细节。毕竟电影里要强的父亲最终还是死了,而儿子最终活了下来。要是老爹多心的话，说不定会不舒服。

电影一结束，我拉着老爹，逃一样出来。太冷了。我问，"好看么？"老爹说："现在的电影真的好看！就是太紧张了，太可怕了，太冷了！"

电影院出来，老爹累了。老爹说实在走不动了，躺在后椅上，不一会儿，就睡着了。毕竟年纪大了，一动就累得慌。瘦弱的老爹蜷缩在车座上，显得那么单薄，我心有点酸酸的，心想，一向很有主见的老爹，已经不再顶天立地，羸弱得即使是一些小小的虫子，也会被折腾得精疲力竭。

不知什么时候，我突然被一阵急促的敲击声惊醒。几支雪亮的光柱很不友好地锁住了车里的我。

"出示身份证。"光亮后面有人很严肃地说。睡意蒙眬中，我掏证件。老爹懵懂中问："咋呀？"

光亮后面的警察问："怎么待在这里？"

我说："疲劳驾驶不好，我睡一回再走。"

警察看了一下车后的老爹，没看身份证便走了，光柱晃动着渐渐远去。

天微微亮，老爹说饿了。我递了罐"娃哈哈"。老爹边吃边把裤管捋得高高的，凑近了又在数大腿上的红块。数了半天，不无沮丧地说："又多了几块。"

我睁着惺忪的眼睛，安慰他说："我好像也多了几块，痒痒的，

过去日子的碎片

一碰就痛。"老爹说,"那些吸血虫,这回闹凶了,吸了多少血呀。"老爹亮出那些水灵灵的红块。我体谅老爹,老爹这回真的受苦了。

太阳慢慢地升起来,扫街的环卫工人已经在车四周忙碌。这路边显然不是久留的地方。我一时茫然,自言自语:"我们朝哪边去呢?""谁知道呢?"老爹说。

"那抓纸吧。"我说。

我做了几个阄,抓的结果,西南方向。那正是老家的方向。

"那就去孔巷吧。"我说。那是太湖里一个古老的小集镇。老爹也说:"蛮好,到老屋里看看。看看那几只老猫。"老爹说起之前的事情,思路总是很清晰。娘喜欢猫,老屋里曾经养过好多猫。但我不接嘴,一接嘴,又要带出娘的事来。

孔巷在金庭岛上,有三座连贯的大桥把相近的岛屿串联起来。我开车穿过一座又一座大桥。桥两边的湖面是宽阔的,车前窄窄的桥是长长的,就像一条长长的布带子。在这条布带子上缓缓地驶过去,心顿时静了下来,容不得我有任何的杂念。眼光一节节地朝前延伸,湖面越来越宽阔。桥面一段段抬高,我似乎有了一种轻扬的感觉。就在我意犹未尽的时候,车子已驶上了高低起伏蜿蜒曲折的岛屿公路。电话响了,二姐说:"弟弟,你在哪?怎么一直没有老爹的电话。"那声音挺急的。老爹轻轻"嘘"着,摇着手指做着鬼脸。我说:"没事呀,好好的。"我想,好怪,突然没有老爹电话的纠结,二姐倒自个纠结起来了。

金庭岛,一年四季绿意葱葱。眼下正是夏秋相交之际,又恰好是各种果实收获的季节，晚桃、小青枣还在俏卖，早橘已经可以尝鲜了，毛栗子刚好采摘，有的就摊在路边晾晒，有的已经被提篮的老妇煮熟了在兜售。虽说西北风还没有刮，太湖里的螃蟹已经摆在了路边。

我还是造了桥后头一回来。我估计沿着岛上的公路是能绕岛走一圈的。时间有的是，足以绕着岛走一圈。我跟老爹说，"我们慢慢地绕岛走，到孔巷时再停下来。"老爹说："好的呀，你开不动了就停下来歇歇。"

开了一段时间，眼前一亮，明月湾，一个湖面开阔而有诗意的地方。一长溜的农家乐。尤其那临湖的窗户迎着湖面，忒敞亮。我一下子喜欢上了这地方，找了其中的一家。坐下后，也不急着点菜。店主过来一看竟然认得老爹，老师长老师短的，说偏要请我们的客。说得老爹两眼放光。原来是老爹先前的学生。我自然过意不去，点了太湖三白，白虾、白鱼、银鱼，我知道那三鲜，很有名。还点了四只太湖螃蟹，小小破费一回。

点菜时，老爹蹒跚着走开了一会，回来后，悄声跟我说："我到主人家的卫生间里好好地把衣裤又翻看了一遍，人家卫生间的地砖是白色的，很显眼，虫像是没有了。"

我说："先不要去想它了。若是回家后，熏蒸过的房子里果真没有虫子了，这虫子的劫难才算真正过去。"

喝茶等菜，我随手翻了一下随身挎包，竟然找出一本外国小说。那书啥时买了放在包里的，我已经记不得了。我原先是喜欢读

过去日子的碎片

书的，借人家的书读的时候，读了好多。后来自己有条件买书了，倒读得不多。大多是一时兴起，买了好多，丢得到处是。到临了，没一本能够从头到尾读完的。而眼下，除了读书，已经没有任何事可做了。依着湖边的窗户，读读书，倒是件挺惬意的事。我读了伊凡·蒲宁的《静》。《静》不长，我读了一遍后，似乎意犹未尽，不管老爹喜欢不喜欢，我念了起来，"我的旅伴压低声音问我，'那天我比你醒得早，天还刚刚拂晓，我便站在洞开的窗旁，久久地谛听着独自在古老的城市上空回荡的清脆的钟声。你还记得科隆大教堂的管风琴和那种中世纪的壮丽吗？还有莱茵省，那些古老的城市，古老的图画，还有巴黎……然而那一切都无法和这里相比，这里更美……'"书上说的是两个老年旅伴。

我念书的时候，老爹眯上眼似乎在养神。读书，其实，老爹跟我正好相反。老爹一辈子教的是物理，除了物理书，很少读其他书，然他从不反对家人读其他书。他说，我们家祖上是耕读世家，曾经有人读书做过官，但是到了他读书的时候，除了教书没有官可以做了。也许是家族渊源，我的两个姐姐也算女承父业，大姐把物理读到了硕士，结果被个多情的美国佬缠得死去活来缠在美利坚生了根。二姐差些，把物理读到本科，上了京城很有名的大学，留在了京城。是老爹为她们打造了高飞的翅膀。唯有我最小，从小一直跟老爹较劲，学医违背了他的意愿，倒却不想远走高飞。其实，当时我回来，并没有想到爹会这样渐渐地一直老下去。只是，我初中时的女同学一直缠着我，最终还要嫁给我，更让我欲罢不能的是她老爸许诺了那么多的嫁妆，让心底就很世俗的我彻底心动。

　　菜上来了，我点了一小壶绍兴老酒，我知道老爹平时喜欢咪一口，只是平时自己忙，很少能够悠闲地陪他喝几盅。以茶代酒，我陪着老爹。喝着喝着，老爹的脸色有些泛红，皱褶的脸油亮亮的，话也多了，说："人可以崇拜水，就像崇拜火一样。"没想到，我刚才念书时，老爹竟然眯着眼睛在听。水跟火，在物理范畴中可是两个完全不一的物体，但他竟然记住了。

　　喝着，老爹说："你再去拿一小酒盅来。"酒盅拿来了，老爹把它搁在自己的对面，摆了一双筷，一只碟，倒了一点老酒，说："你妈要来吃的。"老爹说的时候，浑浊的眼球，有些润湿。看着老爹专注的神情，我不知道爹是不是又在说胡话。其实，我老妈喜欢文学，她一辈子在小学里教语文，是个非常出色的语文老师，尤其是那些优美的游记背得滚瓜烂熟，只是老爹实在太耀眼了，把老妈的光亮给盖住了。为了家，老妈几乎一辈子被拴在了小岛。我知道，这些年，这些憾事一直纠结着老爹。

　　和老爹在湖边一坐坐了三四个小时，这是我这辈子最最奢侈的三四个小时，这些时间，我们足以把好多小生命引入光明的世界。然这天，我并没有觉得自己在犯错，我毕竟花了这些时间，把一直缠在我生活里的纠结慢慢地理出了一些头绪，捡起一些过去日子的碎片，慢慢地拼接起来。

　　面对老爹，我不用再无所适从，我开始慢慢地读老爹，虽说很

过去日子的碎片

晚,在他已经很高龄的时候。

我觉得我的这次使命到这个时候还没有完成,我应该带着老爹去触摸另一堆碎片,一堆无法跨越的碎片。于是,我说:"爹,我们去孔巷吧?!"

老爹说:"好的。"老爹显得似乎很平静。

傍晚时分,我把车子开进了孔巷,那是一个我们家族曾经久久地生活过的老地方。

老屋还在,只是被新的主人买了做了根艺馆,有一对外地来的小夫妻住着看管。老爹在一间间屋子里游弋,似乎在寻觅昔日的宝贝。那对外地小夫妻把我们当成了参观者,任由我们在各个屋子里穿梭。

半晌,老爹挺沮丧地回到庭院里,说:"没了,一只也没了。"

我知道老爹说的是啥,他找的是猫。我娘一辈子喜欢猫,当年我外公不让我娘跟我爹来往时,我娘每次都是在找自己心爱的猫的时候,进我爹家的院落,我外公家就在隔壁。我外公数落我娘的时候,我娘总是怀抱着找回的猫,一副受冤屈的样子。我探头看看隔壁,原先在那的老屋已经坍塌了,被人家造了新的楼房。

其实,我外公的那个家族似乎一直身陷在被人诅咒的阴影里。这个家族的所有的男人,都是特别英俊聪颖,只是到了英年时,都会莫名其妙地一个个精神上出了问题,或病或死。我有两个舅舅,我娘是这个家族这一辈中唯一的女子,我外公有意让我娘独撑门户,而我爹一介书生却并不是我外公心目中能够撑得起门户的上门女婿。于是，我爹和我娘私底下的相处，是非常艰难的。我的两个舅舅，真的一个发病被送进了苏城的精神病医院。这更让我外公整日忧心忡忡，像看犯人一样看着我娘。事情的转机，先是因为我娘的爱猫，那通人性的小精灵竟然扒开了一个两个院落之间的秘密通道，我爹我娘通过这一秘密通道甜蜜幽会。两人一直撑到四十岁还不肯嫁娶。我外公实在等不及了，两眼一闭两腿一伸，甩手先走了。我爹我娘这才自己做主一个嫁一个娶，成了婚，生了两女一男。为了规避家族被诅咒的阴影，我娘让我学医以自救。没想到，祖上被诅咒的阴影，到了我这一辈竟然烟消云散，然我娘却自己没等到这一天。她在极力营救在家里放火的弟弟时被倒下的梁木压伤了，住了几年医院，先我们去了。那时，大姐已经去了太平洋那边，二姐已经在北京，我已经在做我的妇科主治医师。我娘走的时候，很安详。我爹抱着我娘喜欢的那只老猫，很平静。只是，后来老猫不见了，我爹就是找猫的时候，犯了小中风摔倒的。

当晚，我们离开了孔巷，回了鱼尾狮。我把老爹安顿在楼下的房间。老爹顺从了。背着老爹，我跟老婆说："我爹，就住家了。"老婆似乎带着极大的委屈，说："你爹是自己要住到外边的，我可一句闲话也没有说呀。"

过了几日，我重新把自己全副武装包裹了一番，走进了老爹的车库。熏蒸过房子残留着毒药的余味，还有些呛人。

我把整个车库打扫了一遍，并没有发现老爹描述的所谓大老鼠。

老爹在别墅里住了几日，人蔫蔫的，不声不响，自己瘸着腿拖

过去日子的碎片

着行李又要住回车库。

老婆轻声跟我说:"这回,你要作证,我可一句闲话也没说过你爹。"我自然不会无缘无故地去责备老婆大人。

老爹住进车库的第二日,我心里的纠结又开始缠起来。果然,我才踏进办公室时,老爹的电话又追了进来。老爹挺诡秘地说:"我刚才在翻行李时,又发现了虫子,活的。"

我脑中顿时嗡了一下,怪事了,老爹并不仔细的眼睛竟然连这么小的虫子也看得见了。我不安地问:"多少?"

老爹说:"不多,好像就几只。"我稍稍有些坦然。

这时,我突然觉得身边站着个人,手里似乎拎着只木箱子。我瞥眼一看,竟是老肖。我问:"老肖,你这几日跑哪去了?害得我只能丢下手术跟老爹去纠结。"

老肖说:"不瞒你说,我原本是被你爹气跑的。不为啥,为的是小区里的那些野猫。你爹宠它们。你爹弄吃的给野猫吃不算,刮风下雨了还要把野猫呼家来。我说,老爹,那些野猫身上有跳蚤的,你呼野猫回家来,弄得一屋子跳蚤怎么住人呢?你爹就跟我发脾气,说我冷血,说我没人性。我跟你爹较劲,偏不让他把野猫呼回家。你爹就跟我急,我一没留意,你爹把那只又老又丑又脏的老母猫抱了回来。说是被人打断了腿,挺可怜的。这下好了,弄得满屋子的跳蚤。你爹说,屋子里有老鼠,猫可以吓老鼠。我清楚,那猫老得已经连路也走不利索了,还怎么逮老鼠呢?我实在待不住了,只能溜。回了家,整夜没睡着,想想实在放心不下,说实话,

265

良心上过意不去。我做了只猫屋,还是赶了出来。"

  我这才看清了老肖手里的木箱子。结实,足以遮风避雨。我想,那定是为那只又老又丑又脏的残了腿的老母猫准备的。

  我说:"老肖,难为你了,真的不知怎么来谢你。"我立马跟爹打电话,我说:"爹,今晚老肖过来陪你,好不?!"

  半晌,电话里传来老爹干枯缓慢的声音,颤颤的,"啊"了半天,我没听懂老爹在说啥。老爹又犯迷糊了。

地王角逐

一

金秋十月，凌霄山峡谷最美的季节。枫特别红、云特别白、山货特别肥。我喜欢跑那地方，只是我觉得那峡谷里的空气挺新鲜。

五星级的瑞云山庄在凌霄山峡谷深处的山坡上，是个挺雅静的去处，好多鲜为人知的聚会，主办方都喜欢放在此处。我身为行业报的记者，啥场合都可能有我的份，但我也清楚啥场合都不是为我设的。这不，才在这里参加了三省六县市某长联谊会，又接到了粮食经销商联谊会的邀请。在两个会间，我遇见了阿戆。

当我俩在山庄大厅里突然照面时，我先是一愣，继而惊喜大唤

"阿戆"。就在我唤"阿戆"时，几乎全大厅所有的人都在不屑地朝我俩这边瞧，一下子弄得阿戆挺尴尬。其实，我确实不是有意的，除了唤他小时的绰号外，我从来没唤过他的大名，印象中只记得他该姓晁，晁盖的晁，因为他爸姓晁。

阿戆似乎没在意，跑过来和我拥抱。

呵，大记者，幸会。阿戆说着递上了名片。我持着名片说，晁新华，晁总啊，真了不起，这么大的公司，早听说了。

什么呀，阿戆显然很习惯于别人称他晁总，说，讨饭的活啊，哪像你们报社大记者，有那么多的人崇拜你、仰仗你。

说着，阿戆很自然地掏出一部新潮的手机拨了个短号，稍候片刻，说，喂，还在睡呀？有没有搞错啊，现在是啥时辰啦，快起来吧，下次我赔你啦，你知道我遇上哪位大贵人啦？你别问啦，马上来，哪里？能有哪里，山庄呗，什么活动？你管他什么活动，来吃饭就成，不好意思？没熟人？算了吧，这露脸的还有你不认识的？！笑话，快来吧，你别问是谁了，来了准叫你高兴，好嘞，不见不散，拜拜，待会见！

晾了我一小会儿，阿戆打完了电话，问我，你猜，谁呢？

我无从猜起，我总觉得现在有脸面人的事总让人觉得有点云里雾里一般。

等人间隙，我们找了个掩映在椰树丛中的藤椅。坐处，可一下子看到大厅里几个大门进出的人。

阿戆掏了一包不知名的外烟，先让了让我，然后自己点了一支,吸了一口说,知道吗,小旦,他现在玩大了,也不叫小旦了,太阳升起来了,改名旭日了,司马旭日,司马局长。

真的?!我虽说当记者这么多年,但毕竟在远离家乡的北方,对老家现在的情形确实知之甚少。

还记得当年挖地道的事吗?

怎么会忘呢!我说。确实,儿时的事是一辈子都不会忘却的。

阿懋不无得意地说,只要一九六八年暑天在我们这个城里待过的人,说起粮食局机关大院里的事,谁不知道。可谁知道,这是我们哥们挖地道挖出来的杰作。

二

其实,阿懋、小旦,都是我那时一起打弹子、掼棱角、挖地道的赤裸弟兄,那时我们在粮食局机关家属大院里,都是出了名的"拆天大王"。我们的父亲都是一条船上过来的南下渡江干部,当时也全都在农场里劳动改造,没有父亲压着的日子,是我们无法无天的日子。

那年我们住的机关大院,分前院跟后院。前院是办公的大院,一律地搁板平房,大门进来是一条凉兮兮由葡萄架构成的长廊,长廊两边是一排排的办公室,办公室门口一律挂着一块块白底红字并不起眼的木牌牌,长廊尽头则是幢两层小楼。小楼里怎么样,我们谁也不知道,一是大人们似乎一讲小楼就有一种敬畏的神情。小楼里出入的人，挺威严，我们纵然顽皮也不敢靠近。后院则是我们的家属大院，大院中还有几个相连贯的小院，也是一排排的平房，原先的大仓库改的。房子结实，然不考究。一排排住房前，是一块块空地，空地对着谁家，谁家就垦出来种几棵向日葵、鸡冠花、月季花什么的，也有搭架种葡萄的，只是后院的葡萄远没有前院的葡萄好，后院的葡萄酸溜溜的，个小，老是泛不了紫。我们常在不经意间摘一颗放在嘴里试试，老是酸的，不像前院的，个儿又大，色泽又靓，水灵灵的泛着玛瑙般的红泽，诱人尽流口水。

那前院的葡萄，假如我们只远远看到，还不至于那般馋，最要命的是曾经吃到过，那滋味甜甜的，可诱人呢。怪只怪那可恨的小婉，她那粉嘟嘟的小手是那么的小，捧给我们，似乎一直只有那么少的两三颗，以致我们常常要为谁能吃上一颗而闹不快。于是，解不了馋的我们常常联合起来骂小婉是女巫、小妖精。因为我们亲眼看见红鼻头看院人抱着她藕一样细长的腿，举起来让她摘最鲜亮的葡萄，同时把手伸进她的小裙子，挠得她屁股直痒痒咯咯地乱叫。于是我们团结起来发誓：谁也不吃她用臭屁股换来的臭葡萄！

然葡萄的诱惑远远超出了小婉的臭屁股给我们带来的不快，我们费尽心机决定智取葡萄。最难对付的，是红鼻子看院人，一年到头穿着黄裤子黄跑鞋的红鼻子既是前院的看门人又是前院的护绿人。大院看门人有好几个，只有红鼻子最凶，而且只有他是白天夜里吃住在大门口的传达室，从不离岗，前院里经他手种的还有石榴、柿子、橘子、枇杷，他待这些果树，比待他自己的性命还要宝

过去日子的碎片

贝,不管是谁,谁也别想自说自话摘上一颗尝尝。

谁料想,我们头一次冒险,就失了足。我和小旦溜得快。阿戆呢,人胖,呆呆的,一下子被红鼻子逮住,关在放工具的小屋里。

我和小旦吓蒙了,晚上不敢回家,生怕大人问起阿戆。无处可去,我们就藏在后院正在开挖的地道里。

后院的墙上,到处写着"深挖洞、广积粮"的大字标语。我们的大院里,到处是正在开挖的地道。我们大院里的地道,有两种:一种是机关里请了人按着图纸动用施工机械开挖的,归公家防空用的;另一种是机关里任由大院居民在院中开挖的,归家属区防空用的。家属区地道,有独家单挖的,也有几家合挖的。挖地道,累人的活,我们的爸大都在农场,我们的妈大都三天打鱼两天晒网。

躲在地道里,小旦突然跟我说,我有一个好办法,等阿戆逃出来后,我跟你们说。

阿戆逃出来后,小旦说,我们从明天开始代替老妈们挖地道。我俩不解,小旦说,你俩真傻。洞挖通了,我们也有葡萄吃了。

小旦充满冒险的想法,让我们一下子佩服起小旦来。小旦让我俩发誓,严守秘密,打死也不说。

我们发了誓,像《三国演义》小人书里一样,还弄了个歃血为盟的仪式。

三

嘿，来了。阿懿朝大门口举举手。

夸张一点说，她的出现，使大厅一下子变得那么靓丽。她的脸庞和身材是那么的姣好。她的年岁，更显出她成熟的妩媚和特有的高贵气质。一袭飘逸的秀发，一款乳白色的休闲服，两条纤长的美腿，那浅浅的微笑，裹着淡而高雅的香气。你好，大记者，我猜就是你。说着，伸出纤手，酥柔的。

怎么会一猜就猜出是我呢？我不解。

晁总平生讨好三种人：一是官做得比他大的；二是牛比他吹得野的；三是比他老婆漂亮的。他的吹功是大伙公认的，我想能被他讨好的唯有你。

我一惊，问，此话怎讲？

其他记者，我不敢讲，反正我知道你这个大记者也够可以的，那个什么村的村主任，被你吹得也太玄乎了，嘿嘿，收了人家多少润笔啊，我听说你们都在银行里开了好几个户头，你的账号也常给人家的吧？她说。没想到，她的嘴这么能损人。

我可不是那种人，我的那几次采访都是社里安排的，我可从来不给人家什么账号。我申辩。

她又说，这种事谁会主动承认呢，都是暗地里的事，刀架在脖子上也不会承认的。

那第三种人呢，职业的好奇心让我探问下去。

我呀，她挺自信地说，我自然比他那位漂亮，他可老想揩我的油，但他只有那个贼心，却没有那个色胆。

好了，好了。阿懑一点也不生气，反说，知我者，贺小婉也！

贺小婉，小婉，你是小婉？！我又一阵惊奇。

怎么，我变啦，变丑啦？！

哪里，变美了，变成熟了，变成大美人了，我不知怎么说好。

好了，好了，人家现在可是"大腕"了。阿懑说着示意我们里面小雅座里入座。

贺美女，哪里高就？我问。

小婉笑了，说，我么，下岗工人，没办法开了家小公司拣些人家不入眼的活，养活些下岗工人，哪像晁大总经理呢。

哦，小婉突然想起什么，对我说，你二毛，骨子里最坏。坏死了，我一直记恨你。没被你电死，我有得找你的茬，你得好好补偿我。

二毛是我的小名，我哥叫大毛。电她，是在挖地道时。没想到，她还记恨着。

四

阿懑从红鼻子的魔掌下逃出来后，我们就密谋着开始挖我们自己的地道。院子里散落着很多挖地道的专门工具，我们偷偷地取来藏在我们的密窟里。我们不用图纸，我们地道的走向在我们的心里。主挖人，确定地道的走向。我们三人轮流主挖。我们三人是一伙的，我们有我们不为人知的周密计划。我们无数遍看《地道战》，我们学着给地道加了好些陷阱、翻口、出气口。我们收集了足够的挖掘工具和建材，以备随时调用。我们还网罗了一批蒙在鼓里的小喽啰，像丁大牛、刘大饼他们，随时差遣。为不泄密，我们常常搞些迂回战术，把地道挖得蛇一样弯曲，其实最终还是朝我们心里想好的方向开挖，那就是葡萄架。

小婉，很烦。我们挖洞，她偏要来插一脚，撵都撵不开。有时经不住她的一两颗臭葡萄，只能带她玩。小婉很机灵，我们总怕被她识穿，常想着法子让她吃些苦头。

那天，洞口有只电灯泡坏了，小旦把它卸下来，让我拿着吊灯座，不知怎么的，我的一个手指不小心伸进了灯座里，这一伸不要紧，那手像羊痫风一般一阵痉挛，众人没在意，小婉看得正清楚，问我你怎么啦？！我故作镇静地说，里面好像有啥东西，怪怪的，那神色显然带着某种暗示，正说着，小婉的手指小心翼翼地探进去，这一探不要紧，小婉全身一个痉挛，跌扑在地，我们慌了，知是小婉触了电，手忙脚乱忙掐她的人中，丁大牛、刘大饼他们还想给她做人工呼吸。一会儿，小婉哭出声来，挺伤心的样子，我们乱了手脚，好话哄过了千千万，没把她哄住，再看她的手指，确实被电烧焦了一些。她说要告诉我妈，我才知闯了祸。我哥大毛忙回家

过去日子的碎片

找来菜油、纱布,帮她包扎。大家发誓,从此以后,一定像公主一样好好待她,说得她破涕为笑。

小婉触电,不知怎么的还是被大人知道了,我们的电线被拉掉了。挖地道时,我们只能改用其他办法照明。先是到隔壁汽车站偷回丝点燃,火很旺,但味太重,没耐力。后来,我们把家里的菜油偷出来,倒在小碟里,放一小根捻粗的棉纱线。点燃之后,那光幽幽的,洞中便开始弥漫着一种特有的油腥味。

不料想,没几天,出了个意外。一日,阿懋正挖着,突然惊叫起来,紧接着,便听得地道深处传来沉闷的坍塌声,我们都慌了,拼命往外逃。一会儿,阿懋竟自己从地底下钻了出来,只是满头满脸满身都是黑灰,愣愣地坐在洞口半天也没出声,真懋了一般。

听听再没有新的动静,我和小旦揪着心往洞底摸去,摸到深处一看,却原来挖到了一个巨大的灰坑,塌下来的尽是些黑灰,还有一些烧黑的老砖,堵住了通道。

我们三人秘密商量,只能忍痛把这段必经的通道给废了,另辟新通道。这样,我们的地道就偏离了原先的走向。

谁知,改道那天晚上回家吃晚饭时,外婆神秘兮兮地跟我妈说,这些天,烧饭间里出了怪事:菜油天天在少,地也陷下去一大片,不会闹鬼吧?!我故作镇静装作什么事都跟自己不搭架一样。我妈对外婆说,你不要神经兮兮的瞎讲,当心被人家拉去批斗。难得回家的我爸去院中烧饭间的夹弄看了一下回来轻轻地说,真塌了。似乎为防不测,我爸连夜把烧饭用具搬了过来。我和外婆的房间成了烧饭间,放着煤气炉。不料想,当晚就闹了煤气中毒,幸亏我在倒地前,已爬到房门口拉动了房门。那门缝里进来的新鲜空气救了我和外婆。外婆住了一个礼拜的医院。外婆出院时,家里的菜油全被我偷光了!菜油是凭票供应的,外婆心痛地把新拷的菜油瓶藏宝一样藏了起来。

五

小婉的手指被电烫焦后,就开始理直气壮地跟我们挖地道,跟屁虫一样。她是独生女,跟她妈住一起,她爸原先也在机关工作,只是这几年,她爸在遥远的青海农场劳动改造。

除了小婉,跟屁虫还多着呐,他们非常卖力地把我们挖出来的泥土,用小推车推到地道口,再用绞盘车绞到地面上。看着这些被我们蒙蔽的小傻瓜们,我们三个老是想捂嘴偷笑。

小婉妈是个挺妖气的女人,平时常不着家,也不大管小婉,但挺宠小婉。每回回家,常大包小包带好些东西给小婉吃,有上海的奶糖,有苏州的麻饼,有天津的麻花。小婉讨好我们,常拿给我们吃。

有好吃的,我们挖得更起劲。只是后来,我们挖到了绝路,有一圈很硬的砖石挡住了我们的走向,使我们的地道没法再朝前伸展。

突然一天,我们的地道,终于有了进展,我们竟然挖通了另一条地道。我们把小喽啰们堵在地道的机关外,自己进了这条无意中

过去日子的碎片

被打通的地道。这条地道，是大人们按照地图开挖的，地道壁很规整。地道深处还有几个巨大的洞窟，像指挥部。经验告诉我们，他们的地道一定也有一个或几个出口。后来，我们真的发现了他们的出入口，在一间库房的角落里。库房没有门窗可以进出，离我们秘密的终极目标还有好些距离。库房好像"芝麻开门"后见到的土匪宝库一样，老式雕花家具、旧书、字画、玉石、瓷器，什么都有。让我们惊呆的还有好多我们从来没有见过的锈迹斑斑的小钢炮、手榴弹、地雷、长枪、大刀。见多识广的小旦马上说，这一定是传说中的收缴物资仓库。我们赶紧每人挑一两件自己喜欢的物资，马上离开，说好以后谁也不准再来这里。我随手拿了几本旧书，阿慧拿了一块玉石，小旦拿了两枚地雷。我们不知道小旦干吗拿地雷。生怕被人发现，我们退进了自己的地道，把那段地道给堵上了。

那些天，院子里常常发生一些事。有一天晚上，前院出事了，闹哄哄的，我们奔出家属大院去看热闹，却见众女人捉住一个男人在打，个个义愤填膺，挺出人意料的是妖气的小婉妈也在打那人，用塑料鞋的鞋底，打得啪啪直响。那挨打的男人，上身被麻袋套着，众女人觉得不解恨，便取了麻袋再打，小婉妈狠命地用鞋底抽他的腮帮子，凶得像泼妇。我们细细一看，那挨打的不是别人，正是那凶神般的红鼻子。我们断断续续知道，打他是他对女孩子耍流氓。想想平时他对我们男生的恶煞劲，看大人们惩罚红鼻子，我们觉得挺解气。

我们感到打通地道的机会终于来了。小旦说，打通砖石阵，我们就成功了。

小旦让我们在洞口守着,自己拿着地雷一个人进了洞。半晌,地下轰地一下,地大震一下。

没等我们反应过来,一头土的小旦从地道里的硝烟味中跑出来,喘着气把我们拉进了藏工具的密窟,让我俩保证打死也不说出炸地道的秘密。我们保证。从那时起,我们就知道小旦是个能够撑破胆的人。

等我们估计平安无事钻出洞窟时,却发现院中出大事了。

小婉家紧挨我家厨房的一垛墙塌了,地也陷下去一大片。院子里一片狼藉。消防队正在挖人,挖了好半天,突然一阵骚动,说是扒出了两个人,从大人们异样的神情看,一定是出了怪异的大事。我们推操着,却不时被大人们大声斥责着。尽管这样,我们还是看到有两个光溜溜的身子从深坑里被人挖出来,浑身是血,浑身是泥。救护车把他们拉走了。我们不解,小婉家的地下,怎么会挖出光溜溜的男人。

我们吓得躲了起来,再也不敢去挖地道了。

后来,我们知道,小婉她妈和另外一个男人都没有死,只是光溜溜地送进医院,抢救了好多天,穿了衣服出来,成了整个城市传说的笑话。后来,我们还知道那个压着的男人,竟在我们学校作过报告。

又过了一段时间,红鼻子被穿军装的人带走了,后来听说他被判了好几年徒刑,关在西山农场。

过去日子的碎片

后来，我们挖的地道突然出现了戏剧性的结局，小旦炸了砖石阵后，竟然震开了另一条大人们挖的地道，我们沿着这条地道上到它的出口，惊呆了，这竟然是我们的终结目的地：前院的葡萄园。然当我们高兴得手舞足蹈时，我们的心凉了，眼前的葡萄园已经遭到了前所未有的扫荡，所有成熟的葡萄都被人洗劫一空，甚至连葡萄藤也遭受了人为的重创。我们这才想起，凶人红鼻子已经被穿军装的人带走关在西山吃官司了，果园已经没人护理了。

到此，我们那场精心策划的不为人知道的地下儿戏，算是告一段落。我们对于葡萄的贪婪，最后以我们的一无所获而告终。

后来，我还知道，那年，我们的城市在"深挖洞"的时候，挖了地下的"万里长城"，其中也有我们的功绩。

六

三个人，酒斟得满满的，你敬过来，我敬过去。

我们干脆自己也成立个联谊会，把小时候那帮狐朋狗友再聚起来。阿戆说。

对对，小婉说，我同意。

我们把司马请来当我们的会长，小婉当秘书长，我俩就自封个副会长，再叫上大毛，不是下岗了吗，也给他想个法上上岗。名称么，就叫打洞联谊会。阿戆说。

什么呀，喝饱了马尿乱喷，注意点精神文明，叫深挖洞联谊会。小婉说。

我俩说，好。

于是，阿懋与贺小婉你一句我一句，扯了半天，第一次啥时候啥地方聚会，邀请谁，都定了下来。酒到高潮，三人聚会也就散了。阿懋趁着酒兴跟贺小婉荤的素的寻了一通开心，也就扭过身子打司机的电话。虽说喝了不少酒，贺小婉仍是伶牙俐齿，恰如其分，攻守有余。

第二日，我便接到阿懋的电话，说是小旦答应做我们联谊会的会长，第一次聚会就定在周末晚上，五星级的都市人家酒楼，不见不散。

我哥大毛也接到了电话，他简直不敢相信，让我转发电话里的短信，证实事情的真伪，当我告诉他这是真的时，大毛的声音有点儿颤抖。晚上，我接了大毛去酒楼。没想到，阿懋和贺小婉比我们早到，正在那里你一句我一句调情。

一会儿，来了七八人，还有丁大牛、刘大饼他们，都是当时院里一起挖洞的人。到了约定的时间，小旦也就到了。一听我们司马局长长司马局长短的，小旦就说，我们联谊会的第一条规矩就是聚会时不许称官职，直呼小名，同意不，阿懋？现在最不懋的是你，钞票赚了这么多还想赚。

阿懋说，其他人都可以，称您小名总有点不好，要不是小时候的朋友，我们怎么能高攀你这样的大领导呢？

大家都说是。

过去日子的碎片

司马局长说，反正规矩定出来了，谁犯一次，罚酒一杯。大家也都说是。

开始上菜、上酒。

阿懿说好第一次由他做东。他点了好些名贵的海鲜，有澳洲龙虾、象鼻蚌。哪贵点哪。酒是陈年的茅台，一瓶抵大毛半年的下岗工资。大毛头回上这么高档的酒家，吃这么名贵的菜，喝这么高档的酒，有点急吼吼的样子，让人看了有点心酸。也难怪，他初中毕业后下乡，返城后当工人，人家都在大把赚钱的时候，他却下岗了，说来也巧，他就在小旦的系统里，只是个三产单位。

酒过半巡，有客人来敬酒，小旦有点不快，让领班叫来酒家总经理狠狠批评了一通，叫你们不要宣扬我在这里偏偏违背我的意愿，酒家总经理忙赔不是，说实在不知是哪道关节上透了风声，只是客人事先把你们的账给结了。

小旦不再批评，说了句下不为例，挺有分寸。那晚，喝酒喝得挺酣畅，阿懿也真懿，老是叫错被大家罚了一次又一次，带着酒兴他说，司马局长（这不，又罚了一杯），今天说好是我做东的，没想到被你先做了，明天，诸位一定要买我点小面子，让我做一下东。

小旦说赚了这么多钱，是该出血了，好，明天就明天，一言为定！

于是，定了下来，第二天又有了酒会。

这晚，司马局长好兴致，喝了酒还要去隔壁的皇家公馆唱歌，小婉倒也挺能对歌的，跟司马从"纤绳荡悠悠"一直唱到"夫妻双双把家还"，情真真，意切切，愈唱愈投入。我哥大毛、丁大牛、刘大饼他们，可能都喝得多了一点，进 KTV 没多久，都说不行了，趴在人家比厨房还干净的洗手间里，不停地吐。我只能送他们先走一步。送出大门，阿懿一下子酒醒了，拉我去吃消夜，我这才知道他是装醉酒。

我哥大毛醉得厉害，出了门还在吐。我说你不能少喝点，大毛说，不喝白不喝，喝了也白喝。我过的真不是人过的。我知道他下岗了心里很苦，骂骂娘，心里痛快一些。骂着骂着，还说了好些胡话，说小婉跟她妈一样是个狐狸精，我说你别瞎说，你不要吃不到天鹅肉，反骂天鹅肉腥气了。大毛说，她从小就是个小狐狸精。

七

第二日一早，阿懿打来电话，我说他昨晚装醉。他笑笑说有事约我相见，我们在一家台湾人开的红茶坊里喝早茶。

阿懿说，二毛，看在兄弟一场的份上，你得帮我一把，事成之后，我一定解决你哥大毛的就业问题，决不食言。

原来，我哥大毛待在那家加工厂原是小旦局里办的一家三产企业，解决一些回城的干部职工家属子女。早些年搞计划的时候，靠局里的保护赚了一些钱，养活了一批人，也给局里带来了一些小福利。搞市场以后，加工厂一日不如一日，工人或下岗或转单位，只剩下了一副烂摊子。况且，上面也让企业和机关脱钩，局里这才痛下决心,或转让或租赁或转制。

我有点不解,问阿懿你要这烂摊子干吗?

阿懿说,我要发展自己的企业,我要扩大自己的盘子,我要为解决下岗职工做点事,我有这个能力!我跟他打马虎眼,不说答应,也不说不答应。为他说好话可以,但得看他能不能帮大毛一把。我想,凭我们小时候"打死都不说"的那些情谊,小旦会帮他的。

当晚席间,酒过三巡,阿懿瞧准时机跟小旦说了加工厂的事,小旦不快,说你们搞什么联谊会原来是有密谋的啊,说着气呼呼地站起来要走。我拉小旦,劝说,我们可不是阿懿一伙的。小婉则是一副漫不经心的样子。阿懿有点尴尬,说,我赔礼,大家喝酒,只喝酒,不谈公事。喝着喝着,众人都有点醉意,阿懿又挑出那事。我说,我提议,转角子。小时候,我们都这样。小旦酒兴正酣,说,转角子可以,但要检查正反面,如我输了,我服。阿懿说,君子一言,驷马难追!

结果一转,阿懿竟赢了,自然欢天喜地。小旦当然也输得心服,做了个顺水人情,说,阿懿赢了,但得出点血,为大家各人准备一份礼品。阿懿自然应命,叫来司机,礼品不薄,皆大欢喜。

八

之后,一直没有关于加工厂的音讯。司马局长似乎一直很忙,我几次借采访的由头去探他的底,都没能照上面。

半年后,遇上阿戆。问起厂子的事,他说,黄了,他食言了!

阿戆说,我想会有这个结局的。因为,唯有她能战胜我。

我问,她是谁?

阿戆说,能有谁?贺小婉呗!

她要这烂摊子干吗啊?我问。

干吗?她以本企业下岗工人的身份,零资产转制。现在,她打通了所有的关节,把土地转成了商业用地,正在跟人合伙开发呢。这下,她成真正的大腕了,你可知道,这块地值多少?几辈子都用不完!

阿戆的计划告吹,帮我哥大毛的承诺也就泡了汤。倒是小婉仗义,主动给我们哥俩打电话,说是给我哥大毛找了一份看大门的营生,总算上了岗。小婉会做人,一个人情两个人惦记着。送大毛去报到的路上,经过一处工地,工人们正在砌围墙,还有几辆推土机把一些老房子推倒,我突然惊奇地发现,这竟是我们二十年前住过的后院。大毛说,这就是他们的老厂。

啊,那我们小时候挖的地道还在不?!

大毛摇摇头,说这可不知道了。

这时,工地上一阵小小的骚乱,一个披着散发的老疯子被人赶了出来,我一看,那老疯子的鼻子是红的,便说这好像是当年那看门的红鼻子。大毛说不是。于是,我们就转角子,一枚锃亮的一元硬币,赌正面是,反面不是,那枚硬币在满是尘灰的老水泥地上转了好久,终于停了下来,是正面。我说,就是当年的红鼻子,毫无疑问。

大毛看的，其实就是那个工地。看了工地，有了工钱，大毛人也不蔫了，买了部老人用手机，工地上无聊时，给我打打电话。一是小婉的行踪，陪领导视察啦，捎海鲜，给烟啦，发奖金啦，统统告诉我。还有就是工地上唯一的一户钉子户的行踪，拉掉电线啦，挖断自来水管啦，掏空墙基啦，也统统告诉我。钉子户姓丁，户主丁大牛也是我们儿时挖地道的玩伴。

突然一天，大毛打来电话说，丁大牛家出事啦。四周的墙基被掏空后，一场特大暴雨，整个房子突然陷了下去，成了一个巨大的坑。房子、人，都陷了进去。救护车、消防队都赶来了。人还埋着。

我接了电话，第一时间赶到现场。现场很混乱，公安民警拉起了警戒线，我们记者也没能进入现场。后来，大毛从里面打出电话，说，埋着的人刚刚挖出，正要送医院。我赶紧赶医院，但仍然被民警拦着，没有能够进到离抢救室最近的走廊。丁大牛全家四人生死不明，所有的医护人员一律保持缄默。

九

丁大牛全家二死二伤，丁大牛受了重伤。

小婉作为开发项目的法人代表，被告上了法庭。谁都说，这回，小婉非被丁大牛缠死不可。

那段时间，我老出差，也没有机会去旁听，只能电话里打听打听。没料想，法庭开审不久，就出现了戏剧性的转折。经专家现场鉴定，造成丁大牛家房子塌陷直接和最大的原因，有两个。一是当晚那场暴雨，几十年一遇，在工地上聚集了大量的雨水。二是房子下面原来就有旧地道的大坑，历史上留下的，大量雨水灌入，突然塌陷。

一审下来，小婉没输官司，只是赔了些小钱。谁都说，这小婉，真运气！

一审前，社会舆论，大多支持丁大牛。一审后，社会舆论，特别是网络舆论，更加力挺、声援丁大牛，几乎是大动干戈，骂声四起。重伤的丁大牛，在病房里挺了过来。稍稍缓过神来，丁大牛就拖着病体率领着一帮老老少少到处申诉上访，闹得全城风雨。

二审，公开审判，吸引了好多媒体、网民和普通市民。审判，破例用了法院的大厅。我、阿懋和大毛都去了，坐在旁听席上。

小婉花血本请来沪上的名律师，准备跟丁大牛做最后的博弈。

丁大牛自己申诉，一把鼻涕一把泪，说得在场的人心酸酸的。

丁大牛的举证，细致到每一个细节，让人不得有任何怀疑。他先是详细叙说了一九六八年夏天那段鲜为人知的挖地道的事实和经历。一是当年挖地道时，小婉一直屁颠颠跟在男孩们后面，她完全知道这地块下面的地道。二是小婉在挖地道的时候，曾经被赤膊电灯座里的电击晕过，有好多男生还争着要给她做人工呼吸，证明她的在场。三是城市下面的地道，曾经塌陷过，小婉风骚的娘和一个

过去日子的碎片

野男人,就是一起赤着膊被塌下的墙压住的,这事,当时全城人都知道了的女人,就是她娘。最关键的,工地上的抽水水泵,平时一直开着的,只有那晚是关掉的。所以说,小婉明明知道,我们的房子下面有地道,有大坑,她也知道大坑会塌陷下去把人压住,还非常歹毒地指使手下的人,把我们房子四周的墙根挖空,对我们进行谋杀。

法庭上,好多人震惊了。

二审进行了很长时间,更有力的证据也是完全相反的专家现场鉴定,房子下面的地道大坑是由于墙体四周人为掏空灌入雨水而塌陷的。而工地上的大量积水,不排除有人为排入的嫌疑。

法庭上,好多人愤慨着。

二审,最终审判,小婉输了,输得很惨。

法庭上,好多人最终舒了口气。

小婉输了,大毛也愤慨,这臭娘们已经两个月没给我发工资了。大毛喃喃着,骂着娘。

我想跟大毛说,你那点小工资算啥。然我知道大毛的臭脾气,没去惹他,说,她有公司呢,不用急的。

离开法院的路上,一旁一直沉默不语的阿懑长长地叹了口气,说,最惨的还是我。

我不解,问,怎么会是你呢?!

他说,小婉是个人物,她空手套白狼。项目,走的是小旦的路子,把肥肉从我嘴边叼走了。而投资项目的钱呢,又是我的,她用她的项目拉我入股。她投的是干股,我投的是他娘的真金白银!我被她搞死了。

  我没有接阿懑的嘴,我不想知道他们之间复杂的利益关系。我只是突然想起,当年我们挖地道时最终挖通时那瞬间的惊喜以及随之而来的失落。我们精心策划的挖地道计划终于成功了,但我们贪婪的梦想却也同时破灭了。